Dana Smi

Zonder schuld

Hazel Kramer-serie

Ambo|Anthos
Amsterdam

MIX
Papier van verantwoorde herkomst
FSC® C014496

Eerste druk april 2022
Tweede druk april 2022

ISBN 978 90 263 6141 8

Omslagontwerp Roald Triebels
Omslagillustratie © Hasan Almasi/unsplash.com
Foto auteur © Faye Thomas/Eyevine/ANP

Verspreiding voor België:
Veen Bosch & Keuning uitgevers nv, Antwerpen

Voor alle zoekenden

NUL

HAZEL

Ik weet nog heel goed dat ik voor de eerste keer pijn had. Ik was jong, jong genoeg om nog met zijwieltjes te fietsen, maar oud genoeg om te oefenen zonder. En ik viel. Ik schaafde mijn knie open en kneusde mijn enkel. Vervolgens durfde ik tijden niet op mijn fiets, totdat mijn moeder een magische steen in mijn bel deed en ik opeens wel als een echt groot mens zonder zijwieltjes kon fietsen. Het was misschien wel de eerste keer dat iemand voor mijn eigen bestwil tegen mij loog. Er zouden daarna nog veel momenten volgen waarop ik tegen andere mensen loog, meestal omdat ik dacht dat ik ze daarmee in bescherming nam, maar eigenlijk vooral omdat ik het idee had opgedaan dat mijn eigen leven gemakkelijker werd door een aaneenschakeling van kleine leugens. Het hield mensen op afstand, en dat hield me sterk.

De eerste keer emotionele pijn was heel anders. Het voelde als bedrog, en op de een of andere manier was het veel pijnlijker dan elke schram die ik tot dan toe had gehad. Ze zeggen weleens dat als je hart gebroken wordt je lichaam dezelfde stoffen aanmaakt als wanneer je je botten breekt, en dat je letterlijk een ontsteking van het hart kunt oplopen door de psychologische schok. Drie keer. Drie keer is mijn hart ontstoken geraakt, en na de laatste keer besloot ik dat ik niemand meer dat soort macht over mijn gesteldheid zou geven.

Maar nu, terwijl ik hier alleen lag op een koude, natte vloer, was het besef dat ik iedereen op afstand had gehouden bijna nog erger dan de pijn die anderen je kunnen aandoen. Vertrouwen moet van twee kanten komen en als jij niemand vertrouwt, is er ook niemand die jou vertrouwt, of die je de weg kan wijzen als je verdwaald bent. Niemand die je kan beschermen voor harde waarheden door een leugentje om bestwil. Niemand die je tegenhoudt als je de verkeerde kant op dreigt te gaan. Niemand. En het was compleet mijn eigen schuld.

De eerste schop kwam hard in mijn ribben terecht; ik klapte voorover en mijn gezicht smakte op de harde betonnen vloer. Het bloed vloeide mijn mond in, een ijzersmaak die zich binnen een seconde overal verspreidde, en ik realiseerde me dat ik zo snel mogelijk van de grond af moest komen.

Kom op, Hazel. Sta op.

Maar het was al te laat. Geen seconden of minuten te laat, maar feitelijk jaren te laat, want ik had het niet zien aankomen, en met mij heel wat anderen.

Ik zag zijn arm weer achter zijn lichaam verdwijnen, zich klaarmakend voor de volgende klap.

Kom op, Hazel. Sta op.

JULIUS

De mensheid intrigeert me. De leugens die men zichzelf vertelt om zonder frictie door te kunnen leven, en hoever die leugens kunnen gaan.

De wet intrigeert me. Het verschil tussen wat men accepteert als fundamenteel fout en waarvoor de desbetreffende wetten slechts dienen als strafvorming, en de overtredingen die zich in een grijzer gebied bevinden. Als je zeker zou weten nooit een bekeuring te krijgen voor zwartrijden, zou je dan een treinkaartje kopen? Mensen zijn meesters in liegen tegen zichzelf, maar het eerlijke antwoord is doorgaans toch een duidelijke nee.

Ik weet nog goed dat ik haar voor de eerste keer zag. Iets in haar trof me, er was iets ongrijpbaars, iets onverklaarbaars. Iets pijnlijks. De interessantste mensen zijn altijd diegenen die iets met zich meedragen, een schaamte of schuldgevoel, soms tegenover anderen maar vaker tegenover zichzelf. Want welke situatie ze ook tegenkomen, dat gevoel reist altijd met ze mee, en hoe stellig ze ook beweren dat het van geen enkele invloed is, het beïnvloedt alles wat ze doen.

Ik geloof niet dat ik enig excuus had. Ik heb mezelf ook nooit wijsgemaakt dat ik een goed excuus had, behalve dat ik het gewoon wilde doen en dat de reden voor mij goed genoeg was. Alle opties waren de revue gepasseerd, en ik was tot het rationele besluit gekomen dat dit voor mij de beste keuze was. Dus deed ik het, of het nou als moreel correct gezien werd of niet, en zo heb ik mijn hele leven mijn eigen oordeel geveld. Want moraliteit is grillig, en wetten worden gemaakt door een elitaire groep politici die zelf nog nooit voor een moeilijke keuze hebben gestaan.

Waarom plegen mensen een misdaad? Men gelooft graag dat er een zwart-witte scheiding is tussen de goede en de slechte mens, maar dat blijkt maar zelden zo te zijn. Is onder de juiste omstandigheden niet iedereen in staat een misdaad te plegen?

VOOR

HAZEL

ÉÉN

Terwijl de laatste zomerzon van het jaar door mijn slaapkamerraam naar binnen scheen, besloot ik dat vandaag toch echt de dag was waarop ik ging beginnen met joggen. Of yoga. Een van die dingen die ook goed schijnen te zijn voor je mentale gesteldheid, terwijl eerlijk gezegd de constante gedachte dat ik er allang aan had moeten beginnen nou niet echt wonderen leek te doen voor die mentale gesteldheid. Maar mijn conditie was jammerlijk, en de nazomer leek altijd een goed moment om aan buitensportactiviteiten te beginnen. Ik sloeg mijn dekbed open en zette mijn voeten op de koele houten vloer. Nadat ik water had opgezet voor mijn oploskoffie – oploskoffie had naar mijn mening onterecht een slechte reputatie – trok ik een van mijn twee sportoutfits aan; aan de hoeveelheid sportbroeken in mijn kast kon je al zien dat ik niet elke dag zwetend op de loopband stond. Maar wat niet is kan komen, en nadat ik snel wat koffie en een opgepiept sneetje brood met jam naar binnen had gewerkt, stapte ik de deur uit.

Ik heb Haggerston altijd intrigerend gevonden, want de wijk verbindt Hackney in het oosten van Londen met Notting Hill in het westen door een wirwar van prachtige kanalen, en het is een oase van rust in een rusteloze stad. Ik voelde me thuis in de anonimiteit en de valse belofte dat het hier niet uitmaakt wie je bent, wie je kent, en hoe je je kleedt. Dat was natuurlijk een slim opgezette marketingtruc, want het was vooral een plek voor rijke conventionele mensen die zichzelf en anderen graag het idee gaven erg onconventioneel te zijn, maar ik geloofde met liefde in de leugen die ik mezelf had aangepraat en bovendien betaalde ik via via een idioot lage huur voor mijn flat aan een van de kanalen.

Ik begon met wat de professionele joggers waarschijnlijk snelwandelen noemen, maar wat voor mij toch al een redelijk stevig tempo was; langzaam beginnen, dat zeggen ze altijd. Vol goede moed rende ik de trap af van de straat naar de kanalen, langs een Venezolaans café met felgekleurde tafeltjes en stoelen, waar de geur van het ontbijt het terras omringde, en langs de vele fietsers die zich ook op het pad bevonden. Er waren veel cafés langs het water hier, en ik begon me stiekem te verheugen op mijn favoriete plek waar de cappuccino's altijd net iets te groot waren en ze de lekkerste croissants van Londen verkochten, die waarschijnlijk het hele hardlopen weer teniet zouden doen.

Ik was zo'n tien minuten op weg toen ik een steek in mijn zij begon te voelen – misschien was zelfs snelwandelen toch al een iets te optimistische start geweest – en godzijdank ging mijn telefoon. Als het even kon ontweek ik telefoongesprekken, maar ik nam nu maar al te graag op.

'Hazel?' Vaak was de persoon aan de andere kant van de lijn nogal verbaasd dat ik opnam.

'Ja, Hazel hier.'

'Met Adam.'

'Ik zag het.'

'Zou je nu naar een plaats delict kunnen komen?'

Ik kreeg het gevoel dat ik mijn koffie en croissant wel gedag kon zeggen.

'En ja, ik weet dat het je vrije dag is, en ja, ik weet dat je eerst tegen gaat sputteren, maar we weten allebei dat je uiteindelijk toch wel gaat. Dus misschien kunnen we dat deel van het gesprek overslaan zodat we geen kostbare tijd verliezen.'

Hij had gelijk. Dus we sloegen dat deel van het gesprek over en ik begon terug naar huis te rennen. Of te snelwandelen.

Soms heb je een onderbuikgevoel dat er iets gaat gebeuren waar je niet op zit te wachten. Dat je op de rand van een afgrond staat waar je tot nu toe heel professioneel op gebalanceerd hebt, maar dat er vooral niks moet gebeuren waardoor de grond onder je voeten gaat trillen. Dat zijn de momenten dat je op je hoede moet zijn, en de momenten waarop je hard de andere kant op moet rennen als blijkt dat je onderbuikgevoel meer dan alleen een gevoel is. Maar meestal zie je dat pas achteraf, dat moment waarop alles de verkeerde kant op begint te gaan. Meestal begin je te laat met rennen.

TWEE

Ik kwam aan in een van de buurten in Londen waar statige huizen in de ene straat afgewisseld worden met verlopen flats in de andere straat; zo'n straat waar je 's avonds met je huissleutel in je hand loopt, want je hebt jezelf ervan overtuigd dat als iemand je probeert aan te vallen, een huissleutel zeker het verschil gaat maken. Ik heb een keer een documentaire gezien waarin een surfer tijdens een wedstrijd van zijn surfplank werd getrokken door een haai, en hij zei daarna dat hij onder water zo goed mogelijk in het oog van de haai had geslagen. Zo zag ik mezelf altijd tijdens een eventuele aanval, dat ik met precisie mijn sleutel in het oog van mijn aanvaller zou kunnen steken. De leugens die je jezelf vertelt om je veiliger te voelen zijn eindeloos, dat blijkt maar weer.

Het huis waar ik moest zijn was zeker een van de beter onderhouden huizen, met bruine bakstenen en een enorme donkergroen bebladerde boom die hoger reikte dan het huis zelf. Het verbaasde me niet dat een misdadiger dit mooi opgeknapte pand had uitgekozen, maar wat me wel verbaasde was dat blijkbaar niemand in deze redelijk drukke straat in Queen's Park iets gehoord of gezien had en dat pas uren later, toen de schoonmaakster binnen was gekomen, het rampzalige voorval ontdekt was. Ik stapte onder de politietape door naar de voordeur, en hield zoals altijd mijn hart vast voor wat ik binnen ging aantreffen.

'Hazel, hier!' zei Sebastian, een ietwat kleine man die eruitzag alsof hij nog op de middelbare school zat, met rossig haar dat zeker niet vaker dan eens in de twee weken gewassen werd, en kleding die blindelings uit de kast getrokken was. We hadden het eigenlijk sinds onze eerste ontmoeting goed met elkaar kunnen vinden, en zijn desinteresse voor uiterlijke schijn maakte hem een van de puurste mensen om mee te werken.

'Tot nu toe geen teken van inbraak, maar binnen wat modderige schoenafdrukken en in de woonkamer een halve ravage. En dan heb ik het nog niet over de slaapkamer, daar zijn we nog wel een tijdje bezig.' Hij was forensisch onderzoeker, en naar mijn mening een van de beste, ook al was hij waarschijnlijk een van de jongste.

'Een tijdje bezig?' Ik had het gevoel dat het een stuk erger was dan Sebastian het deed lijken, want hij was ook nog eens een rasoptimist. Men zag dat soms aan voor naïviteit, maar ik zag het liever als positief tot het tegendeel bewezen werd.

'Je ziet het wel als je boven bent. Geloof dat de grote baas het je graag laat zien.' Hij legde net iets te veel nadruk op 'grote baas' en ik vroeg me af hoeveel hij wist, maar voordat ik het kon vragen was hij de hoek al om gelopen met een halve glimlach en een knipoog. Of liever gezegd, het was een vertegenwoordiging van wat Sebastian dacht dat een knipoog was; ik wist eigenlijk niet of hij ooit weleens op dates ging, en wat hij in het weekend deed als de massamens in de pub zat.

Ik stapte het huis binnen en zag wat Sebastian bedoeld had. De woonkamer leek compleet overhoopgehaald, alsof er een orkaan had huisgehouden, en niks stond meer op de oorspronkelijke plek. Had er een worsteling plaatsgevonden? En zo ja, waarom was er dan geen teken van inbraak?

'Blij dat ik je hierheen heb gehaald op je vrije dag?' Ik herkende de stem al voordat ik me omdraaide. Adam. De meeste mannen die ik kende waren niet zo lang, maar Adam was lang, heel lang, met blond haar en diepbruine ogen, waardoor hij een opvallende verschijning was.

Ik voelde automatisch een glimlach opkomen en probeerde die uit alle macht te onderdrukken. 'Een plaats delict gaat voor mij altijd boven een warm bad en een avond tv-kijken. Maar waarom ben ik hier eigenlijk?'

Het was niet de normale procedure om een profiler bij een zaak te betrekken, want de opvatting – gecreëerd door televisieseries – dat profilers elke moord of verkrachting konden oplossen door een of ander idioot gedetailleerd daderprofiel was, helaas voor mij, zeker niet waar. Het ironische van mijn beroep was dat je eigenlijk een serie aan misdaden moest hebben voordat je een bijdrage kon gaan leveren, en dat het vaak wachten was op de tweede keer moord en doodslag. Of nog 'beter': een derde en vierde keer.

Terwijl Adam mij twee paar handschoenen, een mondkapje, een haarnetje, een beschermende overal en plastic schoenbeschermers aangaf – mijn DNA kon geen kant op –, gaf hij me een korte samenvatting.

'Zoals je ziet is het een redelijke chaos hier beneden, alsof er een behoorlijke worsteling heeft plaatsgevonden.' Hij begon naar de trap te lopen en net toen ik betwijfelde of hij mijn vraag aan het negeren was praatte hij verder. 'En als antwoord op je vraag, boven staat je nog een verrassing te wachten.'

'Een verrassing waar ik blij van word of een verrassing waardoor ik de komende weken niet voor twaalf uur in bed lig?'

Hij haalde zijn schouders op, schouders waar ik als ik niet oplette compleet door zou worden afgeleid. 'Dat laat ik aan de experts over,' zei Adam met een glimlach en een knipoog. Adam wist wel hoe hij moest knipogen, en ik vroeg me af hoe vaak hij nu nog op dates ging, en tussen iemands lakens had gelegen na een vrijdagavond in de pub.

Ik dacht terug aan de avond dat ik Adam ontmoette. Het was een van die zeldzame avonden dat het zelfs om elf uur nog warm aanvoelde, en je zonder jas buiten kon zitten. Ik zat met mijn vrienden op een dakterras in Oost-Londen, en dit waren de avonden dat ik het gelukkigst was.

Ik stond bij de bar, al veel te lang, want ik was altijd extreem slecht in snel iets bestellen. Soms verloor ik mezelf zo in het waarnemen van andere mensen dat ik vergat dat ik tien minuten geleden al had beloofd de volgende ronde drankjes te halen.

'Ze gaan je nooit helpen als je ze niet aankijkt,' zei een stem rechts van me. Ik draaide me om en ik had het gevoel dat ik me moest verontschuldigen voor mijn jammerlijke poging een bestelling te doen.

'Goed punt. Ik was ietwat afgeleid.'

'Hmm... afleiding die je weerhoudt van je favoriete cocktail. Dat is heel wat. Laat me raden...'

'Wat me afleidde?'

'Wat je favoriete cocktail is. Alhoewel ik ook graag hoor wat jouw aandacht trekt.'

Ik ben nooit echt goed geweest in flirten, en al helemaal niet met iemand die me veel te zelfverzekerd leek. Ik flirtte altijd liever per ongeluk, in plaats van te weten dat we daar nu expres mee bezig waren.

'Whisky sour. Je andere vraag is een langer verhaal.'

'Ik heb de tijd. En whisky sour?' Hij gebaarde naar de barman, die uiteraard meteen op hem afkwam. 'Twee whisky sour graag.'

'En vier bier!' Nu ik zijn aandacht had liet ik de kans niet lopen eindelijk het beloofde bier te bestellen.

'Adam.' Hij stak zijn hand uit, en zodra mijn hand die van hem raakte voelde ik een golf van opwinding.

'Hazel.' Hij hield mijn hand net iets langer vast dan normaal.

'Dus. *Penny for your thoughts.*'

Ik keek Adam voor het eerst echt aan, en het viel me op dat hij een raar soort vertrouwen uitstraalde.

'Eerlijk?'

'Eerlijk.'

'Oké. Ik zat te denken aan de hoeveelheid mensen in deze wereld, en hoe iedereen zijn eigen leven heeft, en eigen zorgen, en waarschijnlijk denkt dat zijn of haar zorgen groter of moeilijker zijn dan andermans zorgen.' Jezus, ik was echt niet goed in flirten.

Ik moet het hem nageven, hij liet geen enkele verbazing merken. 'En hoeveel van die mensen echt geen tijd hebben om ook nog eens andere mensen te beoordelen.'

'Hmhm.' In mijn fantasie had ik hem dicht naar mij toe getrokken en iets charmants in zijn oor gefluisterd, maar in het echte leven deed ik alsof ik vol aandacht op mijn vier bier wachtte.

Hij stond op en ging dicht bij mij staan. 'Ik denk dat ik maar het voortouw moet nemen. Heb je al gegeten?'

Soms is een aantrekkingskracht onverklaarbaar, het zal wel iets met feromonen te maken hebben en de natuur die uitvogelt dat jullie twee samen voor goed nageslacht zouden zorgen, maar dat leek nu niet zo van belang.

'Ik barst van de honger.' We wisten allebei wel dat ik om elf uur 's avonds allang gegeten had, maar we aten tot diep in de nacht.

Ik liep de trap op en terwijl ik naar boven liep merkte ik op dat er, buiten de woonkamer, geen enkel meubelstuk of boek van zijn plek verschoven was. Het leek alsof de misdadiger beneden compleet chaotisch en ongeorganiseerd te werk was gegaan, terwijl hij of zij in de rest van het huis alle impulsen onder controle had gehouden en extreem georganiseerd was geweest. Ik kreeg er een duister gevoel van, want zo'n gemengde plaats delict was allesbehalve een goed teken; óf we hadden hier te maken met een onvoorspelbare agressieve dader, óf met meerdere daders, óf – en vaak het lastigst – de plaats delict was expres gemanipuleerd om ons op het verkeerde spoor te zetten.

Boven was het huis onderverdeeld in de standaard badkamer, slaapkamer en rommelkamer, maar de stemmen volgend was al snel duidelijk waar ik moest zijn. Ik liep de slaapkamer binnen en binnen een seconde zonk de moed me in de schoenen. Ik had dat gevoel dat je weleens kan hebben vlak voordat je flauw gaat vallen, van misselijkheid gemixt met het feit dat je omgeving lijkt door te gaan terwijl je zelf stilstaat. Want ik had dit al eens eerder gezien, en ik wist precies wat het betekende: de komende weken niet voor twaalf uur in bed.

DRIE

Ik liep de lange laan af naar nummer vierennegentig; ook zonder het na te zoeken had ik het kantoor terug kunnen vinden, want het was het meest statige huis tussen de statige huizen in West-Londen. Londen is onderverdeeld in meerdere ministadjes, ieder met hun eigen karakter en eigenschappen, en sommige van die ministadjes lagen me veel beter dan andere. West-Londen, echt West-Londen, had ik altijd een ietwat pretentieus deel van de stad gevonden; waar ik ook keek, het leek altijd alsof iedereen óf strak in pak óf in een of andere superhippe outfit liep, en ik was me opeens extra bewust van mijn half natte haar en spijkerbroek die het eerst binnen handbereik had gelegen. Ik stopte bij een grote zwarte deur die in mijn geheugen gegrift stond, en stapte de eerste trede op voordat ik van gedachten kon veranderen.

Je had advocaten en je had advocaten. Julius was zeker de tweede soort, en hij werkte vanuit dit pand in Chelsea, zo een dat direct uit een kerstfilm leek overgenomen. Julius zelf zag er ook uit alsof hij direct uit de nieuwste Hallmark-film was gestapt, met zijn perfecte zwarte haar en fel amberkleurige ogen. Ik had me soms afgevraagd of hij ook weleens thuiskwam en in een joggingbroek op de bank neerplofte en chinees bestelde, want ik had hem nog nooit in iets anders gezien dan een prestigieus gecoördineerd maatpak en aan zijn lichaamsbouw te zien volgde hij ook een of ander extreem gezond dieet.

Ik belde aan en via de intercom klonk direct: 'Bell & Frasier advocatenkantoor, hoe kan ik u helpen?'

'Hi, ik ben hier voor een afspraak met Julius.'

'Wat is uw naam?'

'Hazel Smith.' Ik had van tevoren bedacht dat ik onder mijn echte naam misschien niet binnen zou komen, maar een neppe voornaam bij de neppe achternaam was misschien ook wel handig geweest. Het was maar goed dat ik geen undercoverwerk deed.

'Een moment alstublieft.'

'Geen proble–' De verbinding was al verbroken.

Een tijdje geleden had een advocaat mij ingeschakeld om een daderprofiel op te stellen, en dan het liefste een dat haaks stond op het profiel van de cliënt die hij verdedigde. Ik besloot al snel dat zelfs mijn soms enigszins losse normen en waarden daarvoor niet los genoeg waren, en het werd me niet in dank afgenomen. Nu vervloekte ik dat ik niet tenminste had gedaan alsóf ik hem graag had willen helpen, want een gunst vragen van iemand die bij je in het krijt staat is altijd een betere uitgangspositie dan van iemand die het niet zo op je heeft.

'Mevrouw Smith, weet u zeker dat u een afspraak heeft? Ik kan helaas niks vinden in de agenda van meneer Bell.'

Het was de eerste keer dat ik me realiseerde dat hij naampartner was. 'Ah, misschien heb ik de verkeerde dag.'

'Wilt u dat ik een afspraak voor u in de agenda zet?'

'Zou ik dat binnen kunnen doen?' Het leek wel Fort Knox hier.

'Uiteraard, de deur is open.'

Ik duwde tegen de deur en vroeg me af of die de hele tijd al open was geweest.

De binnenkant van het kantoor was natuurlijk net zo prachtig als de buitenkant, en ik hoopte dat ik Julius ergens rond zou zien lopen tussen de vele donkere kersenhouten bureaus, zodat ik niet een of andere smoes hoefde te verzinnen om zijn kamer binnen te komen. Misschien was de waarheid een betere aanpak geweest, maar dat begin je je vaak pas te realiseren als je al te diep in de leugen verzeild bent geraakt.

'Hazel Smíth!'

Ik draaide me om en zag een net iets te vrolijke Julius staan. Hij had de overhand, en vond het zeker iets te prettig.

'Julius.'

'Vanwaar dit bezoek? Ik voel me vereerd.'

'Heb je tien minuten? Ik heb...'

Hij onderbrak me gretig. 'Mijn hulp nodig?'

'Ik sla graag je kennis na.'

'Dat is gewoon een omslachtige manier om te zeggen dat je mijn hulp nodig hebt.'

Hij was een te goede advocaat om hier een discussie van te maken. 'Oké. Ik heb je hulp nodig.'

'Kom binnen.' Zijn kantoor was precies het kantoor dat je verwachtte van een succesvolle strafrechtadvocaat, met kunst die waarschijnlijk meer gekost had dan mijn hele jaarsalaris, en een oude platenspeler om mensen het gevoel te geven dat hij heus ook een persoon met passies en hobby's was.

'Iets te drinken?'

'IJskoffie? Met havermelk alsjeblieft.'

Hij keek me aan alsof ik om een wodka red bull had gevraagd, maar ik was niet verbaasd toen bleek dat ze inderdaad een heel scala aan melkalternatieven hadden.

'Waarmee kan ik je helpen?'

'Een jaar geleden –'

Hij onderbrak me weer. 'O ja. Toen jij een hele toespraak hebt gehouden over de integriteit van de wet en van jouw beroep. Hoe het je taak was om de teleurstellende hoeveelheid legitimiteit van jouw vak te proberen te vergroten in plaats van verkleinen?'

Eén ding was zeker, hij had een scherp geheugen. 'Ik zal de woorden "teleurstellende hoeveelheid" niet in de mond hebben genomen, maar ja. Toen inderdaad.'

'Ik kan het me vaag herinneren.'

Hij leek expres irritatie te willen opwekken, en ik ging me er niet door laten verleiden. 'Perfect. Je hebt het toen namelijk met me over een vroegere zaak van je gehad.'

Ik weet nog heel goed dat hij tijdens onze derde en laatste sessie een zaak uit zijn verleden met een ontzettend kenmerkende handtekening ter sprake bracht, terloops en eigenlijk compleet onverschillig. Maar het was me bijgebleven omdat het ongewoon was, en op een bepaalde morbide manier eigenlijk ook heel ingenieus.

'Ah.' Julius ging achter zijn bureau zitten, maar zei verder niks.

'Die met al dat vuilnis?'

'Ah ja.'

'Jason Russo?'

Hij leunde achterover in zijn stoel, en voor een succesvolle advocaat leek zijn geheugen opeens wel heel traag te werken. 'Ach ja, uiteraard. Meneer Russo.'

'Oké dan, menéér Russo. Heb je het materiaal van die zaak nog?'

'Heeft de politie het materiaal niet meer?'

Het had me moeten opvallen dat hij dit vroeg, want het was niet algemeen bekend dat ik de politie weleens bijstond; ik had inderdaad eerder vandaag tevergeefs geprobeerd informatie over de zaak naar boven te halen, maar een onverwachte hoeveelheid ervan bleek vertrouwelijk, en ik was eigenlijk niet veel verder gekomen dan dat de verdachte, Jason Russo, onschuldig verklaard was. Dat gebeurde niet zo vaak, en een gevoel van onheil had zich inmiddels in mij genesteld.

'Er is bar weinig te vinden over de zaak.'

'Goh. Apart. Je zou hopen dat de politie daar georganiseerd genoeg voor is.' Ik zag een flauwe glimlach op zijn gezicht, die zo snel als hij verschenen was weer verdween.

Uiteraard. Hij wist heel goed waarom ik weinig over de zaak had kunnen vinden.

'En wat ik kon vinden was alleen het bewijs aan de kant van de aanklager.'

'En jij wilt het bewijs van mijn kant.' Julius keek me strak aan.

'Ik wil graag de transcripten van jouw interactie met je cliënt.'

Zelfs Julius was nu even stil. 'Sorry, je wilt wat?'

'De transcripten...'

'Jaja, ik hoorde je wel.' Hij keek me aan. 'Je wilt dat ik de vertrouwelijke transcripten prijsgeef tussen cliënt en advocaat?'

'Voormalige cliënt.'

'Waarom zou ik dat in godsnaam doen?'

'Omdat Jason Russo onschuldig is verklaard, en je toch niet tweemaal voor dezelfde misdaad terecht kan staan.'

'En?'

'En omdat ik dan bij je in het krijt sta.'

'En?'

'En omdat het godsamme weer gebeurd is.' Mijn onmacht had zich omgezet in compleet verkeerd gerichte boosheid, maar degene die dat eigenlijk verdiende was tot nu toe onbekend voor mij. 'Omdat ik vanochtend een plaats delict op liep van een moord op een jonge vrouw en ik zoveel afval zag liggen dat het bijna onmogelijk wordt om het DNA van de dader – als dat er al is – te onderscheiden van het andere DNA op al het afval dat boven op haar lag.'

Hij keek me lang aan. 'Je weet dat dit technisch gezien niet door de beugel kan?'

'Ja.' Ik besefte dat maar al te goed. 'Maar een vrouw in de bloei van haar leven is vermoord, en de enige andere persoon van wie ik weet dat hij ooit verdacht is geweest van eenzelfde handtekening op de plaats delict is deze cliënt van jou.'

'Oké.'

Ik had verwacht dat hij het me veel moeilijker zou maken. 'Oké?'

'Maar ik wil op de hoogte gehouden worden.' Hij streek zijn stropdas glad. 'Ik wil niet dat meneer Russo's goede naam door het slijk wordt gehaald.'

'Dus je was overtuigd van zijn onschuld?'

'Uiteraard.'

'Omdat je zijn advocaat was of omdat je echt geloofde dat hij onschuldig was?'

'Hmhm. Precies.' Hij stond op, vast om aan te tonen dat het gesprek ten einde was.

'Ik moet dat laten goedkeuren door mijn baas.'

'Baas?'

'Inspecteur Palmer.' Ik stond ook op en nam een slok van mijn ijskoffie. 'Of ik je op de hoogte mag houden bedoel ik.' Dat ging nog een interessant gesprek worden met Adam.

'Uiteraard,' zei Julius met een tevreden glimlach. 'Ik had niet anders verwacht.'

VIER

Ik kwam thuis en zag dat het lichtje van mijn antwoordapparaat knipperde; ik was waarschijnlijk een van de weinige mensen die nog een vaste telefoonlijn had maar ik hield van tradities, en bovendien was door mijn aversie tegenover bellen een antwoordapparaat mijn beste vriend. Als iemand niks insprak, nam ik aan dat ik niet terug hoefde te bellen, en deden ze dat wel, dan kon ik zelf beoordelen of dat het terugbellen waard was. Ik drukte op de zwarte knop terwijl ik in gedachten al half in een warm bad zat, toen ik Elizabeths stem hoorde.

'Hallo hallo, even over vanavond, wat was het ook alweer, geen schaaldieren maar wel krab? Of geen krab maar wel schaaldieren? Misschien beter het zekere voor het onzekere en kook ik gewoon iets zonder enig zeeachtig dier. Ja, nee, dat is veel beter. Oké, nou, laat me nog even weten of je iemand meeneemt! Au revoir!'

Shit. Doordat mijn vrije dag in een werkdag was overgegaan was ik helemaal vergeten dat ik een etentje had gepland bij Elizabeth, een vriendin van me die soms het tegenovergestelde leek van hoe ik nu was, maar op wie ik geleken had toen ik haar had ontmoet. Gepland was misschien een groot woord, het was meer dat zij het organiseerde en ik geen reden had kunnen bedenken waarom ik niet kon, maar ik had haar ook al veel te lang niet gezien en kon er nu niet meer onderuit. Ik nam een snelle douche en stak mijn halflange bruine haar in een knot – gelukkig was dit een dag waarop je je haar vastpakt en het meteen goed zit, in plaats van zo'n dag waarop je het honderd keer opnieuw doet en het er nog steeds niet uitziet – en trok een zijden jurk aan met een wollen trui eroverheen. Zo moest het maar, en voordat ik een smoes zou kunnen bedenken waarom ik niet kon komen, snelde ik de deur uit.

'Hazel!' Elizabeth deed de deur open in een kleurrijk pak dat haar geweldig stond, zo'n outfit waarvan je je altijd afvraagt wie dat staat, en ik nam me voor de zoveelste keer voor toch echt eens kleur te kopen in plaats van verschillende variaties op zwart.

'Sorry dat ik iets te laat ben, werk liep uit.'

'En sorry dat je niet teruggebeld hebt? Die vaste telefoonlijn van jou...'

'Ja... dat hoorde ik ook pas toen ik thuiskwam.'

'No problemo, en ik zie gelukkig dat je niemand hebt meegenomen, ik had niet genoeg kwartels gehad!'

'Ja, even daarover, ik...'

'Iedereen, dit is Hazel, Hazel dit is iedereen. Jack en Jo ken je al, en dit zijn Adam, Hailey en Frank,' zei Elizabeth terwijl ze me haar woonkamer in trok. Iedereen was druk met elkaar aan het praten en de kennismaking liet een ijzige stilte vallen. Een paar jaar geleden had ik het ijs makkelijk gebroken met een of andere goede opmerking, en uit die tijd stemde mijn kennismaking met Elizabeth ook. We waren elkaar tegengekomen toen we allebei het Londense nachtleven waren ingedoken; ik omdat ik mezelf tevergeefs aan het wijsmaken was dat ik allerlei dingen allang had verwerkt en zij omdat ze zich gewoon graag in grote groepen mensen bevond en elke avond nieuwe beste vrienden maakte voor de komende twee uur. Nu was die extraverte kant van mij nogal uit vorm, en stond ik daar perplex terwijl ik Adam aan tafel zag zitten, lachend en wijn drinkend met een lange blonde vrouw die blijkbaar Hailey heette.

'Oké! Nu we elkaar allemaal kennen, ga zitten. De eerste gang komt eraan.' Elizabeth liep met snelle pas de kamer uit naar de keuken en het voelde als de eerste dag op de middelbare school, wanneer je niemand kent en ongemakkelijk een plek zoekt terwijl je extra je best doet om allesbehalve ongemakkelijk over te komen.

'Hazel, vrije stoel hier,' zei Jo terwijl ze een stoel naast haar naar achteren trok. Ik kende Jack en Jo eigenlijk vooral als het perfecte paar, studievrienden van Elizabeth, van wie zelfs de namen bijna belachelijk goed bij elkaar pasten. Jacks volle naam was Jacques en hij kwam oorspronkelijk uit Frankrijk, en Jo's volle naam was Jo. Niet Joanne of Josephine, maar Jo, en op de een of andere manier had ik die eenvoud altijd rustgevend gevonden. Ze zaten ook vanavond lachend naast elkaar; ik wist wel dat stille wateren diepe gronden hadden en ze waarschijnlijk net als iedereen weleens problemen hadden, maar ik was daar nog nooit getuige van geweest.

'We hadden het net met Adam over zijn baan bij de politie.'

Adam deed ogenschijnlijk bescheiden. 'Maar ik denk dat de sensatie die ik kan bieden teleur gaat stellen.'

'Ach nee, vast niet, ik geloof niet dat iemand van ons een betere baan heeft om het over te hebben,' zei Hailey. 'Deel je geheimen met ons!'

'Of in ieder geval wat tips over hoe we het beste met miljoenen wegkomen,' riep Elizabeth vanuit de keuken. 'Vertel!'

Terwijl ik Adams blik uit alle macht ontweek, vroeg ik me af of hij ging prijsgeven dat wij elkaar al kenden. Ik was altijd behoorlijk zelfverzekerd geweest over mijn professionele capaciteiten, maar door de jaren heen was ik die zelfverzekerdheid verloren als het op relaties aankwam, en hoe vervelend ik het ook vond, de lange blonde vrouw naast Adam haalde die onzekerheid weer naar boven.

'Ach, het is gewoon werk. Ietwat minder vaste werktijden en iets meer spanning en sensatie, maar ook evenveel administratie en frustrerende momenten.'

'En een bepaalde soort macht.' Het klonk alsof Frank het niet zo op de politie had.

'Wat is je interessantste zaak geweest?' vroeg Jack. 'Als je het daarover mag hebben uiteraard.' Jack leek een andere man nooit als een bedreiging te zien, hoe succesvol ze ook waren.

'Goh, daar vraag je me wat. Ik geloof dat de interessantste zaken altijd de minst voor de hand liggende zijn. Je zou je verbazen over hoe vaak de dader iemands partner of beste vriend is.'

'Stel je voor zeg, je partner,' zei Jo. Zij was zeker weten degene aan deze tafel die zich dat het slechtst kon voorstellen.

Elizabeth kwam binnen met de eerste gang en onder het genot van een geweldige Italiaanse salade – ik had tot nu toe niks kunnen ontdekken waar Elizabeth niet goed in was – ging het gesprek over hoe men hun partner zou laten verdwijnen. Normaliter vond ik dit soort gesprekken heel interessant, vooral om te zien wie gaat zeggen 'het niet over zo'n idiote situatie te willen hebben' – want zo iemand was vaak de eerste die zich in zo'n situatie zou bevinden – maar nu zag ik alleen Hailey en Adam, en Jack en Jo, en had ik het gevoel dat het de bedoeling was dat Frank en ik het derde koppel van de avond gingen worden.

De keukenwekker ging af als een reddende engel, en nadat Elizabeth terug naar de keuken was gelopen klonk er een klap, net niet onheilspellend genoeg om iedereen in actie te laten komen maar net hard genoeg voor mij om naar de keuken te hollen, weg van de tafel, onder het mom van helpen.

'Gaat het?'

Elizabeth draaide zich om. 'O ja, kom viel om. Niks gebroken!'

Ik twijfelde even en ging naast haar staan, leunend tegen het aanrecht. 'Hoe eh, hoe is dit gezelschap samengekomen?'

Ze schoof wat etensresten van de borden af. 'Och, heb eigenlijk maar wat random mensen gevraagd en wie kon die is gekomen. Wat denk je van Fra–'

Ik onderbrak haar snel. 'Waar is Olivia?'

'Olivia?'

'Ja, ik dacht dat jullie...' Elizabeths liefdesleven was grotendeels een mysterie voor me, maar ik wist wel dat Olivia verdacht vaak bij haar thuis was.

'Olivia en ik...' Ze zette het laatste bord op het stapeltje afwas naast de gootsteen. 'Ik weet het niet. Het werd allemaal...' Haar gezicht stond moeizaam.

'Te serieus?'

'Ja.' Ze zuchtte. 'Zoiets.'

Wederom iets wat we gemeen hadden: afstand zoeken. De redenen verschilden, dat wist ik zeker, maar misschien kon ik net lang genoeg doen alsof ik ook liefdesverdriet had gehad en daarom niemand binnenliet. Dan kon ik het tenminste met iemand over mijn verleden hebben, half gelogen en half de waarheid.

Maar ik deed het niet. 'Denk je dat het nog goed komt?'

'Pff. Misschien.' Ze opende de oven en een heerlijke geur verspreidde zich door de keuken. 'Maar alleen is het ook wel prima.'

'Ja, dat is ook zo.'

Elizabeth lachte. 'Ga je niet zeggen dat ik nooit alleen ben met vrienden om me heen?'

Ik duwde me van het aanrecht af. 'Is dat zo?'

Ze klopte me op de schouder. 'Altijd een goede peptalk.'

Als een poging tot uitstel van executie begon ik wat borden af te drogen en bleef ik Elizabeth zo lang mogelijk helpen met koken – terwijl we allebei wel wisten dat ik twee linkerhanden had als het daarop aankwam – en nadat de borden opgemaakt waren met een prachtige gevulde kwartel in wijnsaus, nam ik er drie mee terug naar het schouwspel.

'... en toen bleek dus dat ze zichzelf had laten verdwijnen, wachtend tot haar man vreemd zou gaan en ze door de huwelijkse voorwaarden de helft van zijn geld zou krijgen.' Ik kende deze Adam, die verhalen over zijn werk met charme en verve vertelde, alsof hij zichzelf soms moest overtuigen van wat hij anderen liet geloven. Hij zat nog steeds naast Hailey, en ik ging geruisloos op mijn stoel zitten.

'Het lijkt wel een film,' zei Jo terwijl Jack er naadloos aan toevoegde: 'Ja, zo'n romantische comedy die omslaat in een thriller.'

'Zoals *Gone Girl*.' Het verbaasde me niks dat Frank dat boek aanhaalde, maar hij had het vast niet gelezen zoals ik; me onderhuids afvragend of ik ook zo zou kunnen verdwijnen.

'Bijzonder hoor, dat je dat in het echt meemaakt,' zei Elizabeth terwijl ze zichtbaar genoot van haar zelf klaargemaakte gerecht.

Hailey legde haar hand op Adams been. 'Ja, wauw hoor, Adam, dat jullie daarachter zijn gekomen.'

'Ja, wauw Adam.' De woorden waren eruit voordat ik er erg in had en ik bedacht me dat het onnodig onaardig moest hebben geklonken tegenover Hailey. Voordat de anderen zich dat ook zouden realiseren stoomde ik snel door naar een volgend onderwerp. 'En wat doe je eigenlijk bij zo'n zaak als je echt vastzit en geen vooruitgang boekt?'

Ik had onmiddellijk spijt van de vraag. We hadden samen in bed gelegen, ik naakt onder de lakens in de zomerzon, hij in zijn zwarte boxer. Hij had mij om advies gevraagd over een zaak waar ze maar geen doorbraak in kregen, en ik had eerst tegengesputterd, door mijn vele zorgen over het combineren van professionele en persoonlijke zaken, maar de huur moest betaald worden en Adam had me verzekerd dat het ene het andere niet zou beïnvloeden. De zon had op zijn armen geschitterd, armen die mij een paar uur daarvoor vluchtig hadden opgetild en op zijn tafel hadden neergezet, waarna ze mijn zomerjurk langzaam over mijn lijf omhoog hadden getrokken.

'Soms als er geen vooruitgang in zit proberen we nauwer samen te werken met andere organisaties. Of we huren weleens specialisten in,' zei Adam terwijl hij mij met een speelse glimlach aankeek.

'Sowieso dat jij altijd vooruitgang boekt.' Hailey was duidelijk zo iemand die wel wist hoe ze moest flirten, en terwijl ze zachtjes tegen hem aan leunde vroeg ik me af hoeveel andere vrouwen dat al hadden gedaan sinds ik hem had ontmoet. *Nee. Niet die gedachten.*

Ik schoof mijn stoel net iets te agressief naar achteren. 'Sorry...' Het viel opeens stil. 'Bedenk me net dat ik mijn handen nog helemaal niet gewassen heb.' Iedereen keek me aan alsof ik een redelijk onnodige mededeling had gedaan, wat natuurlijk ook zo was. 'Die documentaire laatst over bacteriën in de metro...' Ik liep de kamer snel uit voordat ik nog meer toelichting zou moeten geven.

Elizabeth woonde in een nieuwbouwflat, zo eentje in Stratford waar dat soort gebouwen sneller uit de grond gestampt worden dan mogelijk lijkt, en de afwezigheid van enig karakter vaak gecompenseerd wordt door goede isolatie en lage onderhoudskosten. Gelukkig voor mij betrof het ook een grote nieuwbouwflat en was het toilet waar ik naar op zoek was op een andere verdieping, vlak bij het balkon, ver weg van het gezelschap. Ik had me vroeger weleens afgevraagd hoe ze zich zo'n flat kon veroorloven in haar eentje, maar dat was voordat ik erachter was gekomen dat ze na een wild weekend in Londen netjes terugging naar haar baan in de City bij een effectenmakelaar.

Ik moet een tijdje diep in gedachten bij de wasbak hebben gestaan toen ik schrok van een stem achter me.

'Hi Hazel.' Adam stond half leunend tegen de deuropening. Ik keek hem aan via de spiegel, onzeker of ik me wel om wilde draaien.

'Adam.' Moest je in dit soort situaties laten zien dat je enigszins aangeslagen was, of moest je doen alsof het je niks kon schelen? Uiteindelijk leek ook de liefde een strategisch spel.

'Dus.'

'Dus...'

'We kennen Elizabeth allebei.'

'Zo blijkt maar.' Ik wilde niet de eerste zijn die het over het voor de hand liggende ging hebben.

'Ik ken haar van mijn jonge uitgaansjaren.'

'Ik ook.'

'Ik heb je nog nooit gezien bij haar feestjes.'

'Ik jou ook niet.'

Hij staarde me een tijdje aan, terwijl ik hard mijn best deed om zijn blik niet te veel te ontwijken; bij direct oogcontact had ik me altijd wat ongemakkelijk gevoeld.

'Ik ken die Hailey helemaal niet.' Adam stapte uit de deurleuning dichter naar mij toe, zodat hij vlak achter mij stond.

'Oké. Maakt verder niet uit, hoor.' Ik koos klaarblijkelijk voor de het-kan-me-niks-schelen-houding, de minder kwetsbare van de twee.

'Hm. Maakt je niks uit dus.' Hij pakte mijn middel vast met zijn twee warme handen, onder mijn wollen trui, met alleen mijn zijden jurk tussen ons in.

Ik keek naar de reflectie van zijn gezicht. 'Waarom zei je niet dat we elkaar al kennen?'

'Waarom zei jij niet dat we elkaar al kennen?'

Dat was natuurlijk waar, maar om de een of andere reden voelde het toch niet als een eerlijke vergelijking, waarschijnlijk omdat ik niet wilde dat het een eerlijke vergelijking was.

'Je leek... tevreden naast Hailey.'

Met zijn handen nog om mijn middel draaide hij me om met een vluchtige beweging, waarna we zo dicht bij elkaar stonden dat ik zijn adem kon voelen op mijn lippen. Ik wilde dat hij me naar zich toe trok en zoende alsof er niemand beneden zat te eten, maar probeerde die gedachte weg te drukken.

'Je bent niet zo makkelijk te lezen als je denkt, Hazel.'

'Te lezen?'

'Aan de ene kant heb ik nog nooit vrienden van je ontmoet, en ben ik zelfs nog nooit bij jou thuis geweest.' Terwijl hij sprak bewoog hij zijn hand omhoog onder mijn trui. 'Maar... aan de andere kant lijk je het idee van andere vrouwen ook niet echt prettig te vinden.'

'Misschien had ik nog nooit echt nagedacht over wat je doet als we niet samen zijn.'

'Ik heb wel nagedacht over wat jij doet.'

'En?'

'Ik weet het niet. Misschien dat ik je daarom zo graag zie. Ik heb eigenlijk geen idee wie je echt bent, Hazel.'

'Ik weet niet eens of ik dat weet.' Maar ik wist het wel, en ik wist dat Adam niet per ongeluk onwetend was.

Hij schoof het bandje van de jurk van mijn schouder af, en ik voelde zijn hand op mijn naakte huid terwijl hij zijn lippen nog dichter naar mij toe bracht.

'Maar ik kom er graag achter.'

Zijn rechtervoet ging naar achteren en duwde de deur van de badkamer dicht, en voor ik het doorhad schoof hij zijn handen onder mijn jurk, en tilde me op de wasbak. Ik gaf me over, trok zijn witte T-shirt over zijn hoofd en terwijl ik zijn lippen in mijn nek voelde schoof hij mijn string opzij. Als de liefde een strategisch spel was, dan was Adam een sterspeler.

VIJF

Een misdaad oplossen is net een puzzel. Je wilt graag alle stukjes zo snel mogelijk in elkaar leggen, maar je wilt ook zeker weten dat geen enkel stuk beschadigt, of nog erger, kwijtraakt. Soms staar je je blind op een bepaald deel van de puzzel, terwijl je het beste kan beginnen met de rand, om daarna langzaam naar binnen te werken. Dit is dan wel een puzzel met bloed en moord en allerlei andere gruwelijkheden, maar daar kan je maar het beste objectief naar kijken, alsof het een puzzel is van een ingewikkeld flatgebouw of straatbeeld.

'Kan je me iets meer vertellen over het slachtoffer?'

Ik zat aan het bureau bij Steven Peterson, de rechercheur die de leiding had over het onderzoek. Ik had hem weleens rond zien lopen en vroeg me af hoe hij tegen profilers aankeek.

'Vrouw, vijfendertig, Brits, getrouwd zonder kinderen, werkte als makelaar, lijkt geen voor de hand liggende vijanden te hebben.' Steven leek me een no-nonsense rechercheur.

'Sociaal of op zichzelf?'

'Volgens haar man had ze een druk sociaal leven, maar de vrienden die we tot nu toe hebben gesproken leken niet echt veel van haar af te weten.'

Dat klonk bekend.

'En haar man?' Adam had gisteren gelijk gehad, en de dader was deprimerend vaak de partner.

'Die was op zakenreis in Duitsland. Ongeveer een heel congres aan getuigen.'

'Familie?'

'Een zus die in het buitenland woont, en ouders in het zuiden van Engeland. Ze kwam uit een klein dorpje ten noorden van Brighton.'

'Hoelang woonde ze al in Londen?'

'Drie jaar. Zij en haar toenmalige verloofde zijn samen verhuisd vanuit het zuiden.'

'Dus haar man kwam uit hetzelfde dorp?'

'Haar man was niet haar toenmalige verloofde.'

'O.'

'Ja.'

'Hebben jullie met haar ex gesproken?'

'We kunnen hem op het moment niet vinden.' Hij bewoog wat ongeduldig heen en weer op zijn bureaustoel. 'Maar dat is verder niet echt jouw terrein.'

Het was als ingehuurde profiler altijd lastig te bepalen wat mijn terrein nou eigenlijk was. Ik was een soort raadgever, een observator aan de zijlijn, en het was niet de bedoeling dat ik de misdaad in mijn eentje ging proberen op te lossen. Nou was ik ook niet bezig met misdaden expres níét oplossen, dus het was een kwestie van balanceren op een dun onzichtbaar koord.

'En haar werk? Had ze rijke klanten die ontevreden waren?'

'We hebben nog geen tijd gehad om al haar dossiers te bekijken, maar haar baas leek erg tevreden over haar.'

Steven stond op; mijn tijd zat erop.

'Vind je het goed als ik langsga bij de echtgenoot van het slachtoffer?'

'Ja hoor.' Steven kwam niet over als iemand die het grootste vertrouwen in profilers had, maar zolang hij ook geen hekel aan mij leek te hebben, nam ik er maar al te graag genoegen mee.

*

Het huis waar ik eerder nog een ravage had aangetroffen zag er nu uit als elk huis in deze buurt; prachtig en verzorgd. De donkere wolk die voor altijd boven het huis zou hangen was inmiddels verborgen, en het enige teken van onheil was wat loshangende afzettape bij de deur. De politie werkte snel, want hoe langer je wachtte om bewijs te verzamelen, hoe groter de kans op besmetting en hoe kleiner de kans om de dader op te sporen.

Ik belde aan en merkte dat ik me rusteloos voelde; praten met de naasten van een overledene op een begrafenis was al een soort hindernisbaan van wat je wel en niet kon zeggen, maar bij iemand die vermoord was, was dat nog tienmaal erger.

De deur werd geopend door een man van wie ik me kon voorstellen dat hij een week geleden complete controle over zijn leven had gehad en succes na succes op zijn werk had behaald; daar was nu weinig van over. Hij had donkere kringen onder zijn ogen, en een blik die ik al veel te vaak gezien had: een soort teleurstelling in de wereld en hoe hij dacht dat zijn leven zou verlopen.

'Hallo, ik ben Hazel. Ik geloof dat agent Peterson je heeft geïnformeerd dat ik eventueel langs zou komen. Ik ben een...'

'O ja. De profiler.' Ik had het gevoel dat dit vandaag de tweede persoon zou zijn die me niet lang de tijd zou geven.

'Precies. Hazel Kramer.'

'Mark.'

'Hallo Mark.' We stonden ongemakkelijk bij de deur. 'Is het goed als ik binnenkom? Ik beloof je, ik zal zo min mogelijk van je tijd in beslag nemen.'

Hij begon naar binnen te lopen. 'Ja hoor.'

De vorige keer dat ik hier was had ik vooral de plaats delict in mij opgenomen, maar deze keer zag ik hoeveel foto's van Mark en Rachel er in dit huis hingen. Op vakantie, op zakenreis, met ouders, met vrienden; ze waren duidelijk dolgelukkig geweest, of hadden heel hard hun best gedaan om iedereen te doen geloven dat ze dolgelukkig waren geweest.

Mark bleef stilstaan bij de eettafel, dus ik nam aan dat het gesprek hier ging plaatsvinden.

Ik ging zitten op een van de stoelen en probeerde te gebaren dat Mark ook kon gaan zitten. Dat wist hij natuurlijk wel, maar zijn onrust voorkwam dat hij naast me ging zitten.

'Om te beginnen, gecondoleerd. Ik kan me niet voorstellen hoe dit voor je moet zijn.'

'Dank je.'

'Het spijt me vooraf als een aantal van deze vragen pijnlijk is, en je kan me uiteraard op elk moment laten weten dat je het gesprek graag stopzet. Maar dit soort informatie kan ontzettend nuttig zijn bij het vinden van de dader.'

'Iedereen hield van Rachel, weet je.' Mark leek wat ik zei niet echt in zich op te nemen, en soms was het beter gewoon stil te zijn en iemand te laten praten.

Hij ging inderdaad door, alsof hij zich in een soort droomstaat bevond, half slapend, half wakker. 'Ik zei nog tegen haar: we moeten betere beveiliging nemen, want er was ingebroken bij een van onze buren.' Hij keek een tijdje voor zich uit. 'Had ik maar meer aangedrongen. Dan leefde ze nu misschien nog.'

Ik besloot een richting te geven aan het gesprek, voordat we het pad insloegen van schuldgevoelens, een pad waar geen einde aan kwam totdat je jezelf kon vergeven. En dat eindpunt kwam eigenlijk nooit.

'Had Rachel veel vrienden?'

'Gewoon, zoals iedereen denk ik. We hadden nog wat vrienden van vroeger, van de universiteit, en dan hadden we nieuwe, gezamenlijke vrienden. Vooral van werk, en sommige via via.'

'Deden jullie vaak dingen zonder elkaar, misschien activiteiten waar je niet altijd bij was?'

Hij keek me ongemakkelijk aan. 'Nee, hoezo?' De twijfel sloeg toe in zijn stem. 'Wat bedoel je?'

Daar was de hindernisbaan.

'Sorry, ik bedoel hobby's, of dingen die ze samen met vrienden deed?'

'Ze deed soms vrijwilligerswerk.' Uiteraard. Op de een of andere manier leek het altijd alsof iedereen die slachtoffer was van een gruwelijke misdaad een onzelfzuchtig persoon was geweest die aan vrijwilligerswerk deed. Het leven was oneerlijk.

'Wat voor vrijwilligerswerk?'

'Soms hielp ze in het ziekenhuis bij de kinderafdeling, of ze deed weleens wat bij een creatieve instelling die met probleemkinderen werkte. Dat soort dingen.'

'Zou ik eventueel contactgegevens van die instellingen kunnen krijgen? Als je die nog niet aan de politie hebt gegeven?'

'Ja hoor.'

'Dank je wel.' Het was even stil. 'Heeft ze het ooit gehad over iemand in haar omgeving bij wie ze zich onveilig voelde?'

'Niet dat ik weet.'

'Niemand?'

'Nee. En ik kan me niet voorstellen dat het iemand geweest is die we kennen. We begeven ons niet in... eh... dat soort kringen.'

'Het zal je verbazen uit wat voor kringen misdadigers kunnen komen.'

'Niet uit die van ons.' Hij had duidelijk voor zichzelf besloten dat het met geen mogelijkheid een kennis kon zijn.

'En haar ex-verloofde? Weet je waarom die relatie geëindigd is?'

Hij keek me aan alsof ik hem gevraagd had wanneer hij voor het laatst het monster van Loch Ness gezien had. 'Haar ex-verloofde? Denken jullie dat het haar ex-verloofde was?'

'We gaan alle opties af.' Het was altijd maar de vraag of een huidige partner de meest geschikte persoon was om een ex-partner te beoordelen. 'Zijn ze met ruzie uit elkaar gegaan?'

'Nou, nee. Hij is degene die de relatie beëindigd heeft. Geloof dat Rachel eerder kwaad op hem was toen dan andersom.' Goh, objectiviteit alom.

'Weet je waar we hem zouden kunnen vinden?'

'Dat heeft je collega ook al gevraagd. Nee. Ik weet niet eens wat zijn beroep was.'

Soms verbaasde het me hoe weinig koppels van elkaars exen afwisten. Niet dat ik zelf in vroegere relaties nou had staan trappelen om dat onderwerp aan te snijden, maar ik wist ook als geen ander dat het verleden vaak een verklaring kon leveren voor acties in het heden.

'Geen probleem.' Ik deed alsof ik op mijn notitieblokje keek zodat we een legitieme reden hadden voor een kleine pauze. 'Is je iets anders opgevallen de dagen voor haar dood?'

'Haar moord bedoel je?'

'Ja.'

'Nou nee. Ik was twee nachten ervoor op zakenreis gegaan, maar we spraken elkaar elke ochtend en avond over de telefoon en er is me niks opgevallen. We hadden het gewoon over de dagelijkse dingen.'

'Zoals?'

'Gewoon.'

'Wat hield jullie bezig? Hadden jullie het weleens over jullie toekomstplannen?'

'Toekomstplannen.' Mark slikte. 'Dat lijkt wel een eeuwigheid geleden nu.' Hij leek weer in zijn droomstaat terecht te zijn gekomen en begon aan een waterval van woorden. 'We hadden het weleens over naar een ander land verhuizen. Of dat ik een andere baan zou zoeken om meer thuis te kunnen zijn. Voor als we eventueel...' Ik zag hem zijn tranen wegduwen. 'Voor als we kinderen zouden krijgen.'

Het perfecte plaatje, alsof het zo van Instagram geplukt was, met een kast van een huis, twee goede banen, maatschappelijke betrokkenheid en kinderen op komst.

Mark praatte door. 'We waren het wel aan het proberen, maar het ging niet zo gemakkelijk als bij andere koppels.'

'Zwanger worden?'

'Ja. Maar we hadden ook geen haast. We maakten ons er niet zoveel zorgen over.'

Het viel stil en ik wist niet zo goed wat ik verder nog uit hem kon krijgen. De dagen voor haar dood leken doodgewone dagen geweest en als er iets gespeeld had, werd dat nu goed verborgen onder een sluier van perfectie.

Ik stond op en stak mijn hand uit. 'Hartelijk bedankt, Mark.' Ik gaf hem mijn kaartje zodat ik niet op rechercheur Peterson hoefde te bouwen voor verdere informatie. 'Als er nog iets in je opkomt, iets ongewoons aan haar de afgelopen weken of iemand die haar eventueel kwaad heeft willen doen, dit is mijn telefoonnummer.'

Terwijl ik de gang in liep hoorde ik Mark achter me iets zeggen.

'Sorry?'

'Ik zei: gelukkig was het nog niet gelukt.'

'Was wat nog niet gelukt?'

'Gelukkig was ze niet zwanger.'

*

Ik liep terug naar het politiebureau, want de zon was nu echt doorgebroken en de schaarse momenten dat de nazomer nog warm aanvoelde probeerde ik altijd intens te benutten. Een zonnig Londen was mijn favoriete versie van de stad, want iedereen kwam tot leven en een oneindige stroom geroezemoes en zacht gelach op de achtergrond vulde de straten. De stoepen bij de pubs stonden vol met allerlei mensen, en parken werden bevolkt door kleedjes, vliegers en net-niet-illegale barbecues.

Ik deed ook vaak mijn beste denkwerk tijdens het lopen – of, iets waar ik minder mee te koop liep, op het toilet –, soms zelfs zo goed dat ik mezelf eraan moest herinneren dat er ook nog dodelijk verkeer rondreed in de stad. Het leven van Rachel en Mark had redelijk perfect geleken, maar ik wist ook wel dat de nadruk daarbij lag op léék. Perfectie was bedrieglijk, en tegenwoordig leken de jongere generaties – waar ik mijzelf dan maar aarzelend toe rekende – al helemaal geobsedeerd door perfectie; kon je jezelf vroeger alleen vergelijken met je naasten, nu was het mogelijk jezelf te vergelijken met de hele wereld, en dan ook nog eens een bewerkte versie van die wereld. Het hebben van imperfecties werd inmiddels gezien als een zwakte, en ik moest toegeven dat ik daar zelf ook niet geheel immuun voor was. Ik was net diep in gedachten over wat Adam gisteren tegen mij had gezegd, dat hij mij eigenlijk helemaal niet zo goed kende, toen ik hem tegenkwam voor het politiebureau.

'Hé.'

'Hi. Wat een weer, hè.'

'Zeker! Koffie?' Hij gaf me een wegwerpbeker van mijn favoriete koffiezaak tegenover het bureau, en ik vroeg me af hoelang hij zo aandachtig zou blijven.

'Je kent me! Dank je.'

Adam was even stil, hij leek zelfs een beetje ongemakkelijk.

'Dus... Ik dacht: misschien kunnen we vanavond op een echte date gaan.' Aha. Ik hoefde geen profiler te zijn om te deduceren waar zijn ongemak vandaan was gekomen.

'Een echte date? Je bedoelt buitenshuis?'

'Ja, net als een normaal koppel.'

Koppel. Daar was het woord. Het was tot nu toe allemaal vlekkeloos verlopen omdat er geen enkele druk op lag. We waren gewoon twee mensen geweest die elkaar aantrekkelijk vonden, en enigszins overeenkomende interesses hadden. Ik had hem niet gevraagd naar zijn levensverhaal, en hij niet naar dat van mij, en ik dacht dat het een soort onuitgesproken overeenkomst was geweest dat het prima was zo. Maar ik snapte waarom hij dit vroeg na mijn enigszins jaloerse uitspatting van gisteren, en ik wist zelf eigenlijk ook niet zo goed waar die vandaan was gekomen.

'Hazel?'

Ik realiseerde me dat ik nog helemaal niet had geantwoord.

'Ja! Nee, ja, klinkt goed.' Het is maar een date. Heel normaal voor de meeste mensen, dus kom op, Hazel, ook normaal voor jou, sprak ik mezelf toe.

'Perfect. Zullen we zeggen acht uur? Ik haal je op?'

'Negen uur. Ik heb nog redelijk wat te doen.'

'Jij bepaalt, negen uur.' Adam had een leidinggevende functie, en daar was hij ontzettend goed in. Misschien voelde hij zich daardoor minder schuldig om een avond echt niet aan een zaak te denken, of misschien had hij net als ik gemerkt dat je werk niet je leven kon zijn.

'En waarvoor?'

'Hoe bedoel je?'

'Wat gaan we doen?'

'Ah! Op die fiets.' Hij gaf me een knipoog terwijl hij de deur voor me openhield. 'Dat is voor ons allebei nog een verrassing.'

ZES

Ik deed mijn kast open en keek teleurgesteld naar de inhoud. Het merendeel van mijn kleding was zwart, en mijn opties bestonden vooral uit truien en spijkerbroeken. Maar ik kon er vast wel wat van maken tijdens het halfuur dat ik nog had voordat Adam voor de deur zou staan, en ik sprong snel onder de douche.

Vóór Adam had ik een paar serieuze relaties gehad en een scala aan niet zo serieuze relaties, alhoewel ik soms wel betwijfelde of ik 'serieus' hetzelfde definieerde als een ander. Ik was weleens jaloers op die koppels die elkaar tegen waren gekomen op zeventienjarige leeftijd en vervolgens nooit meer van elkaars zijde weken, maar vroeg me dan ook meteen af hoeveel zij van elkaar tolereerden wat eigenlijk niet getolereerd zou moeten worden. Ik deed wat concealer en mascara op – na het volgen van een groot aantal tutorials op YouTube had ik moeten accepteren dat ik nooit goed in make-up ging worden – en stak mijn haar los op.

Ik hoorde een toeter en keek uit het raam. Daar stond Adam, bij een donkerblauwe klassieke cabriolet. Het leek wel een scène uit een of andere onrealistisch romantische film en terwijl ik de deur achter me dichttrok, bedacht ik dat ik helemaal niet geweten had dat Adam van klassieke auto's hield. Ik had niet eens geweten dat hij sowieso een auto had, en begon me af te vragen wat ik nog meer allemaal niet wist.

'Madame.' Adam opende de deur van zijn auto voor me.

'Monsieur.' Ik onderdrukte een halve grinnik.

Het was zo'n avond waarvan je niet wist of het snel af ging koelen of nog uren heerlijk warm bleef, en we reden van mijn huis naar het noordelijke deel van Londen. Als het aan mij had gelegen, hadden we de hele avond zo rondgereden, met een licht briesje en het Londense leven aan ons voorbijrazend.

'Rij je graag?'

Mijn stroom aan gedachten werd onderbroken. 'O. Ik heb geen rijbewijs.'

'Geen rijbewijs?'

'Ben ooit weleens begonnen, maar nooit afgemaakt. Ik lijk het nooit echt nodig te hebben in Londen.' Ik keek hem aan. 'Maar ik houd wel erg van op de bijrijdersstoel zitten, dus misschien heb ik het per ongeluk expres nooit gehaald.'

Adam lachte gemeend. 'Handig wel.'

Ik wist soms niet of ik met Adam omging omdat hij een rationeel goede, veilige, keuze was, of omdat ik echt gevoelens voor hem had. Adam was een soort mix van mijn normale type – de achtbaanrelatie – en een goed afgewogen keuze – het kinderritje in een themapark. Soms wilde ik de adrenaline van een achtbaan, maar als je je daar constant in bevindt, dan weet je niet meer wat onder en wat boven is.

'Waar ben je geboren?'

Hij zei het nonchalant, maar ik was me er ook wel van bewust hoe bizar het was dat een man die mij al diverse keren naakt had gezien, niet wist waar ik vandaan kwam.

'Devon.' Dat klopte niet helemaal, maar de waarheid zou alleen maar vragen oproepen die ik niet wilde beantwoorden.

'O wauw. Waar in Devon?'

'Dicht bij de kust.' Devon is de Engelse rivièra, met palmbomen en water zo blauw als de lucht. Het is de idyllische vakantieplek van Jan en alleman, waar zorgen plaatsmaken voor cocktails bij het zwembad en autotochten langs de kust. Paradijs op aarde. Schone schijn.

'Ik ben weleens in Torquay geweest, daar in de buurt?'

Doen alsof je iets niet hoort is nogal lastig als je met zijn tweeën in de auto zit.

'Hazel?'

Ik keek hem aan. 'Een soort van.'

'Een soort v–'

'Adam. Dat was vroeger, oké. Niet nu. Een soort... ander leven.'

'O.' Ik kon bijna voelen hoe graag hij door wilde vragen, maar hij deed het niet. Hij keek terug naar de weg voor ons. 'En nu ben je een Londenaar.'

'Precies.'

'Met alle uitlaatgassen en dure huur van dien.'

Ik lachte. Gelukkig. 'Met liefde.'

Het was even stil, en ik wist wat ik nu hoorde te vragen. 'En jij? Waar kom jij vandaan?'

'Surrey.'

'Bij Guildford?'

'Iets dichter bij Londen.'

'Bíjna een Londenaar dus.'

Adam grinnikte. 'Precies.'

We stopten voor een muur met grote houten panelen, afgeplakte ramen en een verborgen ingang in het midden; even vroeg ik me af of Adam me naar een of ander ondergronds feest had geleid, maar toen we naar binnen stapten zag het eruit als een gewoon café. Ik wist niet zeker of ik opgelucht of teleurgesteld was en dat verbaasde me, totdat we doorliepen naar achteren waar een deur zat naar een oude, verscholen speakeasy. We lieten het gewone saaie café achter ons in ruil voor een kelder vol met leer beklede banken en rustiek licht, en ik was opgelucht.

Het idee van een date heb ik altijd ongemakkelijk gevonden, zeker een eerste date. Er is opeens zoveel druk om van alles uit te vogelen, naast de al bestaande druk van iemand leren kennen tijdens een diner waar je alles charmant naar binnen probeert te krijgen of een veel te luid bioscoopbezoek.

'Dit voelt... raar,' zei Adam. We waren de menukaart aan het bekijken, zo een waarop alles je lekker lijkt en je probeert niet naar de prijzen te kijken.

Mijn opluchting groeide. 'Godzijdank dat je het zegt. Heel raar.'

'Misschien hebben we het verkeerd om gedaan.'

'Of misschien is er geen goede volgorde.' Ik aarzelde even. 'Heb je spijt?'

'Waarvan?'

'Dat we niet eerst op minstens tien dates zijn gegaan?'

'Absoluut niet.' Hij sloeg zijn menukaart dicht. 'Maar ik heb wel spijt van mijn veilige keuze van een restaurant voor deze date.'

Adam stond op en stak zijn hand uit. 'Hazel, zin om samen buiten de gebaande paden te treden?'

Ik legde mijn hand in die van hem. 'Dat klinkt me als muziek in de oren.'

Londen kent veel jazzbarretjes, van wisselende kwaliteit, en dit was een van mijn favoriete. Beneden had je een gedeelte met tafels en stoelen en een band, soort van wat je verwacht van een ouderwetse jazzbar, maar boven leek het alsof je je begeven had in een mix van New Orleans en Santo Domingo. De jazz was dansbaar en soms niet eens precies als jazz te onderscheiden, en ik had altijd het gevoel dat de beste onbekende dansers van Londen zich hier verzamelden om uit de schaduw te treden. Adam trok me mee aan mijn arm, en voor ik het wist stonden we in het midden van de dansvloer. Ik wist zeker dat ik geen geheime topdanser was, maar wat ik wel wist is dat zolang de man goed kan leiden, het vaak wel goed komt. Op de meeste vlakken van mijn leven had ik daar nogal moeite mee, maar als het hierop aankwam gaf ik maar al te graag de regie uit handen.

Het was warm binnen, deels door de hoge temperatuur voor de tijd van het jaar maar ook omdat clubs sowieso altijd warm waren, en ik liet me meeslepen door de gedachte aan tropische oorden en zwoele nachten. Ik voelde Adams hand achter mijn rug naar beneden glijden tot net iets boven mijn onderrug, en hij drukte me dicht tegen hem aan. Zijn andere hand kwam langzaam omhoog langs mijn been, en het werd me weer duidelijk dat met de aantrekkingskracht tussen ons niks mis was. We dansten en we dronken, en mijn eerdere bedenkingen leken ver weg.

We reden over de Tower Bridge naar de andere kant van Londen waar Adam woonde en als in een roes, met de koele avondbries op mijn gezicht, keek ik uit over een verlicht Londen. Over een brug rijden met de kabbelende Thames eronder was altijd een van mijn favoriete momenten. Verlichte gebouwen doemden op aan allebei de kanten en waar je de rivier ook overstak, je kon altijd wel een herkenningspunt zien: het grote reuzenrad, St Paul's Cathedral, de Shard, het leek allemaal binnen handbereik. Alles weerspiegelde op het water en even leek de stad vol magie, schitterend druk en rustig tegelijk.

Zodra we binnenkwamen duwde Adam me tegen de muur aan en trok de rits op mijn rug naar beneden. Hij schoof de jurk van mijn schouders en de zachte stof viel op de grond terwijl ik zijn lippen op mijn borsten voelde. Seks leek een van de weinige momenten in mijn leven dat ik echt nergens anders aan dacht, en ik verloor me in zijn handen, zijn armen, zijn soms ruwe aanraking. Hij draaide mij om naar de muur en ik voelde zijn bekken tegen mijn billen terwijl hij bij mij naar binnen schoof. Zijn handen pakten me vast en duwde me dicht tegen hem aan, keer op keer op keer; twee mensen die eigenlijk nog steeds niks van elkaar wisten, maar die zich verloren in elkaar.

*

Ik werd de volgende ochtend wakker in een appartement waarvan ik meteen wist dat het niet het mijne was. Bij mij kraakte de vloer en hoorde je de vogels door het enkele glas, maar in Adams nieuwbouwflat had de derde wereldoorlog nog kunnen uitbreken en je zou niks horen. We keken wel allebei uit over water; ik over de kanalen in Haggerston en Adam over de Thames die langs zijn flat liep, ver onder de vijftiende verdieping waar hij woonde.

Lopend naar de woonkamer nam ik zijn huis in mij op; ik was hier nu een behoorlijk aantal keren geweest, vooral omdat we nog nooit bij mij waren geweest, en het had voor mij altijd aangevoeld als een hotelkamer. Schoon, efficiënt en georganiseerd, en ik voelde me er heel erg op mijn gemak en ongemakkelijk tegelijkertijd. Alles leek het tegenovergestelde van mijn appartement, waar eigenlijk zoveel aan mankeerde dat ik toch echt een keer moest verhuizen, maar ik had besloten dat het bijdroeg aan het karakter en bovendien voelde ik me thuis in de knusse kamers met houten balken en grote, tot het plafond reikende ramen.

Terwijl ik op weg was naar de keuken – alhoewel ik een voorgevoel had dat hij, zoals de meeste mannen, waarschijnlijk weer bar weinig in huis zou hebben qua ontbijt – zag ik een map liggen op zijn glazen koffietafel. Er stond geen titel op, en ik wist wel dat ik daar eigenlijk niet in hoorde te kijken, maar als je het zo in het openbaar liet liggen kon je er bijna op rekenen dat iemand dat wel deed, toch?

De map zat vol met zaken uit het verleden, van inbraken tot moorden en verkrachtingen, waarbij de plaats delict toegevoegde in plaats van ontbrekende spullen had. Ik nam aan dat Adam had geprobeerd een of andere link te vinden tussen onze zaak nu en een vroegere zaak, hoe los die vergelijking ook was. Ik bladerde de map snel door en zag dat de zaak van Julius en Jason er niet tussen zat; dat verbaasde me niks, want de details van de zaak waren voor mij ook niet toegankelijk geweest via politiebronnen en ik wist dat ik nu meteen naar Adam zou moeten lopen om hem op de hoogte te stellen van die misdaad. Maar ik wist eigenlijk ook meteen dat ik dat niet zou doen, want ik had het vermoeden dat zodra de politie erbij betrokken zou worden, er helemaal niks meer uit Julius ging komen. En stiekem, alhoewel ik die gedachte snel wegdrukte, wilde ik Julius ook nog iets langer voor mezelf houden.

'Goedemorgen.' Ik schrok van Adams stem achter me, en het was zeker te laat om te doen alsof ik niet in zijn spullen had gesnuffeld.

Ik draaide me om, met de map nog in mijn hand. 'Morgen. Luister, ik...'

'Maak je geen zorgen. Als het zo geheim was had ik de map niet open en bloot laten rondslingeren.'

'Sorry.'

'Maar nu je er toch in gekeken hebt,' zei Adam met gemeende interesse, 'wat denk je ervan?'

De gedachte kwam in me op dat hij de map misschien expres had laten liggen. Cynisch, zo noemden mijn vrienden mij weleens. 'Ik neem aan dat je een zaak probeert te vinden die in verband staat met onze zaak nu.'

'Of zaken.'

Ik knikte. 'Of zaken. Wat zijn je bevindingen tot nu toe?'

'Tot nu toe geen enkele zaak met dezelfde combinatie slachtoffer en geweld. Wel zaken waar dingen zijn achtergelaten, maar meestal waren dat items met een emotionele waarde, geen grofvuil.' Hij keek me terloops aan. 'Maar ik ben natuurlijk geen expert.'

De aap kwam uit de mouw, en het bleek maar weer dat cynisme vaak tegen realisme aanhing.

'En laat er nu net een expert voor je staan!'

'Nou! Nu je het zegt!' Hij keek me aan met een halve lach terwijl hij de keuken in liep, net iets te voldaan met mijn bereidwilligheid om precies in zijn vooropgezette val te trappen.

Ik liep hem achterna, benieuwd of hij misschien toch ontbijt in huis had. 'Het zou wel toevallig zijn, een overeenkomstige zaak.' Daar ging het uiteindelijk om; was het té toevallig?

'Toevallig of misschien gewoon goed speurwerk van mijn kant?'

Ik gaf hem de speelse duw terug. 'Sowieso gewoon toevallig.'

ZEVEN

Ik had vandaag een afspraak staan met Sebastian en ook al was het kort dag, hem kennende had hij al wel wat resultaten.

'Hoe is het hier?' Ik stapte het lab binnen, zag tafel na tafel aan bewijsmateriaal, en wist het antwoord eigenlijk wel.

'Slaap is een onbekend begrip geworden.' Hij zag er voor mij niet anders uit dan normaal, maar dat kwam waarschijnlijk doordat hij er altijd uitzag alsof slaap een onbekend begrip voor hem was. Het forensisch laboratorium was behoorlijk donker, een beetje alsof hij een undercovervampier was, en ik had me altijd afgevraagd hoe hij zo zijn werk kon doen. Maar hij deed het goed, dus ik had geleerd zijn werkwijze niet in twijfel te trekken.

'Wat is je oordeel tot nu toe?'

'Nou. Het is... chaotisch.'

'Niet mijn favoriete antwoord.'

'Zeker ook niet dat van mij, geloof me.'

'Vertel.'

'Het slachtoffer is overleden aan een schotwond in het hoofd, alhoewel ze ook meerdere keren gestoken is. Geen vingerafdrukken op het lichaam, en geen wapen aangetroffen op de plaats delict.'

'Klinkt als een goed geplande moord.'

'Als het doodslag uit passie was, dan had de dader inderdaad wel heel toevallig een pistool bij zich.'

Dit was gelukkig geen Amerika, dus dagelijks zonder reden een pistool bij je dragen kwam wat minder vaak voor. 'En hoe zit het met DNA?'

'Tja. Dat is een ander verhaal.'

Ik was er al bang voor.

'Een overvloed aan vingerafdrukken en DNA op het afval dat over haar lichaam lag. Haren, bloed, sigarettenpeuken met speeksel, noem maar op. Alsof je onder forensisch bewijs bedolven wordt.'

Ik keek Sebastian aan. 'Alsof de dader wel iets van de forensische wetenschap afweet.'

'Hmhm.' Hij knikte. 'Het lijkt er wel op.'

Een opgezette plaats delict. Aan de ene kant kon het een teken zijn van bepaalde dadereigenschappen, zoals hogere intelligentie of een beroep waar dit soort kennis werd opgedaan, maar aan de andere kant moest je daardoor eigenlijk alle aannames in twijfel trekken, want het was een schijnvertoning. Bijna als het echte leven.

'Kan het zijn dat de dader het slachtoffer heeft willen bedekken?' Sebastian keek me verward aan, dus ik voegde eraan toe: 'Soms kan het verbergen van een lichaam, of bijvoorbeeld het vinden van een lichaam met het gezicht naar beneden, duiden op een bepaald soort schaamte bij de dader.'

'Ah oké.' Sebastian nam mijn expertise altijd serieus, en ik zag hem nadenken. 'Hm. Lastig te zeggen. Het was zeker zo dat het merendeel van het materiaal zich boven op het slachtoffer bevond, maar dat kan ook zijn geweest omdat op die manier al het DNA zich mengt.'

'Het is een goede verdediging in de rechtbank.'

'Het maakt eigenlijk alles indirect bewijs.'

'Ja. Er zijn opeens honderden andere verklaringen voor de aanwezigheid van iemands DNA op de plaats delict.'

Sebastian wees naar de tafels vol afval. 'Letterlijk. Honderden.'

We waren allebei stil. Niet wanhopig stil, maar de moed zonk me wel een beetje in de schoenen.

'Weten we wat voor soort wapen er gebruikt is?'

'Kogel zat nog in het lichaam, we hebben de diameter van de loop van het pistool vast kunnen stellen, en de kogel heeft genoeg identificerende groeven om 'm met een pistool te matchen.' En hij voegde eraan toe: 'Maar daar moeten we het pistool wel voor vinden, natuurlijk.'

'En de kogelhuls?'

'Je hoopt op vingerafdrukken?'

'Ja.'

'Het zal je niet verbazen, maar die hebben we niet gevonden.'

IJdele hoop. Opeens herinnerde ik me de benedenverdieping. 'En beneden, die ravage?'

'Ah ja, de woonkamer. Wederom een interessant verschijnsel.'

'Want?'

'Geen enkel teken dat er daar een worsteling heeft plaatsgevonden.'

Dat verbaasde me. 'Zeker weten?'

'Zeker weten.' Sebastian was alleen zeker van zaken waar hij echt geen twijfel over had, en langzaam vormde zich een knoop in mijn maag. Als er beneden geen worsteling had plaatsgevonden, was de dader dan vrijwillig het huis binnengelaten?

'En de voetafdrukken? Modderafdrukken binnen?'

'Wederom, het past precies in het plaatje, daar is niks uitgekomen. We hebben de schoenafdrukken kunnen matchen aan standaard Adidas-sportschoenen, maar niet zo'n schoen die maar in één winkel in het hele land verkocht is en waar toevallig een stukje stro in zit dat maar op één heide in het land voorkomt.'

Sebastian had soms ontzettend droge humor en hij maakte me tegen beter weten in aan het lachen. Ik besefte daarna pas dat het misschien helemaal geen sarcastische opmerking was geweest, en herpakte me snel.

'Het feit dat dat me niks verbaast stemt me niet al te hoopvol.'

'Hoopvol en Hazel gaan sowieso niet zo vaak hand in hand.' Hij deed soms vanuit het niets ontzettend rake uitspraken.

'En jij dan?'

'Ik?' Er kwam een kinderlijke glimlach op zijn gezicht. 'Altijd.'

'Altijd wat?'

Maar ik hoorde hem alleen zachtjes neuriën terwijl hij terug zijn donkere hol in liep.

*

Ik liep door naar het territorium van Hank, onze lijkschouwer. Ik wist eigenlijk niet veel van hem, behalve dan dat hij precies de persoon was die ik me voorstelde bij het beroep lijkschouwer. Kalm, rationeel, en alsof hij het zeker niet tot zich liet doordringen dat er een vermoorde persoon op zijn tafel lag.

Dit vond ik altijd het moeilijkste element van mijn beroep, het horen over hoe iemand aan zijn of haar einde was gekomen. Soms ging het effectief en snel en was ik opgelucht voor het slachtoffer, maar veel vaker was het een gevecht op leven en dood. Uiteindelijk was de consequentie – de dood – hetzelfde, maar het voelde anders.

'Hi Hank.'

'Hi... ehm...?'

'Hazel.' Ik vergat zelf namen aan de lopende band, dus ik kon het hem moeilijk kwalijk nemen.

'Hazel. Ja, natuurlijk.' Ik had zo het gevoel dat Hank gewoonweg efficiënt met zijn hersencapaciteit omging.

'Ik ben hier voor de autopsie van Rachel.'

'Rachel, ja. Trieste zaak.'

'Hoe triest?'

'Dieptriest.' Het leek me dat alle gevallen die bij Hank terechtkwamen op zich dieptriest waren.

'Wat is de doodsoorzaak?'

'Schot in het hoofd.'

Hij ging verder met zijn werk achter zijn bureau, alsof mijn vraag al uitgebreid was behandeld.

'Aha.'

Hank keek op. Hij leek niet geïrriteerd of ongeduldig, meer ietwat onverschillig over of hij zijn tijd aan mij wilde besteden.

'Enige andere verwondingen?'

'Negentien messteken.'

Dat was veel meer dan ik had verwacht. 'Negentien?!'

'Negentien, ja.'

'Waar?'

'Vooral op haar ledematen, niet per se bij haar vitale organen.'

'Oriëntatie?'

'Sommige diep, sommige oppervlakkig, allerlei hoeken.'

'Voor- of nadat de dood was ingetreden?'

'Erna.'

Godzijdank, ze had er niks van gemerkt. Het begon er sterk op te lijken dat de dader een bepaalde agressie jegens het slachtoffer kwijt had gewild en dat het dodelijke schot lossen niet genoeg was geweest.

'Enig ander teken van dwang?'

'Geen beduidende tekenen van een worsteling of verplaatsing van het lichaam. Het lijkt erop dat ze op slag dood was.'

Geen worsteling. Op slag dood. *Op slag dood in haar slaapkamer.* Dat betekende dat ze de dader had binnengelaten, de trap met hem was opgelopen, met hem de slaapkamer was binnengekomen en vervolgens doodgeschoten was. Zelfs als hij meteen bij het openen van de deur een wapen op haar gericht had, had ik nog wel enige worsteling verwacht. De dingen waar mensen toe in staat zijn als het aankomt op leven en dood verbaasden me elke keer weer, en weinig slachtoffers gingen zonder enige slag of stoot hun einde tegemoet. Tenminste, als ze het aan zagen komen. Nee, het leek alsof ze de dader kende, of in ieder geval vertrouwde, zoals je een loodgieter zou vertrouwen. Of de politie.

Dan was er nog de laatste vraag, de vraag die ik altijd liever niet stelde maar waar ik het antwoord wel op moest weten.

'Enig teken van seksueel misbruik?'

Het was alsof ik hem naar de weersvoorspelling vroeg. 'Geen verwondingen aan de vagina of enig ander teken van gewelddadig seksueel misbruik.'

Godzijdank. 'Oké. Kan je me het rapport toesturen?'

'Geen probleem.'

'Dank je.' Ik wilde nog één ding weten. 'Heb je...' Ik wist niet hoe ik dit gevoelig moest formuleren.

'Zeg het maar gewoon hoor. Ik ben lijkschouwer,' zei hij, zoals het een echte lijkschouwer betaamt.

'Ze was niet zwanger?'

'O nee.'

'Zou ze zwanger kunnen worden?'

'Hoe bedoel je?'

'Ik bedoel, zou je kunnen zien of er een fysieke reden was waardoor ze niet zwanger kon worden?'

'Aparte vraag.'

'Ja.' Hank keek me aan en hij leek nu wel wat meer informatie te willen, dus ik praatte door. 'Het is meer een ingeving. Een klein idee. Waar ik geen rationele beweegredenen voor heb, meer een soort... intuïtie.'

'Oké.' Hij leek even, heel even, na te denken. 'Ik kan het onderzoeken.'

'Dank je.'

Hij ging weer achter zijn bureau zitten en het gesprek was voor hem duidelijk afgelopen. Ik keek om me heen en dacht na over hoeveel moorden en uit de hand gelopen ruzies deze kamer al gepasseerd hadden, en even voelde ik me extra gezegend met mijn eigen leven.

Ik liep via de vele gangen terug naar de derde verdieping, en probeerde alles op een rijtje te zetten. De plaats delict zelf had georganiseerd en gepland geleken, maar het slachtoffer had onnodig gewelddadige verwondingen. Beide waren een teken van een expressieve dader, oftewel iemand die moordde om het moorden. Niet een moord als bijkomstigheid van een inbraak – er was niks van waarde gestolen – of na een verkrachting, maar een moord omdat het slachtoffer bij de dader gevoelens van frustratie, agressie of verminderd zelfvertrouwen teweegbracht. Ik kon niet goed plaatsen waarom de benedenverdieping zo chaotisch was terwijl de plaats delict zelf tot in detail gepland leek, en inconsistentie was iets waar elke profiler ongemakkelijk van werd. Maar jammer genoeg was de wereld nogal inconsistent, hoe goed we ook probeerden om orde in de chaos te scheppen.

ACHT

'Hazel?' Een jongen van begin twintig stak zijn hoofd mijn tijdelijke kantoor binnen, een afgeleefde en lege kamer midden in de drukte en levendigheid van de politie, maar in ieder geval een kamer.

'Ja?' Shit. Hoe heette hij ook alweer.

'Pakketbezorging voor je, hele stapel aan dozen.'

Een hele stapel. Julius ging het me niet makkelijk maken, maar ik was allang blij dat hij zich – zij het ietwat vertraagd – aan zijn woord hield.

'Dank je.' Hij bleef onzeker in de deuropening staan. 'Zet maar gewoon ergens neer hoor.'

Hij tilde vervolgens tien volle dozen mijn kleine kamertje binnen, en ik begreep meteen waarom hij een beetje moeilijk had gekeken. Ik begon er zelf ook een beetje moeilijk van te kijken.

Ik opende de eerste doos en vond een overvloed aan papieren waarvan ik het gevoel had dat de helft waarschijnlijk niet eens met deze zaak te maken had, maar ik was op zoek naar de cd-roms. Ik wist dat Julius vaak gesprekken filmde naast alleen audio-opnames – ik hoopte maar dat het altijd met toestemming van de cliënt was – en ik wilde Jason Russo's stem horen en zijn non-verbale gedrag zien om me een beter beeld van hem te vormen. Ik had een keer ergens gelezen dat woorden maar zeven procent uitmaken van onze communicatie, en non-verbaal gedrag iets idioot hoogs als vijfenvijftig procent, en elke keer als iemand passief-agressief tegen mij deed werd ik daar weer aan herinnerd.

'Vier-en-twintig maart, tien-uur-vijf-en-veertig, Julius Bell en Jason Russo.' Julius' stem klonk zelfverzekerd, als iemand aan wie je je leven zou toevertrouwen. 'Jason Russo, geef je toestemming voor het opnemen van dit gesprek voor het doeleinde van je verdediging?'

'Ja.' Jasons stem was hoog, veel hoger dan ik had verwacht, en hij was jong, veel jonger dan ik had verwacht. Ik wist niet waarom ik eigenlijk nooit had opgezocht wat zijn leeftijd was, maar in plaats daarvan een beeld van hem in mijn gedachten had geschetst alsof ik een boek aan het lezen was geweest. Ik rommelde tussen de papieren en vond Jasons gegevens, waaruit bleek dat hij net achttien was geworden, en veel jonger dan zijn slachtoffer.

'Je wordt verdacht van moord.'

'Ja.'

'Daar hoef je niet op te antwoorden, dat is meer iets administratiefs.'

'Oké.' Jason klonk verslagen, en helemaal niet als de uitgekookte crimineel die ik me had voorgesteld.

'Goed.' Julius sprak rustig en overtuigend verder. 'Ik ga het bewijs van de politie met je doornemen, en we gaan kijken waar ze de fout in zijn gegaan.'

'Oké.'

'Want we nemen aan dat ze ergens de fout in zijn gegaan, gezien je onschuld. Dus dat moet niet al te moeilijk zijn, toch?'

'Ja hoor.'

De opname ging een tijdlang over het verschillende bewijs tegen Jason en het viel me op dat veel ervan indirect was; alles was bewijs van een feit, van weer een ander feit, dat met verschillende tussenwegen misschien zou kunnen aantonen dat hij de dader was geweest. Het gesprek leek wel oneindig lang te duren, en midden in uur drie schrok ik opeens wakker uit mijn verdwaasde staat. Ik spoelde de opname iets terug en begon aandachtig te luisteren.

'Hypothetisch gezien: afval achterlaten op de plaats delict, wat vind je daarvan?'

'Hoe bedoel je?'

'Ik bedoel, als je dat gedaan zou hebben, waarom zou je dat zo aangepakt hebben?'

'Maar ik heb het niet gedaan.'

'Ik probeer je alleen maar voor te bereiden op eventueel verhoor door de aanklager.'

'Geen idee.'

'Wat zou het nut ervan kunnen zijn?'

'Geen idee.'

'Het lijkt een bewuste keuze.'

'Geen idee.'

'Zou het eventueel het forensisch onderzoek lastiger maken?'

'Geen idee.'

Zo ging het nog een tijdje door, en het werd me wel duidelijk dat Jasons standaardantwoord op de meeste vragen 'geen idee' was. Hij leek wel een vastgelopen antwoordapparaat, dat steeds dezelfde zin bleef herhalen totdat je besloot de stroom eraf te halen.

'Jason, begrijp je waarom de politie denkt dat je het gedaan hebt?' Julius was stil. Soms werkte een stilte opvullen alleen maar tegen je, want de momenten waarin niks gezegd werd waren vaak de momenten waarin iemand over dingen ging praten waarbij hij zich ongemakkelijk voelde. Ongemak invullen met ongemak; de mens was soms een warboel van tegenstrijdigheden.

Na een lange stilte hoorde ik Jason zacht fluisteren, en ik moest erg mijn best doen om er ook maar iets van te ontcijferen.

'Ja.'

'Sorry?'

'Ja. Ik had een hekel aan hem.' Jason werd ervan verdacht zijn stiefvader vermoord te hebben, en na een eindeloze hoeveelheid getuigenverklaringen leek wel duidelijk dat het geen idyllisch gezinsleven was geweest.

'En wij moeten de jury ervan overtuigen dat het daarom niet automatisch ook zo is dat je je stiefvader vermoord hebt.' *Overtuigen*. Ik herhaalde het woord een aantal keer, en liet het langzaam door mijn gedachten dwalen. Het was inderdaad waar, ze moesten de jury overtuigen, maar als je zeker was van iemands onschuld, zou je dan dat woord gebruiken? Of zou je eerder zeggen dat je het de jury duidelijk moest maken, of ze de waarheid moest vertellen?

'Ja. Dat is je baan toch.'

Opeens vroeg ik me af wie er eigenlijk betaalde voor dit hele toneelstuk. Ik had altijd aangenomen dat Jason uit een rijk gezin kwam, maar het bleek dat hij voorafgaand aan zijn arrestatie meerdere baantjes had gehad en het leek me sterk dat die genoeg betaald hadden om een advocaat als Julius in te kunnen huren. En waarom was er maar zo weinig te vinden over deze zaak? Mijn verwarring werd alleen maar groter, en ik had het onbehaaglijke gevoel dat Julius zich daar heel goed bewust van was geweest toen hij met mijn verzoek had ingestemd.

'Hallo, kan ik doorverbonden worden met meneer Bell?' Ik had het geduld en de tijd niet om nutteloze informatie door te spitten, en ik had allang gemerkt dat Julius graag confrontatie uitlokte. Prima, ik gaf er maar al te graag gehoor aan.

'Een moment alstublieft.' Dat ene moment duurde uiteraard behoorlijk lang.

'Hazel! Heb je mijn cadeaus ontvangen?'

Ik rolde met mijn ogen. 'Alle tien cadeaus inderdaad.'

'Problemen?'

'Als je tijdverspilling een probleem noemt, dan ja.'

'Sorry?'

'Je hebt me tien dozen gestuurd met documenten waar net niks in staat en opnames waar net geen antwoorden uitkomen.'

'Ik heb nooit gezegd dat het materiaal waar je me om vroeg nuttig zou zijn.'

Ik zuchtte. Het idee dat er iets was – iets waar ik mijn vinger niet op kon leggen, want hij was uiteindelijk onschuldig verklaard – waarmee Jason mij ging helpen, had zich inmiddels in mijn gedachten genesteld. 'Kun je een afspraak regelen met Jason?'

Julius lachte. 'Wat denk je zelf?'

Dat klonk als een nee. 'Waarom kan ik maar zo weinig vinden over de zaak?'

'Geen idee.' Hij loog, ik wist het zeker, maar ik wist niet waarom, en ik begon me af te vragen waarom hij eigenlijk had ingestemd om mij te helpen als hij niet van plan was geweest ook maar enigszins behulpzaam te zijn.

'Luister Julius. Ik ben niet een of ander spelletje aan het spelen. Ik probeer gewoon mijn werk te doen.' Binnenkort had ik geen gunst meer over.

'Ah! Oprechtheid. Gelukkig. Ik begon al bang te worden dat je dertien in een dozijn was geworden na je tijd bij de politie.'

'Nou, ik weet niet of...' Ik stopte. 'Niet belangrijk. Is er nog iets wat je me kan vertellen voordat ik drie dagen kwijt ben aan onnodig dozen doorspitten?'

'Was ze verkracht? Het slachtoffer?'

'Sorry?'

'Of ze verkracht was?'

Ik had het dus wel goed gehoord. 'Waarom wil je dat weten?'

'Interesse.' Het was stil. 'En?'

Ik bevond me op glad ijs en ik wist maar al te goed hoe snel dit uit de hand kon lopen. 'Voor zover ik weet niet.'

'Prima.' *Prima?* 'Hij had trouwens een alibi.'

'Sorry?' Nu was ik het vastgelopen antwoordapparaat dat was blijven steken op verbazing en het woordje sorry.

'Jason, hij had een alibi.'

'Een alibi?' Het was me een raadsel waarom de zaak helemaal tot de rechtbank was gekomen als Jason een alibi had gehad voor het tijdstip van de moord.

'Zullen we dit weekend afspreken?' Hij zei het alsof het de normaalste zaak van de wereld was, en ik was weer van mijn stuk gebracht. Maar ik was altijd beter geweest in lijfelijk contact dan telefonisch contact, en ik zag het manipulerende voordeel ervan.

'Ehm.'

'Ja?'

'Oké. Maar niet te lang, ik heb nog veel te doen.'

'Oké. Ik stuur je het adres. Tot dan.'

'Tot dan.' En zo stemde ik, tegen beter weten in, toe.

NEGEN

Het verbaasde me niet dat Julius dit restaurant had uitgekozen voor onze afspraak. Het verbaasde me ook niet dat hij een restaurant in plaats van een bar had uitgekozen, ook al had ik expliciet gezegd dat ik weinig tijd had. Ik had het vooral gezegd om te zien of hij het in acht zou nemen; niet dus.

Het restaurant was een perfecte mix tussen een warme sfeer en een strak interieur, eigenlijk een beetje zoals ik Julius zag als persoon. Zoals vaak in Londen was er niet bespaard op de inrichting; de muren hingen vol met kunst en de velvet stoelen boden net genoeg comfort om de symmetrische inrichting en de marmeren ronde tafels minder zakelijk te doen lijken. We waren in Notting Hill, en zoals het er nu uitzag zou je nooit geraden hebben dat het vroeger eigenlijk een achterstandsbuurt was geweest. Na het uitkomen van de gelijknamige film was het veranderd in een walhalla van cafés en onbetaalbare huizen, en het deed me denken aan hoe snel iets kon veranderen, en hoe een stad ook een soort levend organisme was.

Ik kwam zelf wat te laat aan omdat ik gefixeerd bezig was geweest met mijn daderprofiel, maar om de een of andere reden had ik niet het gevoel dat ik me hoefde te verontschuldigen voor het te laat zijn. Julius zat al bij de tafel, waarschijnlijk precies vanaf het moment dat we hadden afgesproken, en hij zat er zonder telefoon, boek of enige andere afleiding.

Hij zag me op de tafel afkomen. ‘Hazel! Beter laat dan nooit.’

‘Wijze woorden.’

Julius gebaarde naar de stoel tegenover hem, alsof hij mij toestemming moest geven om te gaan zitten. ‘Ik heb al voor ons besteld. Omdat je weinig tijd hebt.’

Touché. ‘O. Sorry, ik ben...’

Hij onderbrak me zelfverzekerd. ‘Lactose-intolerant?’

‘Wat?’

‘Toch?’

‘Ja, dat klopt.’

‘Ik gokte dat je havermelk bij de koffie meer dan alleen een voorkeur was.’

Het verbaasde me dat hij daar sowieso over na had gedacht. Of verbaasde dat me niet? ‘Ja... Inderdaad.’ Ik wist niet goed hoe ik me voelde bij het idee dat hij voor me besteld had; het voelde alsof hij de machtsrelatie aan het testen was, maar ik genoot stiekem wel van geen keuze te hoeven maken. Het herinnerde me aan een simpelere tijd.

De ober kwam bij onze tafel staan. ‘Kan ik u iets te drinken inschenken?’

Het was nog vroeg op de avond en het was een werkdiner, maar ik had de afgelopen uren op verschillende manieren gehoord en gelezen hoe Rachel aan haar einde was gekomen, dus...

‘Een glas wit graag.’ Ik had altijd het gevoel dat je alcohol moest bestellen met een zekere zelfverzekerdheid, alsof je de ober ervan moest overtuigen dat je echt geen alcoholist was. Het was een beetje als wanneer ik op het vliegveld een drugshond zag, en zo zelfverzekerd mogelijk langs de douane probeerde te lopen. Ik had natuurlijk helemaal nooit drugs bij me, en ik was ook geen alcoholist, maar om de een of andere reden vond ik dat ik dat altijd extra duidelijk moest maken.

Julius zei het natuurlijk precies zo. ‘De Bienvenues-Bâtard graag.’

Ik geloofde meteen dat hij meestal weinig wijn dronk, maar dat het ook prima was dat hij dat nu wel deed.

'Dus.'

'Dus.' Dit kwam me maar al te bekend voor. 'Hoe gaat het met de zaak?'

Ik had me stellig voorgenomen in ieder geval met iets van vooruitgang uit dit etentje te komen. 'Langzaam maar zeker.'

'En het materiaal dat ik je toegezonden heb?'

'Vooral alleen langzaam.'

Julius lachte en het viel me op hoe oprecht zijn lach leek. 'Ik kon het niet laten.'

Ik lachte niet, en keek hem recht aan. 'Als er een alibi was, waarom is het dan tot een rechtszaak gekomen?'

'O.' Hij brak een stukje stokbrood af en doopte het in de olijfolie. 'Waarschijnlijk omdat er een bekentenis was.'

'Een wat?' Hij had het gezegd alsof hij niet net een bom van tegenstrijdigheden had laten vallen.

'Een bekentenis, Hazel.'

Het eten werd gebracht, een tournedos voor Julius en wilde zalm voor mij. De meeste mensen die iets voor iemand anders bestelden hadden waarschijnlijk geen vis gekozen, maar ik hield ontzettend van zalm en ik vroeg me af of dat toeval was geweest. De wijn was op perfecte temperatuur, en smaakte vol, zacht en fris tegelijkertijd.

We aten en dronken en het gesprek ging heel andere kanten op. Ik zat op het puntje van mijn stoel om meer over de bekentenis te horen, maar had inmiddels ook wel gemerkt dat Julius zich voor niemand haastte. In de psychologie zeggen ze dat je een vriendschap creëert door geheimen prijs te geven, groot of klein, en dat daardoor langzaam een vertrouwensband ontstaat. Gelukkig was het, buiten werk om, eigenlijk verbazingwekkend makkelijk praten met Julius, want hij straalde een soort rust en enthousiasme tegelijk uit waardoor ik me erg op mijn gemak voelde. Persoonlijke vragen leken opeens een stuk minder persoonlijk, en ik hoopte maar dat als ik hem zogenaamd genoeg in vertrouwen nam, hij vervolgens hetzelfde zou doen.

'Waarom ben je niet getrouwd?' zei Julius terwijl we aan ons tweede glas wijn zaten. De vraag leek nogal uit het niets te komen.

'Waarom ben jij niet getrouwd?'

'Ik heb me op mijn carrière gefocust.'

'O, oké.' Ik nam een hap van mijn zalm, die perfect gegrild was. 'Ik ook.'

Hij keek me aan met een bekende blik. Een veel te bekende blik en dat schoot me in het verkeerde keelgat.

'Wat? Als vrouw kan je dat antwoord niet geven?'

'O jawel.' Hij klonk verontschuldigend, of iets wat moest doorgaan voor verontschuldigend. 'Ik vroeg me gewoon af of het waar was.'

'Ik geloof het wel, ja.' Ik had me vaak afgevraagd of het ook kwam door het feit dat ik eigenlijk geen kinderen wilde, want de huidige quasiprogressieve samenleving leek er toch nog niet helemaal klaar voor dat een vrouw zei geen kinderen te willen, maar dat hield ik voor mezelf.

'Heb je nooit relaties gehad dan?'

'Jawel, tuurlijk. Ik ben ze nooit actief uit de weg gegaan.'

'Maar?'

'Maar ik heb een relatie ook nooit als mijn eerste en enige prioriteit gezien.'

'Hoe bedoel je?'

Ik dacht even na, want wat betekende dat eigenlijk, concreet gezien? 'Ik bedoel dat ik niet altijd mijn relatie als de allesbeslissende factor heb gezien. Als het aankwam op beslissingen nemen.'

'Zoals?'

'Zoals verhuizen.'

'Hm.'

'Levenskeuzes.'

'Juist.'

'Juist.'

Meer kreeg hij niet.

'Denk je dat ze daardoor zijn misgelopen?' Julius had zijn biefstuk allang op en het feit dat hij niet ondertussen aan het eten was, maar mij constant direct aankeek, was confronterend en opwindend tegelijk.

'Ik mag hopen dat de juiste relatie daartegen bestand is.'

'Maar is die daartegen bestand?'

Dat was een goede vraag. 'Ik weet het niet.'

Het was een tijdje stil, en ik genoot op een bepaalde manier van de stilte, ook al wist ik dat Julius zweeg in de hoop dat ik meer prijs zou geven.

'Weet je, ik heb soms het idee dat veel mannen heel hard roepen dat ze een onafhankelijke vrouw willen, maar als het erop aankomt moet ze niet meer verdienen, en niet te onafhankelijk zijn, en wel gewoon thuis willen blijven zodra er kinderen zijn.' Ik was midden in een hap, en had precies gedaan waar hij op hoopte. *Kom op, Hazel.*

Julius keek me aan met een doordringende blik, en het viel me op hoe aantrekkelijk hij eigenlijk was. Hij had iets onbestemds, want hij was objectief gezien nou niet de knapste man die ik ooit gezien had, maar zijn zelfvertrouwen en rust maakten hem ontzettend charmant. Ik verdwaalde in een halve dagdroom over hoe het zou voelen als hij mij zou aanraken – vast deels ingegeven door de wijn – toen hij zijn hand op mijn arm legde. Hij had heel koude handen, en ik vroeg me af of die ook weleens klam waren.

'Mannen zijn vaak sneller geïntimideerd dan ze willen toegeven.'

'Maar jij niet.' Het was eigenlijk een vraag, maar zo kwam het er niet uit.

'Ik zou niet weten waarom ik geïntimideerd zou moeten zijn.' Hij haalde zijn hand door zijn haar. 'Mijn zelfvertrouwen hangt niet af van hoe succesvol iemand anders is.' Kon hij echt zo vol van zichzelf zijn, of was dat ook maar een rol die hij speelde?

'Wat is van invloed op jouw zelfvertrouwen?'

'Mijn eigen succes.'

Dat voelde bekend, en net iets te dichtbij. 'En wat als je niet het succes behaalt waar je naar streeft?'

'Onmogelijk.' *Onmogelijk.* Een typisch antwoord, en toch zei hij het met zoveel zelfverzekerdheid dat ik er geen moment aan twijfelde of het waar was.

Terwijl we aan het dessert zaten – wat was een dessert eigenlijk een apart concept, want je had net een hele maaltijd op – besloot ik dat er nu wel genoeg persoonlijke informatie was uitgewisseld om het gesprek terug te leiden naar de reden waarom we hier 's avonds in een Frans restaurant witte wijn aan het drinken waren. De wijn had ook steeds meer effect, veel meer dan ik wilde toegeven, en ik wilde me precies kunnen herinneren wat Julius over de zaak zou zeggen.

Ik schraapte mijn keel, maar voordat ik iets kon zeggen was Julius me voor.

'Maar over Jasons bekentenis...' zei hij alsof het de normaalste zaak van de wereld was om van een gesprek over relaties over te stappen op het onderwerp 'mogelijke moordenaar'. 'Toen hij net gearresteerd was, heeft hij een bekentenis afgelegd. Hij had na zijn arrestatie geen juridische hulp genomen, en een verklaring afgelegd dat hij het gedaan had.'

'Maar in de gesprekken met jou...'

'In de gesprekken met mij lijkt het inderdaad alsof hij nergens van afweet.'

'Hoe verliep het politieverhoor?'

'Laten we zeggen dat ik niet zo'n vertrouwen heb in de integriteit van de politie.'

Ik keek hem recht aan. 'Gedwongen bekentenissen behoren tot het verleden, Julius.'

'O ja?'

'Ja.'

'Als jij het zegt.' Hij had het echt niet zo op de politie.

'Was het geloofwaardig? Wist hij details over de moord die niet algemeen bekend waren?'

'Hij wist... laten we zeggen de grote lijnen van het verhaal te vertellen.'

'En wat was zijn verklaring voor de bekentenis?'

'Hij zei dat hij in paniek was geraakt, en hield stellig vol dat hem beloofd was dat hij naar huis zou mogen als hij eenmaal vertelde wat er echt gebeurd was.' Julius kuchte licht. 'Jason leek niet echt begrepen te hebben wat er gaande was.'

'Geloofde je hem?'

'Ja.'

'Want?'

'Want hij had een alibi.'

'Een alibi?'

'Het antwoord blijft ja, hoor, hoe vaak je het ook vraagt.'

'Vanaf het begin? Waarom is hij dan gearresteerd?'

Julius twijfelde even, een fractie van een seconde, en ik had het gevoel dat ik iets had waargenomen wat ik niet had mogen waarnemen. 'Het was moeilijk getuigen te vinden die konden bevestigen waar hij was op het tijdstip van de moord.'

'Want?'

'Hij was met iets illegaals bezig.'

'Aha.' Dat was gelukkig zo vaag als maar zijn kan, en ik hoopte dat als ik maar lang genoeg wachtte er nog wel een of andere toevoeging zou komen, want ik had nergens iets kunnen vinden over een kroongetuige.

'Lieg je weleens, Hazel?' Hoop is soms echt misplaatst.

'Sorry?'

'Lieg je weleens? Tegen anderen of tegen jezelf?'

Ik loog veel vaker dan dat ik wilde toegeven, en soms vroeg ik me af waarom ik niet gewoon vaker de waarheid zei. Maar de waarheid was meer dan eens pijnlijk en ingewikkeld, en liegen ging me veel makkelijker af dan aanvaardbaar was. Bovendien, niemand dacht ooit dat ik loog. Hazel, pure Hazel die de misdaad bestreed, die loog nooit. Die hád niks om over te liegen.

'Soms.'

'Waarom?'

'Soms is een leugen beter dan de waarheid.'

'Beter voor wie?'

'Voor iedereen.'

'Hm.'

'Niet?'

'De meeste mensen zouden zeggen dat de waarheid altijd het beste is voor iedereen.'

'Ik ben niet de meeste mensen.'

De wijn begon verder in te werken, en ik merkte dat het lastiger werd scherp bij het gesprek te blijven.

'Dat blijkt maar.' Zijn felgekleurde ogen keken me indringend aan. 'Dus je hebt ook weleens gelogen om jezelf te beschermen?'

Het gevoel kwam langzaam in mij op dat dit hele gesprek plaatsvond om duidelijk te maken dat liegen om zelfbescherming geen liegen is.

'Het is op één hand te tellen.'

'O ja?'

Kleine leugens om bestwil had ik tientallen keren verteld, maar echte grote leugens waren in mijn geheugen gegrift. 'Ja.'

'Ik wil ze graag horen.' Julius was dominant, en ik wilde er steeds meer aan toegeven.

'In relaties. Ik heb dingen geheimgehouden in relaties omdat het me beter leek. Beter voor de ander maar ook zeker beter voor mezelf.'

'Zoals?'

'Zoals vreemdgaan.'

'En?' De meeste mannen hadden dat antwoord geaccepteerd, maar Julius was er niet tevreden mee. Er was ook meer, ik wist alleen niet hoe hij dat wist. Het kwam uit een ver verleden, waar ik liever niet te vaak actief aan dacht want het maakte nu toch al deel uit van wie ik was, en het was diep begraven. Zo diep, dat Julius het onmogelijk kon weten.

'Ik zeg het als jij het zegt.' *Leugentje om bestwil.*

'Als ik wat zeg?'

Ik haalde diep adem. 'Wie je getuige was.'

Julius glimlachte naar me, en even vroeg ik me af of we aan het flirten waren geweest. 'Met dit soort onderhandeltechnieken had je advocaat moeten worden.'

'Meedogenloos?'

'Effectief.'

Hoe meer ik me probeerde te concentreren op het gesprek, hoe meer het restaurant om me heen begon te draaien. Het was een tijd geleden dat ik echt alcohol gedronken had, maar dit had ik nou ook weer niet verwacht. In mijn ietwat wildere twintiger jaren dronk ik vaak shot na shot in de Londense nachtclubs en voelde ik er weinig van, maar ik had klaarblijkelijk niet meer dezelfde immuniteit voor het effect van alcohol.

Ik hoorde Julius verder praten maar kon de woorden lastig van elkaar onderscheiden, en kreeg vlagen mee van *rechtvaardigheid* en *schuldgevoelens* en ik wist niet meer of we het over mij hadden, of over Julius, of over Jason Russo. Ik had het gevoel dat er ergens iets in de knoop zat en dat hoe meer ik probeerde de knoop los te halen, des te strakker die zich aantrok, maar ik wilde het touw niet loslaten.

'Hazel?' Julius' gezicht was gevaarlijk dicht bij dat van mij en hij rook naar man, voor zover dat kan, en naar een haardvuur in een boshut.

Ik probeerde mijn zicht scherp te stellen, maar ik bevond me op een schip midden in de oceaan, met opslokkende golven aan alle kanten.

'Ja?'

'Ik zei: Hyde Park is dichtbij.'

'Ja?'

'Afterdinnerpromenade?'

Wie zei er nou promenade? Alsof gewone woorden nu niet al lastig genoeg waren. Hyde Park was dichtbij, maar te ver weg, en ik vervloekte mezelf. Ik voelde me ongeveer zo professioneel als een duinkonijn, maar hopelijk kon ik de schade beperken zoals ik dat vaker had moeten doen en het gesprek later hervatten.

'Ik denk dat ik maar op huis aan ga, ik voel me niet al te best. Slapeloze nachten en zo.' Misschien zou hij dat geloven.

'Mijn auto staat hier om de hoek, laat me je in ieder geval naar huis rijden dan.' Het ene moment was hij zorgzaam en charmant, het andere moment hard en dominant, en ik probeerde het niet eens meer te begrijpen.

'Oké.' Vertrouwde ik hem?

Zijn auto stond inderdaad om de hoek, een grijze Aston Martin, en ik moest een lach onderdrukken. Soms was een stereotype zo waar dat het bijna lachwekkend was, en het feit dat dit Julius' zijn auto was klopte van alle kanten. Ik stapte in en de zachte stoel voelde aan als een bed, maar gaf net genoeg ondersteuning om te zorgen dat ik wakker bleef. We reden via Hyde Park en Oxford Circus naar het oosten van Londen, en de frisse wind door het open raam deed me goed. Ik voelde me langzaam terug van weggeweest, en het enige wat overbleef was een lichte aangeschotenheid, waardoor alles even luchtiger en positiever leek.

'Wil je koffie?' We waren aangekomen bij mijn huis en ik schrok van mijn eigen woorden. Waarom vroeg ik hem in godsnaam mee naar boven?

'Graag.' Julius antwoordde snel, net iets te snel, en ik wist precies waar we mee bezig waren. Het was destructief en sloeg helemaal nergens op, maar ik herkende mezelf er meteen in; het leek soms wel alsof ik een bepaalde hoeveelheid drama nodig had om het gevoel te hebben dat ik echt leefde. Adam was zorgzaam, grappig en stabiel, maar ik miste de achtbaan en het gevoel dat je niet weet wat boven en wat onder is. Ik miste de extreme emoties die daarmee gepaard gaan, als een verslaafde die zijn dagelijkse shot mist.

We liepen mijn trap op in stilte, en ik opende de deur naar mijn huis. Er was nog een weg terug nu, en ik wist precies wat de slimme en wat de verkeerde keuze zou zijn.

Ik draaide me om, en opeens stond Julius ontzettend dicht bij me. 'Dus...'

'Dus.'

'Je... intrigeert me.'

'O ja?'

'Ja.'

Julius trok me nog dichter naar hem toe. 'En ik vraag me al de hele avond af wat je aanhebt onder je kleding.'

Ik wilde niet toegeven aan het verlangen, maar ik was moe van mijn wisselende gevoelens voor Adam en wilde even alles vergeten. Ik wilde geen jaloezie voelen als ik Adam met iemand anders zag, want dat betekende dat hij mij pijn zou kunnen doen, en ik wilde me niet in een dilemma bevinden waar ik vond dat ik eigenlijk geen tijd had om op een date te gaan, maar waar ik Adam ook niet wilde beledigen. Ik wilde gewoon even helemaal niks. Geen verantwoordelijkheid voor andermans gevoelens, en geen verantwoordelijkheid voor mijn eigen leven.

Julius pakte mijn gezicht vast met zijn twee handen, zijn twee grote, krachtige handen, en zoende me vol op de mond. Hij duwde me tegen de muur en trok mijn shirt uit over mijn hoofd. Ik voelde zijn hand onder mijn beha en met zijn andere hand maakte hij met een ruwe, vluchtige beweging mijn rits open, alsof hij hier al veel te lang op had moeten wachten. Zijn lichaam was afgetraind, zoals je verwacht van een advocaat met een sportzaal in zijn kantoorgebouw, en hij tilde me op alsof ik niks woog, waarna hij me naar het kleed in mijn woonkamer tilde. Hij legde me daar neer, als een standbeeld dat hij even wilde bewonderen, en ik voelde het zachte kleed onder me, en zijn harde lichaam langzaam op mij neerstrijken.

Je hoort vaak dat als iets eigenlijk niet mag, het des te beter voelt, en hoe hard iedereen ook roept dat dat voor hen niet geldt, ik heb dat altijd in twijfel getrokken. Misschien voel je je naderhand schuldig, en denk je achteraf dat je het beter niet had kunnen doen, maar op het moment zelf voelt het verboden en hoop je dat er geen eind aan komt.

JULIUS

ÉÉN

Ik heb me nooit alleen gevoeld. Je alleen voelen is maar onzin en je verdoet je tijd er ontzettend mee, want je wordt alleen geboren, en hoeveel mensen je ook om je heen verzamelt, je gaat ook alleen dood. Men zou het juist als een voordeel moeten zien, want uiteindelijk hoef je zo alleen je eigen goedkeuring te zoeken; maar nee, iedereen lijkt vast te willen houden aan een onzinnig verlangen naar gezelschap en alle nadelige emoties die daarbij komen kijken. Verdriet, angst, schuld, afschuw; ze bestaan alleen om iedereen in een bepaald gareel te houden, net als bijvoorbeeld bij een religie. Ik heb een keer een documentaire gezien over een spijkerbroekensweatshop in India waar de werknemers elf maanden en vijftien dagen per jaar werkten en sliepen, enkel en alleen om hun familie aan de andere kant van het land te onderhouden en ze de overige vijftien dagen per jaar te kunnen zien. Deze mannen haalden hun troost uit hun godsdienst en de belofte van een beter leven na dit leven, en ik leek me op jonge leeftijd al goed te realiseren dat deze belofte ze ook onder de duim hield; alsof een collectieve opstand tegen het regime niet nodig was vanwege het betere leven hierna. Emoties en beloftes hebben *míj* nooit onder de duim gehouden, en ik heb me er nog geen moment bedroefd om gevoeld. Of alleen.

Mijn moeder was een emotioneel mens, een empathisch mens, terwijl mijn vader meer aan mijn kant stond. Het eeuwenoude debat van *nature vs. nurture* lijkt vooralsnog niet opgelost, maar voor mij heeft mijn jeugd wel duidelijk gemaakt dat je genetische code zich ook op een bepaalde manier manifesteert door de omgeving waarin je opgroeit. Ik voelde me nooit afwijkend, omdat mijn vader hetzelfde was, en ik voelde me nooit verloren, omdat mijn moeder me kon uitleggen hoe de rest van de mensheid in elkaar zat. Ik leerde om te gaan met mijn impulsiviteit en ik heb mijn karaktereigenschappen altijd als een sterk punt gezien, iets waar ik mijn voordeel uit kon halen, in plaats van een afwijking waartegen ik moest vechten. De maatschappij is alleen niet zo open-minded als men graag doet lijken, en dus moest ik mijn eigen versie van de waarheid creeren, voor mezelf en voor anderen, waardoor ik ongezien en onopgemerkt door het leven kon gaan. Je zou wel kunnen zeggen dat bijna mijn hele leven een aaneenschakeling is geweest van kleine leugens, maar ik heb er geen nacht om wakker gelegen tot nu toe.

Alleen deze keer, deze ene keer was ik bijna de mist in gegaan. Niet dat ik me er druk om heb gemaakt, maar er gebeurde van alles wat ik niet voorzien had en als ik ergens altijd al een hekel aan heb gehad dan is het wel de controle kwijtraken. Ik ben graag de hoofdrolspeler in mijn eigen toneelstuk, en niets of niemand neemt dat van mij af. En deze keer, deze keer was het me bijna afgenomen.

TWEE

Ik weet nog goed dat ik haar voor de eerste keer zag.

'Hazel,' zei ze terwijl ze haar fragiele hand uitstak; haar krachtige handdruk verraste me.

'Julius.' Ik nam haar in mij op, met haar bruine haar in een losse knot, zo'n knot die of uren heeft geduurd of in de vluchtigheid snel is opgestoken, en haar doordringende ogen. Ze had iets weg van een hert, schichtig maar scherp. 'Fijn dat u even langs kon komen. Als het goed is zijn we zo klaar.' Ik gebaarde naar de grote leren stoel voor mijn bureau, en terwijl ze langs me liep voelde ik een onverklaarbaar gevoel van opwinding. Dat had ik nooit, en ik wist meteen dat ik op mijn hoede moest zijn.

'Geen probleem.'

'Mooi. Ik wil het graag hebben over uw professionele mening omtrent mijn cliënt.'

'Betreffende?'

'Betreffende de vraag of hij de misdaad gepleegd kan hebben.'

Ze keek me aan, en bleef me aankijken zonder iets te zeggen. Ik had allang gemerkt dat als je zelf maar enigszins vaag begon in een gesprek, je vaak wel aan de reactie kon zien wat voor vlees je in de kuip had. En dan vooral hoe je dat vlees het beste kon sturen.

'Als in, of hij in een eventueel daderprofiel zou passen?' Ze hield het oogcontact vast.

'Precies.'

'Een daderprofiel dat ik opstel aan de hand van de eigenschappen van de gepleegde misdaad?'

'Inderdaad.' Nou ja, ongeveer.

Ze boog zich iets naar voren en liet haar armen op haar knieën rusten. 'U begrijpt dat dat ook nadelig kan uitpakken voor uw cliënt?'

'Mijn cliënt is onschuldig.'

'Volgens u.'

'Uiteraard.' Ik stond op vanachter mijn bureau en bewoog me langzaam haar kant op, langzaam genoeg om niet bedreigend over te komen, maar snel genoeg om assertief te lijken. Dit ging iets ingewikkelder worden dan ik had ingeschat, maar zo snel gaf ik niet op.

'Koffie?'

'Nee, dank u.'

Ik maakte voor mezelf een espresso en ging leunend tegen mijn eikenhouten bureau voor haar staan.

'Hoelang doe je dit werk al, Hazel?'

Ze onderdrukte een grinnik. 'Waarschijnlijk te lang.'

'Omdat?'

'Je doet het al snel te lang.'

Ik wachtte, maar ze zei verder niks. 'Ooit gedacht iets anders te willen doen?'

'Soms.'

'Want?'

'Soms kan je nog zo hard vechten voor de juiste uitkomst, maar ben je water naar de zee aan het dragen.'

'Hmhm.' Ik nam een slok van de sterke espresso. 'Maar wie bepaalt de juiste uitkomst?'

'Meer dan eens de verkeerde mensen.'

'Mensen?'

'En omstandigheden.'

'Creëer je die niet zelf?'

Ze stond op. '*You tell me.*'

*

De daaropvolgende keren dat ik Hazel ontmoette kon ik me ook nog haarscherp voor de geest halen, maar geen enkele was als op die ene maandag. Ik wist altijd precies wat er gebeurde in mijn kantoor – sommige mensen concentreerden zich alleen op de taak in het hier en nu, maar overzicht houden gaf je een voorsprong – en vanaf het moment dat de bel ging en de receptioniste de telefoon opnam, wist ik binnen tien seconden dat Hazel wederom voor de deur stond. Ik had uitgekeken naar dit moment, naar het moment dat onze paden zich weer zouden kruisen na onze laatste – voor mij onsuccesvolle – interactie, en ik wist bijna zeker dat ze mij om een gunst ging vragen.

'Hazel Smíth!' Daar stond ze, nog even rechtop als de vorige keer dat ik haar zag, maar net iets kwetsbaarder. Ze had me nodig, en ze wist het.

'Julius.'

'Vanwaar dit bezoek?' Ik deed negenhonderdnegenennegentig van de duizend keer alsof ik net zo traag was in het analyseren van beweegredenen als de normale mens.

'Ik heb...'

'Mijn hulp nodig?' Dit was de één in duizend.

We liepen mijn kantoor in, en op mijn vraag of ze iets wilde drinken antwoordde ze 'ijskoffie met havermelk'. Het was een verzoek dat ik zelf ook had kunnen doen, om grenzen en machtsrelaties lichtjes te testen, en even vroeg ik me af of we wel zo verschillend waren.

Wat er toen gebeurde staat in mijn geheugen gegrift, want het sloeg terug op een roekeloos moment van mij. Dit overkwam mij vaker dan ik wilde toegeven, want ik was behoorlijk impulsief en nalatig als het op mijn gesprekken aankwam, maar het gebeurde me eigenlijk nooit dat het vervolgens terug op mijn bord belandde. Mensen luisterden over het algemeen namelijk helemaal niet echt naar wat je zei, aangezien ze waarschijnlijk te druk bezig waren met een gevat antwoord bedenken of met wat ze later bij de supermarkt moesten halen, maar Hazel had wel geluisterd, en ze had het opgeslagen, en nu kwam ze verhaal halen.

Jason Russo. Ze kwam verhaal halen over Jason Russo, en dat was helemaal niet handig.

'Er is bar weinig te vinden over de zaak.' Natuurlijk, want als ik iets deed, dan deed ik het ook goed.

'En jij wilt het bewijs van mijn kant?' Ik zei het alsof het een zaak van dertien in een dozijn was geweest, wederom een succesverhaal als het aankwam op mijn cliënten, maar ik was ondertussen vijf stappen vooruit aan het plannen. Want ik moest haar nu voorblijven.

Bijblijven en voorblijven.

'Ik wil graag de transcripten van jouw interactie met je cliënt,' zei Hazel.

Dus daarom zat ze hier tegenover me. Dit was handig.

'Sorry, je wilt wat?' Ik zou ze aan haar geven, en zo op de hoogte blijven van alles, maar ik moest eerst nog wel even moeilijk doen, zoals het een advocaat betaamt die verder geen beweegredenen heeft om zichzelf in een politieonderzoek te werpen.

'De transcripten...'

'Waarom zou ik dat in godsnaam doen?' *Ik ben een integere advocaat en nu op mijn teentjes getrapt.* Ik had het script al zo vaak afgespeeld in mijn leven dat het bijna de waarheid was geworden.

Omdat het weer gebeurd was. Godsamme. Een moord met eenzelfde handtekening als die toen gevonden was op de plaats delict gelinkt aan mijn verdachte; zelfs ik moest toegeven dat dat wel erg toevallig was. Het werd hoog tijd om Jason een bezoekje te brengen, en ik had dat eigenlijk al veel eerder moeten doen.

'Je weet dat dit technisch gezien niet door de beugel kan?' vroeg ik. *Nog eventjes.*

'Ja.' Uiteraard – zolang men maar aan zichzelf kon verkopen dat de reden voor grensoverschrijdend gedrag een onzelfzuchtige was, was het zogenaamd opeens een stuk minder erg. Misschien was ze toch niet zo eerlijk als ze tijdens onze eerste ontmoeting had doen lijken.

'Oké.' Ik had nu wel genoeg tegengesputterd.

'Oké?'

'Maar ik wil op de hoogte gehouden worden.'

Ze stemde in, alhoewel ze nog deed alsof haar baas daar een stokje voor zou kunnen steken. *Inspecteur Palmer.* Haar uitdrukking en lichaamstaal veranderden, heel subtiel maar nog net zichtbaar, toen ze zijn naam uitsprak, en ik was langzaam troeven aan het verzamelen. Schaak, Hazel. Schaak.

DRIE

Ik hield niet van vliegen. Ik had het altijd vervelend gevonden om de controle over mijn leven uit handen te geven en het leek me nogal irritant om vervroegd dood te gaan omdat een vliegtuig toch niet helemaal goed had gewerkt, of een piloot toch niet helemaal goed had opgelet. Maar goed, met de auto naar Amerika ging lastig.

Het vliegveld van Santa Barbara was een soort mix van realiteit en droom, met een warme gloed die je tegemoetkwam zodra je buiten de airconditioned hallen stapte op weg naar de bagagehal. Toen ik hier jaren geleden voor de eerste keer kwam kon je het eigenlijk geen hal noemen – want het was een grote tent met loopband geweest – maar het droeg bij aan de charme van dit kleine vliegveld dat vooral te bereiken was met een extreem onbetrouwbaar aanvoelend klein vliegtuig vanaf Los Angeles.

Meestal vermaakte ik mezelf tijdens deze vluchten met het bestuderen van de verschillende manieren waarop mensen met hun vliegangst of met de blijdschap van een aankomende reünie met hun geliefde omgingen, en hoe gek genoeg die twee dingen soms niet eens zover van elkaar af leken te liggen. De mens lijkt vaak nervositeit aan iets toe te voegen, rechtsom of linksom. Maar deze keer was ik druk bezig geweest met hoe ik dit het beste kon aanpakken, en hoe ik de waarheid uit Jason ging krijgen. Normaliter was dat niet zo'n probleem geweest, zeker gezien het feit dat Jason bij mij in het krijt stond, maar helaas was hij niet zo makkelijk te manipuleren. Jason was niet als ieder ander. Jason was net zoals ik.

Ik had hem zelf aangeraden naar een ander land te verhuizen nadat hij onschuldig was verklaard, en Amerika leek de perfecte keuze. Men zegt weleens dat Amerikanen zo nep doen, en zo nep zijn, maar ik heb zelf altijd liever dat iemand onecht aardig doet in plaats van echt onaardig. Er lag altijd zo onnodig veel nadruk op de echtheid en authenticiteit van mensen, terwijl beweegredenen uiteindelijk natuurlijk geen zak uitmaken. Per ongeluk of expres, kapot is kapot, en zo geldt het ook voor vriendelijkheid; echt of nep, wat maakt het uit.

'*Good morning sir, can I take your bags?*' Ze waren ook altijd extra behulpzaam in Amerika, en ik hield er erg van als ik alledaagse klusjes niet zelf hoefde uit te voeren.

'*Where to?*'

'*Sabado Tarde Road please.*'

Terwijl we van de luchthaven naar het adres reden, dacht ik terug aan de tijd dat ik in Santa Barbara studeerde. Ik had het heerlijk gevonden in de anonimiteit – Amerikaanse universiteiten zijn een stuk groter dan die in Engeland – en aangezien ik allesbehalve mijn best had moeten doen voor goede cijfers kon ik mijn tijd aan andere dingen besteden. Het voelde ook als een losstaande tijd, want ik had geen verplichtingen, niemand kende me, en bovendien wist ik dat ik uiteindelijk weer terug naar Engeland zou vliegen, dus ik experimenteerde erop los. Het was in dit kleine, pittoreske stadje dat ik echt goed was geworden in het manipuleren van mensen, en de kunst van de verleiding echt onder de knie had gekregen. Het ging meer dan eens mis, en ik liet een spoor van vernieling achter, maar daardoor leerde ik ook maat houden. Bovendien had ik tegen de tijd dat ik mijn rechtenstudie afrondde ook een andere – zowaar geaccepteerde en aangemoedigde – manipulatietechniek gevonden, waardoor ik me nu in een taxi in Amerika bevond op weg naar een ex-cliënt.

De taxi stopte voor de deur, en ik pakte mijn rolkoffer uit de achterbak. Er stond een schommelstoel op de veranda van het huis, zoals in een oude Amerikaanse cowboyfilm, en de lome warmte was prettig genoeg om niet meteen naar binnen te willen vluchten. Ik ging zitten op de stoel, en terwijl ik de zon onder zag gaan en een klein meisje op een fietsje met zijwieltjes moeizaam voorbij zag fietsen, wachtte ik op Jason.

*

Ik moet meerdere uren op de veranda hebben gezeten – soms leek een uur voor mij hetzelfde als een minuut – toen er een klassieke Mustang de straat binnenreed. Cabriolet, en donkergroen, en voordat de auto voor de deur parkeerde wist ik al dat Jason de bestuurder was. Hij had me waarschijnlijk ook allang gezien, en ik was blij om te zien dat hij niet meteen rechtsomkeert had gemaakt. Terwijl hij de deur opendeed en de kap terug omhooghaalde met een druk op een knop – de auto was uiteraard gerestaureerd totdat hij van alle moderne gemakken voorzien was – dacht ik terug aan de eerste keer dat ik Jason ontmoette.

Hij was net achttien geworden, wat voor hem nadelig was aangezien hij daarom als volwassene berecht zou worden, maar hij kwam over als een onzekere vijftienjarige. Hij had een gezicht vol acne en blond haar dat vet was en futloos langs zijn gezicht viel. Maar hij had een bepaalde blik in zijn ogen gehad, een blik die ik herkende, en ik had me afgevraagd waarom er niks, maar dan ook helemaal niks, van zijn potentie naar buiten leek te komen. Maar nu, zo'n anderhalf jaar later, leek een compleet andere persoonlijkheid mijn kant op te komen.

'Julius.' Zijn stem was duidelijk lager, en hij praatte langzamer en rustiger.

'Jason.'

'Je dacht, ik ben in de buurt?' Hij was charmant in plaats van hulpeloos, en hij kwam over als iemand aan wie je je leven zou toevertrouwen. Ironisch.

'Zoiets.'

'Kom binnen.' Hij stelde verder geen vragen en terwijl hij voor mij uit liep naar de deur realiseerde ik me maar al te goed dat Jason was uitgegroeid tot een sterke, zelfverzekerde man. De gedachte bekroop me langzaam dat Jason nu de jongere versie van mij was en ik voelde me deels trots en deels geïrriteerd, want het maakte dit alles een stuk ingewikkelder.

Zijn huis was minimalistisch vanbinnen en schoon, erg schoon; vanbuiten had het eruitgezien als een dertien in een dozijn Amerikaans vrijstaand huis.

'Koffie?'

'Graag.' Ik keek toe hoe hij met precisie een espresso klaarmaakte met een machine die menigeen waarschijnlijk een jaarsalaris had gekost.

Hij ging tegenover mij zitten aan de glazen tafel, en we keken elkaar aan. Het was wachten op wie de eerste zet ging doen, en Jason was duidelijk geen pion meer die ik naar willekeur kon bespelen.

'Ben je de laatste weken terug geweest in Engeland?'

'Want?'

Ik bleef even stil. 'Algemene interesse.'

'Algemeen?' Hij boog zich iets naar mij toe. 'Of misschien iets specifieker?' Damn. Hij had allang geweten waarom ik hier was, en dat had ik aan moeten zien komen.

Ik keek hem recht aan. 'Vuilnis op een plaats delict komt niet zo vaak voor, Jason.'

'Ik heb geen idee wie die vrouw was.' Met één grote slok dronk hij zijn espresso op, en hij stond op van de tafel om zijn kopje op het keukenblad te zetten.

'En dat moet mij garanderen dat je er niks mee te maken had?'

'Ja. Het lijkt me dat dat jou als geen ander die garantie moet geven.' Jason stond met zijn rug naar mij toe aan het aanrecht, maar ik kon aan zijn schouders zien dat spanning zich begon op te bouwen.

'Houd je je aan onze afspraak?'

Hij draaide zich om en keek me recht aan, met een lichtjes trillend rechteroog. 'Ja. Vanaf het moment dat we die gemaakt hebben.'

'Met geen enkele uitzondering?'

'Geen enkele uitzondering.' Ik zag zijn hand samenknijpen tot een vuist, en langzaam maar zeker begon ik te twijfelen of hij wel in staat was geweest om onze afspraak na te leven, en wat de consequenties voor mij waren als hij gefaald had.

VIER

'Wat doe je hier in het dagelijks leven, Jason?' Ik stond ook op.

Ik zag dat hij vond dat mij dat niks aanging, maar besloot voor een tactischere optie te gaan. 'Ik werk bij een bank.'

'Een bank?'

'Beleggingsfonds.'

Uiteraard, hoe origineel. 'Legaal?'

'Ongeveer.'

'Onopvallend?'

'Altijd.' Ik had met Jason afgesproken dat als hij aan zijn impulsen wilde toegeven, het altijd zonder fysiek geweld moest zijn, en altijd onder de radar.

Ik stapte dichter naar Jason toe. 'Je snapt wat de consequentie zou zijn van een terugval?'

Hij deinsde niet terug, maar stapte mijn kant op. 'Maar al te goed.'

Ik wist altijd meteen wanneer iemand loog, maar met Jason was dat lastig, want ik had hem zelf geleerd hoe hij het beste kon liegen, en dat was vooral gebaseerd op onvoorspelbaarheid.

Hij keek me aan, met een veel uitdagendere blik dan me lief was. 'Maar ik begrijp ook heel goed wat de consequenties voor jou zouden zijn, Julius.'

Als er iets was waar ik niet tegen kon, dan was het als iemand míj probeerde te manipuleren. Als iemand probeerde de controle over míj te krijgen, mij probeerde te chanteren. Jason zou beter moeten weten, en wat er nu ging komen was zijn eigen schuld.

Voordat hij weg kon duiken zwaaide ik mijn arm naar achteren, en met een doffe klap kwam mijn vuist in aanraking met zijn neus. Een neus bloedt hevig, en daarom is het een goede plek om iemand te raken aangezien mensen – los van de pijn – erg van slag raken van bloed. Hij herstelde zich snel, veel sneller dan ik verwacht had, en met de kracht van een negentienjarige ramde hij mij tegen de grond. Jason dook boven op me en ik zag zijn handen naar mijn nek bewegen, maar we waren uit hetzelfde hout gesneden, en dit was niet mijn eerste rodeo. Ik greep hem om zijn middel en rollend over de grond kwam ik bovenop terecht, maar voordat ik ook maar iets kon doen gaf Jason me een harde stomp in mijn buik. Ik hapte naar adem, en het gaf hem net de tijd om onder me uit te komen. Als ik niet zo zeker was van mijn eigen kunnen had ik het allang opgegeven, want de kracht van een vijfendertigjarige deed normaliter onder voor de kracht van deze negentienjarige, maar ik wist dat ik qua techniek ver boven hem uitstak. Qua techniek, en qua controle.

Ik stond op en tegenover me stond een rood aangelopen Jason, kwaad en ongecontroleerd, als een stier in een stierengevecht. Hij stoof op me af zonder enige aarzeling en er ontstond een worsteling van twee mensen die het gewend waren dat de ander opgaf. Zijn voet landde nog een keer hard in mijn maag voordat ik mijn arm rond zijn nek legde, en met mijn andere hand die arm dichter en dichter tegen zijn nek drukte. Ik voelde hem minder en minder worstelen, totdat ik een zacht geluid uit zijn mond hoorde komen.

'Julius. Alsjeblie... ft.'

'Wat zeg je?'

'Alsjeblieft.'

'En?'

'En ik...'

Ik verslapte de grip ietwat.

'En ik heb niemand iets verteld.'

'En?'

'En ik ga niemand ooit iets vertellen.'

'Oké.' Ik haalde mijn armen los van zijn nek en voelde hem door zijn knieën zakken, neerkomend op het harde parket. 'Dat het maar goed duidelijk mag zijn.'

VIJF

Jason was een moordenaar. Niet in de subtiele betekenis van het woord, op de manier van 'we zijn allemaal weleens een moordenaar in onze gedachten', maar een harde, realistische moordenaar. Ik wist dat al voordat ik hem de eerste keer ontmoette, want ik had overal vrienden en zo ook bij de politie. Of in ieder geval, ze dachten dat ze mijn vrienden waren. Ik verleende hun weleens een gunst, vaak een kleine, onbetekenende gunst voor mij, maar ik koos ze altijd zo dat het overkwam als een grote opoffering van mijn kant enkel en alleen om mijn 'vrienden' te helpen.

Het is niet zo dat ik altijd op de hoogte werd gehouden van het komen en gaan op een politiebureau, maar als we met zijn allen in een café zaten, kwam er nog weleens een verhaal of twee naar voren. Zo vertelden ze me ook over Jason, dat hij zo verloren leek, en dat hij bekend had, maar het was vooral zijn voorgeschiedenis die mijn interesse wekte. Het klonk als míjn leven, met als enige verschil de ouders die we per toeval toegewezen hadden gekregen bij onze geboorte. Het intrigeerde me, en dat was genoeg om me erin te willen mengen.

Ik was – nu ongeveer een jaar geleden – vol interesse de verhoorruimte binnengelopen waar Jason redelijk verslagen achter een tafel had gezeten. Tenminste, hij leek verslagen, maar als hij ook maar een beetje op mij leek was het onverschilligheid. Een soort *ik zie wel wat de volgende stap is* in plaats van de normale *stel je voor dat er geen volgende stap is en het leven hier eindigt*-reactie.

'Hallo Jason.'

Hij keek op en ik zag zijn ogen nog net door zijn lange, vette, blonde haren komen, met een blik waardoor ik meteen wist dat ik gelijk had gehad.

'Hi.'

'Ik ben Julius.'

'Oké.'

'Ik zal maar niet vragen hoe het gaat.'

'Nee.'

'Maar ik kan je wel vragen of je wat hulp kunt gebruiken.'

'Beetje laat geloof ik.' Jason haalde zijn hand door zijn haar en leunde achterover op zijn stoel. Hij balanceerde op de achterpoten, alsof zijn leven op dezelfde manier op de rand van de afgrond balanceerde en hij naar beneden keek zonder enige aarzeling.

'Het is bijna nooit te laat. Alleen als je dood bent, dan is het te laat. Dat lijkt de mens vaak niet zo goed te begrijpen, dat zolang je leeft en gezond bent, het eigenlijk nooit te laat is.'

Met een klap landde hij terug op de voorpoten van de stoel en hij keek me geïntrigeerd aan.

'Het boeit me niet zo, wat ze nu met me doen. Ik heb gedaan wat ik wilde doen.'

'Maar zou het niet beter zijn als je gedaan had wat je wilde doen en ook je vrijheid kon behouden?'

Hij knikte en boog zich naar mij toe. 'Ik ben niet dom hoor.'

'Dat begrijp ik.'

'Maar ik heb al bekend.'

'Dat heb ik gehoord, ja.'

'En met trots.'

'Trots?'

'Hij heeft me jaren mishandeld. Ik zou hem zo nog een keer vermoorden.' Zijn stiefvader had hem niet alleen jarenlang mishandeld maar ook seksueel misbruikt, en zodra Jason even sterk als zijn mishandelaar was geworden, had hij besloten dat het genoeg was geweest. Ik had altijd het gevoel gehad dat Jason de moord al jaren daarvoor gepland had, maar zoals hij al zei, hij was niet dom, en hij had zeker willen weten dat hij niet zou falen.

'Klinkt alsof hij het verdiende.'

'Driedubbel.'

Ik legde mijn visitekaartje voor hem neer. 'Ik ga je helpen, Jason, zonder kosten, en ik ga zorgen dat de jury je onschuldig verklaart. Maar je moet ook iets doen voor mij.'

'Wat?'

'Me iets beloven.' Als je eenmaal heroïne tot je had genomen was het lastig dat niet steeds weer te doen, en beslissen over leven en dood was voor mensen als Jason en ik de ultieme uitoefening van controle, de ultieme harddrug, en een verslaving waar je erg voor uit moest kijken. Eén keer was voldoende.

'Wat?'

'Dat dit de enige en laatste keer was dat je iemand vermoordde.'

Ik weet tot op de dag van vandaag niet waarom ik het gevoel had dat ik Jason moest helpen. Misschien vond ik het oneerlijk dat de kaarten van het leven hem zo toebedeeld waren, maar dat zou betekenen dat ik medeleven had gevoeld, dus die optie kon ik al snel afstrepen. Misschien vond ik de zaak uitdagend, omdat hij bekend had en ik mijn eigen kunnen wilde testen. Misschien vond ik het belangrijk dat hij ons imago niet nog verder door het slijk haalde, of misschien wilde ik aan mezelf bewijzen dat ik zelfs de meest ontspoorde, non-empathische persoon zo kon controleren dat hij zijn leven om zou gooien en succesvol zou worden. En misschien, heel misschien, kon zelfs ík weleens iets doen wat maar vijfennegentig procent zelfzuchtigheid was, en vijf procent iets anders. En wat dat 'iets anders' was, misschien was dat uiteindelijk niet echt belangrijk.

ZES

Het was een warme nacht in het idyllische Santa Barbara en eventjes verdwaalde ik in het verleden, in het verlangen om van plek naar plek te verhuizen en zo zonder verantwoordelijkheid te leven. Maar we leefden in het nu, en ik zat tegenover Jason die zijn neus koelde met een bevroren pak erwten.

'Enig idee wat voor iemand dit gedaan kan hebben, Jason?' Na onze schermutseling had hij redelijk waterdicht bewijs geleverd dat hij in Amerika was geweest op het tijdstip van de moord; dit had hij me natuurlijk ook gewoon meteen kunnen vertellen, maar ik wist ook wel dat dat zijn eer te na was.

'Iemand met een behoorlijke afkeer van het slachtoffer lijkt me.'

'Vanwege het vuilnis?'

'Vanwege het vuilnis.'

Jason had zeker niet per ongeluk vuilnis over zijn stiefvader gestort en hij had mij toentertijd uitgebreid verteld hoe goed het gevoeld had. Dat zijn stiefvader minder dan niks waard was geweest en hoe hem enkel vermoorden niet genoeg was geweest. Hij wilde hem vernederen, zoals zijn stiefvader hem jaren had geprobeerd te vernederen, en stinkend en vies achterlaten, zonder enige waarde.

'Is ze verkracht?' Jason rukte me uit mijn gedachten.

'Ik geloof het niet.' Tenminste, daar had Hazel niks over gezegd, maar door onze nieuwe 'werkrelatie' kon ik daar waarschijnlijk wel achter komen.

‘Denk toch dat het een man is. Het klinkt niet als een vrouw.’

Het klinkt niet als een vrouw. Ik was het met hem eens, maar kon er geen logische verklaring voor vinden en ik wist hoe gevaarlijk het was iets aan te nemen. Men dacht bijvoorbeeld altijd dat vrouwen niet in staat waren tot huiselijk geweld terwijl vrouwen onder andere psychologisch geweld uitoefenen, en het is ook een fabeltje dat er geen vrouwelijke moordenaars zijn. Alleen de beweegredenen, die zijn vaak anders. Maar goed, kapot is kapot; dood is dood.

Jason was diep in gedachten inmiddels. ‘Een man, een man die deze vrouw waardeloos vindt, en hij wil haar straffen. Hij wil haar vernederen. Misschien omdat ze hem vernederd heeft.’ Ik heb altijd gedacht dat we het goed zouden doen bij de politie.

Hij was even stil en leek iets af te wegen. ‘Dat vuilnis, dat had ik niet zelf bedacht, hè.’ Hij keek me aan alsof hij aan het inschatten was hoe groot de kans was dat ik hem weer naar de keel zou vliegen. En hij had gelijk, ik moest mijn best doen die impuls te onderdrukken.

‘Wát?’

‘Het leek me niet zo belangrijk. En om eerlijk te zijn was ik het eigenlijk vergeten, waar ik het idee had opgedaan.’ *Vergeten.* Alsof hij zoiets ooit zou vergeten. ‘Maar ik had iemand erover horen praten. Over hoe breekbaar een mensenleven eigenlijk is. Over hoe vervangbaar mensen zijn, en hoe de een minder waard is dan de ander.’

Ik kon daar niet zoveel tegen inbrengen, behalve dan dat de mensen die dat soort dingen zeggen vaak zelf degenen zijn die zich waardeloos voelen, en zodoende druk bezig zijn met zichzelf te overtuigen van het tegenovergestelde.

‘Waar was het?’

‘Bij een van de partijen waar ik voor het entertainment zorgde.’ *Entertainment.* Dat betekende drank en drugs, en in sommige gevallen prostituees. Zoals ik al zei, Jason had zichzelf in een behoorlijke put gegraven toentertijd.

Ik wist heel goed waar hij toen de meeste tijd gespendeerd had als het om dat soort activiteiten ging en ik voelde me ontzettend kwaad worden. Hij was het helemaal niet vergeten, hij had zelf besloten niet eerlijk tegen me te zijn. En nog erger, ik had het niet doorgehad.

'Wélke partij, Jason?' Nu werd het echt serieus.

Hij deed net zijn mond open toen mijn werktelefoon ging. Ik had mijn secretaresse heel duidelijk gemaakt mij maar om één reden te storen terwijl ik het land uit was en ik wist dat ik de telefoon op moest nemen. En met op moest nemen, bedoelde ik dat ik op wílde nemen. Jason had geluk.

'Hazel! Heb je mijn cadeaus ontvangen?' De hedendaagse technologie maakte het leven alleen maar makkelijker voor mij, want ik kon gaan en staan waar ik wilde terwijl ik iedereen liet geloven dat ik in Londen was.

'Alle tien cadeaus inderdaad.'

Ik had beloofd te helpen, maar nooit beloofd het makkelijk te maken, want hoe ingewikkelder het was, hoe meer ik bij de zaak betrokken kon blijven, en hoe meer ik Hazel uit mijn zaken kon houden.

Het gesprek was als tussen kat en muis, waarbij ik ogenschijnlijk uit het niks aan haar vroeg of het slachtoffer verkracht was, en zij alles wilde weten wat tot nu toe onbekend was voor haar. Ze liet zich sturen, maar ik had het gevoel alsof ik met vuur speelde en ze binnenkort dicht zou klappen.

'Zullen we dit weekend afspreken?' Ik was altijd beter geweest in lijfcontact dan telefooncontact, en wist er bijna altijd mijn voordeel mee te halen.

'Ehm.'

'Ja?' Ik voelde aan alles dat ze ja wilde zeggen.

'Oké. Maar niet te lang, ik heb nog veel te doen.'

'Oké. Ik stuur je het adres. Tot dan.'

'Tot dan.' *Bingo.*

'Dus.' Ik liep terug naar de keuken en zag dat Jason zijn koffiekopje inmiddels had afgewassen. De kleine druppel koffie die op het aanrecht was gevallen naast het koffiezetapparaat was verdwenen en hij zat geduldig op me te wachten. Geduld gaf me altijd een onwennig gevoel.

'Geen verkrachting?' Weglopen terwijl je aan het telefoneren bent is eigenlijk alleen maar een automatisme, want negen van de tien keer kan iemand je gewoon nog horen.

'Geen verkrachting inderdaad.'

We stonden tegenover elkaar, als twee titanen die een lange dag hadden gehad maar ook niet zouden terugdeinzen voor het zoveelste gevecht om de Olympus.

'Waar heb je het idee voor het vuilnis opgedaan, Jason? Bij welke partij?' Ik wist het antwoord denk ik wel, en als je het antwoord niet wilt weten moet je de vraag niet stellen, maar ik móést het weten.

'Bij een van de pokeravonden.' Hij twijfelde niet. *Godver.*

'Bij dezelfde als waar...'

'Ja.'

'En je wist...'

'Ja.'

Godver. Hij had me gemanipuleerd. Die achttienjarige timide jongen met acne en vet haar, die jongen die een klein hoopje ellende leek en wiens potentie compleet ondergesneeuwd leek, die jongen had mij eruit gespeeld. Ik voelde mijn hand ballen, en voordat ik mezelf tegen kon houden kwam mijn vuist voor de tweede keer hard neer op zijn al gekneusde neus.

ZEVEN

Deze zaak begon steeds ingewikkelder te worden en ik had helemaal niks met complicaties als het op mijn eigen leven aankwam. Ik hield dingen graag simpel, zodat ik geen extra energie hoefde te besteden aan onzin, en ik begon steeds meer spijt te krijgen van deze hele Jason-saga. Maar het was nu eenmaal al in werking gezet, en als ik er dan toch tijd aan moest besteden dan deed ik het graag in het bijzijn van Hazel.

Ze was te laat, wat ironisch was gezien het feit dat ik uit Amerika had moeten terugvliegen voor deze afspraak en ik op tijd was, maar daardoor had ik wel de kans gehad om alvast voor ons te bestellen. Ik had me tijdens mijn lange vliegreis afgevraagd hoe Hazel zou reageren op controleverlies; ze had tot nu alles in de hand willen hebben, en vaak zat zo iemand ook maar één duwtje af van de controle verliezen. En ik wilde haar dat duwtje maar al te graag geven.

'Als er een alibi was, waarom is het dan tot een rechtszaak gekomen?' Hazel zat tegenover me, in een geblokte blazer met rode voering en een wit T-shirt, wachtend op haar wilde zalm en mijn tournedos. Ik wist dat die vraag ging komen, en zolang Hazel zelf goed meespeelde voorzag ik geen problemen.

Ik bracht een warm stukje stokbrood naar mijn mond. 'O. Waarschijnlijk omdat er een bekentenis was.'

'Een wat?'

'Een bekentenis, Hazel.'

Het eten werd geserveerd en ik besloot dat het wel weer even genoeg was geweest; speel iemand gewilde informatie langzaam toe, en voor je het weet vertellen ze je tussen neus en lippen door gewillig en onbewust over hun sterke en zwakke punten.

'Waarom ben je niet getrouwd?'

Ik merkte dat we inmiddels aan ons tweede glas wijn zaten en we hadden zowaar een interessant gesprek, wat voor mij ongeveer hetzelfde betekende als een huwelijksaanzoek voor de normale mens, dus ik moest mijn best doen om niet afgeleid te raken. Het liefst had ik haar meegesleept naar het toilet en ruw tegen de koude muur geduwd, terwijl ik mijn hand onder haar shirt liet glijden en haar zonder twijfel fantastische borsten zou voelen. Ze zou gekreund hebben en niemand in het restaurant zou bij terugkomst door hebben gehad dat ik haar net onbeschrijfelijk bevredigd had in het toilet.

'Waarom ben jij niet getrouwd?' Maar we zaten gewoon aan tafel, en ze begon me vragen te stellen over mijn leven waardoor ik in een ruk terug was in de realiteit.

'Ik heb me op mijn carrière gefocust.'

'O, oké. Ik ook.'

Ik ook. Neutrale woorden waarin heel wat pijn verborgen zat.

'Wat? Als vrouw kan je dat antwoord niet geven?'

Pijn dat zelfs in onze moderne maatschappij een vrouw eigenlijk allebei moet kunnen en niet voor haar carrière hoort te kiezen boven een gezinsleven. Pijn die me vast nog eens van pas ging komen.

Ik stuurde het gesprek terug naar Jason, want ik had van tevoren besloten dat ik haar zou vertellen over de bekentenis, en ook over het later volgende alibi, zodat ik wat extra tijd zou creëren voor mezelf om wat dingen uit te zoeken. Ze ging de anonieme getuige toch nooit vinden, en Jason had heel wat losse eindjes gecreëerd die ik nu aan elkaar vast moest zien te knopen.

'Lieg je weleens, Hazel? Tegen anderen of tegen jezelf?' *Tell me more.*

'Soms.'

'Dus je hebt ook wel eens gelogen om jezelf te beschermen?'

'Ja.'

Vreemdgaan. Dat was haar leugen om bestwil. Maar vreemdgaan was een standaardantwoord op die vraag. Het was vast waar; statistisch gezien leek iedereen tegenwoordig vreemd te gaan en het verbaasde me niks, want dat kreeg je als een hele mensheid besloot dat monogamie de geaccepteerde gedragsstandaard was. Maar er was iets anders, ik voelde het, en ik wilde het weten. Ik wilde weten wat ervoor nodig was om Hazel de streep over te trekken naar moreel dubieus gedrag. Echt moreel dubieus gedrag.

'En?' *En wat nog meer, Hazel. Vertel me wat nog meer. Wat is je échte achilleshiel?*

Maar ze zei verder niks. Ik glimlachte, een echte glimlach, want voor het eerst in lange tijd leek het langer dan één avond te gaan duren om iemand om mijn vinger te winden en te weten te komen wat ik wilde weten. Intrigerend, en fucking hot.

De buitenlucht was fris en als je goed keek kon je zelfs een paar sterren zien die over het algemeen geheel schuilgingen achter afvalstoffen en luchtvervuiling. Ik reed Hazel naar Oost-Londen en terwijl we haar trap op liepen maakte ik mezelf wijs dat ze geheel uit eigen wil gevraagd had of ik koffie wilde, en dat ik haar daar niet in gemanipuleerd had. Ik wist ergens wel dat dat niet helemaal waar was, maar aan de andere kant leken normale mensen elkaar ook te bespelen als het aankwam op het wel of niet seks met elkaar hebben, en ik wilde veel te graag. Mijn interesse in Hazel was ergens in het midden van de avond omgeslagen in lust, en ik vond het inmiddels moeilijk om aan iets anders te denken dan Hazel helemaal voor mezelf te hebben, naakt en met haar handen boven haar hoofd gebonden met mijn stropdas.

Ik stond vlak bij haar toen ze de deur dichtdeed en nam haar geur in mij op. Ze had geen parfum op, maar de combinatie van haar lichaamsgeur en shampoo was betoverend, en ik trok haar dichter naar mij toe. Mijn lippen raakten vluchtig die van haar en met een ruwe beweging duwde ik haar tegen de muur aan en draaide haar hoofd opzij, zodat ik vrij was om langzaam met mijn mond en tong van haar nek naar beneden te bewegen. Ik wilde haar, meer dan ik ooit een vrouw had gewild, en ik probeerde niet eens te analyseren waarom dat zo was. Haar borsten waren rond en voelden perfect in mijn handen; ik had het gevoel dat ik alles met haar had kunnen doen op dat moment, want ze had de controle compleet aan mij overgedragen. Mijn hand bewoog zich tegen haar huid aan naar beneden, van haar borsten naar haar heupen, en ik ritste haar broek langzaam open. Ze was opgewonden, heel opgewonden, en dat voelde ik toen ik met mijn vingers bij haar naar binnen gleed.

Terwijl ze daar naakt op haar vloerkleed lag vroeg ik me even, heel even, af of dit wel zo'n goed idee was. In geen geval mocht ik mijn concentratie verliezen, maar voor ik het wist hield ik me omhoog vlak boven haar naakte lichaam en trok ze mijn broek naar beneden. Langzaam maar zeker voelde ik me bij haar binnenkomen; er was geen weg meer terug.

Schaak, Julius. Schaak.

HAZEL

TIEN

We vertellen onszelf een groot aantal leugens tijdens ons leven. Soms omdat het de enige manier is om te overleven, maar vaker omdat we iets gedaan hebben wat niet helemaal binnen ons zelfbeeld past en het makkelijker lijkt om de waarheid aan te passen dan ons zelf- of wereldbeeld. Jaren geleden, tijdens mijn studie, leerde ik dat dit ook wel cognitieve dissonantie wordt genoemd; de innerlijke spanning die je voelt als je normen en waarden in strijd zijn met je eigen of andermans gedrag.

Ik weet nog heel goed dat ik voor de eerste en gelukkig enige keer aanranding en seksuele intimidatie meemaakte. We hadden het er uitgebreid over gehad tijdens mijn studie, dat er – naast het vaak aanwezige machtsmisbruik en de uitbuiting van die macht door de dader – ook veel psychologische processen gaande zijn, en hoe het veel ingewikkelder is dan gewoon opstaan en weglopen. Ik had het aangehoord, opgeslagen, en – zoals dat vaak gebeurt – gedacht dat ik anders zou reageren dan de meeste vrouwen. Maar toen het in het echte leven gebeurde, snapte ik precies waarom het niet zo makkelijk was.

Het feit dat ik tegen iemand zei dat ik iets niet wilde, en diegene toch doorging, was een klassiek geval van cognitieve dissonantie. Mijn hersenen gingen hard aan het werk om de tegenstrijdigheid logisch te maken. Aangezien het te ingewikkeld en ongewenst was om mijn algemene overtuigingen over goed menselijk gedrag aan te passen, zeker op het moment zelf, besloten mijn hersenen om het geobserveerde gedrag een andere betekenis te geven. Als ik hints had gegeven dat het oké was dat iemand me aanraakte, dan deed diegene dat niet tegen mijn zin, en paste het weer in mijn wereldbeeld. Kortom, ik ging mijn eigen gedrag in twijfel trekken en maakte mezelf wijs dat ik op de een of andere manier moest hebben aangegeven dat ik dit graag wilde. Hopelijk komt eenieder in zo'n situatie er op tijd achter dat het nooit jouw schuld is, maar dat duurde bij mij langer dan ik zou willen toegeven en ik heb me daarna tijdenlang zwak en teleurgesteld in mezelf gevoeld.

Ik lag in bed en staarde naar het plafond; ik merkte dat mijn gedachten hard bezig waren om dat wat er met Julius gebeurd was goed te praten. Het kon best goed zijn voor de zaak; als Julius mij vertrouwde, gaf hij misschien meer prijs over wat er precies gaande was geweest met Jason. Adam en ik hadden ook nooit expliciet gezegd dat we exclusief aan het daten waren, en ik wist niet of hij nog met andere vrouwen afsprak. Maar ik wist wel dat een excuus dat voortkwam uit manipulatie en technische details over de richtlijnen van een relatie geen sterk excuus was, en dat het oneerlijk tegenover Adam was.

Ik hoorde mijn deur opengaan en schrok me dood. Waar was Julius eigenlijk?

Voordat ik compleet in paniek kon schieten, liep hij mijn kamer binnen met twee bekers koffie-to-go in zijn hand en een zak met croissants.

'Ontbijt?'

Ik was me opeens erg bewust van mijn naaktheid en sloeg de dekens om me heen. 'Ja, graag. Ik kom eraan.'

Julius zette de koffie op de grond en liep naar het bed. Hij trok de lakens naar beneden en keek naar mijn lichaam.

'Prachtig.'

'Sorry?'

'Je lichaam.'

Zijn directheid overviel me een beetje, en nu het ochtend was maakte de opwinding plaats voor een schuldgevoel.

Ik ging rechtop zitten en sloeg de lakens weer om me heen. 'Luister, Julius, ik...'

'Geen zorgen.'

Ik vond dat ik Julius meer uitleg schuldig was dan dat. 'Afgelopen nacht was...'

'Fijn.'

'Zeker.'

'Maar mijn persoonlijke situatie is nogal... ingewikkeld.'

Hij kneep zijn ogen half toe terwijl hij mij aankeek. 'Ik dacht heus niet dat we nu een hond gingen kopen en samen op het platteland gingen wonen hoor.'

Er kwam een glimlach op. Soms voelde ik me belachelijk, alsof ik dingen ingewikkelder en serieuzer maakte dan ze hoefden te zijn. 'Dus dat is oké?'

'We zijn allebei succesvolle mensen in de dertig. We hebben wel wat beters te doen dan ons druk maken over iets wat gewoon een leuke toevoeging kan zijn.'

Ik keek hem aan en voelde me opeens gefocust en assertief. 'Je hebt geen antwoord gegeven gisteren.'

Julius maakte aanstalten om iets te zeggen, toen mijn telefoon ging. Adam. 'Sorry, dit is m'n werk, één moment.'

Ik liep van de slaapkamer naar de woonkamer en nam op. 'Hé Adam.'

'Hazel.' Hij pauzeerde even. 'Er is een tweede moord gepleegd.'

Ik was op slag terug in de werkelijkheid, in de wereld waar andere dingen belangrijker waren dan mijn nietige zorgen over mijn persoonlijke leven.

'Shit.'

'Vannacht, de grootmoeder heeft ze net gevonden.' Een grootmoeder. Dat betekende dat er kinderen in het spel waren. En ze. Dat betekende meervoud.

'Waar?'

'Er staat over vijf minuten een politieauto voor je deur.'

Vijf minuten. Vijf minuten om mijn prioriteiten weer op orde te krijgen. Ik liep naar de slaapkamer om Julius snel de deur uit te werken, maar de slaapkamer was leeg. De ene beker koffie stond op mijn nachtkastje met de croissants ernaast, en Julius was net zo snel weer weggegaan als dat hij binnen was gekomen.

*

Ik had het altijd lastig gevonden om de juiste balans te vinden tussen werk en privé; als ik tijd aan mijn persoonlijk leven besteedde had ik het gevoel dat ik mijn professionele leven verwaarloosde, maar de gedachte om in de toekomst een succesvolle vijfenveertigjarige te zijn zonder vrienden en relatie was ook niet extreem aanlokkelijk. Ik vervloekte mezelf dat ik de tweede moord niet had kunnen voorkomen, en vroeg me af of ik te afgeleid was geweest, te afgeleid door mijn eigen perikelen over het leven en relaties. En toen vervloekte ik mezelf dat ik nu weer hetzelfde aan het doen was terwijl het enige waar ik aan zou moeten denken de vraag was waarom er zo snel een tweede moord gepleegd was, en waarom Adam zo zeker was geweest dat het dezelfde dader was.

De politieauto stopte in Maida Vale, een buurt die er veel duurder uitzag dan die eigenlijk was, en behoorlijk dicht bij de locatie van de eerste moord. Ik stapte de auto uit en Adam stond voor het huis, een groot, lichtgekleurd huis met een witte veranda. Deze straat was me bekend, of misschien leek hij op een straat die me bekend was; ik had hier in de lente gelopen, toen de bloesembomen die de straat links en rechts omzoomden vol in bloei waren geweest en felroze hadden gekleurd. Adam zag er triest uit, een beetje als de bomen die nu de laatste bloei ervaarden, en ik begreep maar al te goed wat voor verslagen gevoel dit teweeg moest hebben gebracht.

'Hi.'

'Hé.'

'Laten we maar meteen naar binnen gaan, het forensisch team is al aan het werk.' Hij klonk somber en zakelijk.

Ik liep achter hem aan naar binnen en het viel me op dat alle meubels hier op de goede plek stonden, en het er beneden in ieder geval uitzag alsof er niks had plaatsgevonden. Zodra we in de slaapkamer kwamen werd ik hard uit die droom gerukt, want voordat ik rond kon kijken kwam de doordringende geur van verrotte bananen en eieren bij me binnen en was het me meteen duidelijk waarom deze moord aan de vorige gelinkt was. Overal lag vuilnis, en waar het er bij de vorige misdaad op leek dat de dader tijdens de moord zelf kalm en beheerst was geweest, leek deze gepleegd door iemand die tijdens de uiteindelijke daad de controle compleet verloren was. De geur van bloed vermengde zich met de geur van het afval, en de slaapkamer was volkomen overhoopgehaald. Ik maakte met tegenzin een mentale notitie van de inconsistentie.

'Slachtoffers?'

'Twee slachtoffers deze keer. Ronald en Fara, allebei vijfendertig, twee kinderen.'

Ik keek hem aan. 'En de kinderen?' Even voelde ik een vlaag van misselijkheid over me heen komen, want ik wist wat ze te wachten stond. Hoe moeilijk het zou zijn om op te groeien zonder antwoorden, hoe moeilijk ze het gingen hebben met de zin van het leven, de oncontroleerbaarheid van de dood, en hun plek binnen dat alles.

'De kinderen waren bij de grootouders.' Ik slikte. *Focus, Hazel.*

'En nu?'

'Nog steeds bij de grootouders.' Hij zuchtte. 'De moeder van Fara heeft ze gevonden toen ze de kinderen terugbracht, maar heeft ze gelukkig weg kunnen houden van de slaapkamer.'

'Jezus.'

'Ja.'

Twee slachtoffers. Seriemoordenaars escaleerden vaak als ze merkten dat het psychologische effect van de eerste moord langzaam wegebde, net als een verslaafde die telkens hogere doses nodig heeft om dezelfde kick te krijgen. Maar de vorige moord was pas een paar dagen geleden, dus zou dit een extreem snelle escalatie zijn. De slachtoffers waren wel van dezelfde leeftijd als Rachel, maar ze hadden kinderen en ze waren beiden vermoord, een vrouw én een man. Meer inconsistentie. Godsamme.

'Hazel?'

Ik schrok wakker uit mijn gedachten. 'Sorry, ja?'

Ik keek op en zag dat Sebastian naast me stond.

'Ik zei dat het forensisch gezien wel lijkt op dezelfde dader. Allebei dood door een schotwond en meerdere messteken. Geen wapen gevonden, zoals je ziet weer een overvloed aan materiaal om forensisch te onderzoeken, en de slaapkamer komt overeen met de vorige locatie van de moord.'

'En alle schade aan de kamer?'

'Er lijkt weer geen extreme worsteling te hebben plaatsgevonden, dus de schade zal los van de misdaad zelf toegebracht zijn.'

'Extreme agressie,' zei ik half in gedachten.

'Zou kunnen, maar dat is gelukkig niet mijn terrein. Ik houd me bij de forensische feiten.' Sebastian liep terug naar zijn team, en ik bedacht dat een misdaad zich altijd in een grijzer gebied bevond dan dat je zou willen. Er waren de forensische feiten, maar vervolgens moesten die geïnterpreteerd worden in de context van de misdaad. Er waren de getuigenverklaringen, maar vervolgens moest je rekening houden met alle psychologische processen die van invloed zijn op iemands geheugen of op iemands verklaring, en dus de betrouwbaarheid van dat soort informatie. En dan was mijn beroep er; een beroep dat deels wetenschappelijk onderbouwd was, maar deels ook gebaseerd was op een gevoel, en op de notie dat eigenschappen van een plaats delict overeenkwamen met karaktereigenschappen van de dader. Dat was grijs, heel grijs, en je wilde eigenlijk het bewijs gewoon onder een vergrootglas kunnen leggen en een zwart-wit oordeel kunnen vellen.

De georganiseerde chaos van het forensisch en rechercheonderzoek ging langs me heen als een film die versneld wordt afgespeeld. Ik probeerde zo veel mogelijk in mij op te nemen zonder in de weg te staan, maar uiteindelijk moesten Steven en zijn team hun werk kunnen doen en was het moment daar om me terug te trekken.

Adam en ik stonden allebei voor het huis, verzonken in onze gedachten.

'Waar was je gisterenavond?'

'Eh?' Ik was blijkbaar niet de enige die soms afgeleid was door haar persoonlijke leven, en dit was precies waarom ik niet met Adam had willen samenwerken.

'Ik wilde je verrassen maar je was niet thuis.'

Gelukkig had hij me niet willen verrassen toen ik wel thuis was geweest. Met Julius.

'Ik had een zakendiner.'

'Een zakendiner?' Adam lachte. 'Houd je er ook een carrière als bankdirecteur op na?'

Ik had mijn bevindingen niet willen delen voordat ik wat meer zekerheid had, maar de tijd van zekerheid leek verstreken en ik ademde diep in, niet wetende waar dit gesprek op ging uitlopen.

'Er was een zaak, ongeveer een jaar geleden, waar ook een berg afval op de plaats delict was gevonden.'

'Wat?!' Ik wist niet zeker of hij verbaasd of boos was.

'Er is nogal weinig over te vinden via openbare en politiebronnen.' Ik praatte snel door voordat Adam iets kon zeggen. 'Maar ik wist ervan omdat de advocaat van de verdachte mij eens gevraagd heeft als professionele getuige, en het toen over die zaak gehad heeft.'

'Shit.' Hij keek me recht aan. 'Waarom heb je dit niet eerder gezegd?'

'Het was maar een idee en de verdachte van die zaak is onschuldig verklaard. Ik nam aan dat het dus niet dezelfde persoon kon zijn.'

'Wat dacht je dan?'

'Dat er een of andere link was tussen de twee daders, maar dat kon van alles zijn geweest. Ze kunnen elkaar gekend hebben maar ze kunnen ook toevallig hetzelfde misdaadboek gelezen hebben.'

Eerlijk gezegd had ik ook de afweging gemaakt – en ik geloof dat ik gelijk had gekregen – dat de kans dat ík iets uit Julius kreeg groter was dan dat de politie daarin zou slagen, maar dat hield ik maar voor mezelf.

'En gisteren was je...'

'Gisteren was ik met de advocaat van die verdachte aan het praten.' Aan het praten, waarna hij mij uitkleedde en langzaam elk deel van mijn lichaam met zijn lippen had aangeraakt. Dat hield ik ook maar voor mezelf.

'En?'

'En?'

'Wat was de uitkomst?'

'Ik weet het niet.' Dat was de hele waarheid. Ik wist het niet. Ik wist niet of Julius gewoon zijn tijd aan het verdoen was en een spelletje speelde, of dat er echt iets behulpzaams uit zou komen.

'Zijn advocaat zei dat de verdachte bekend had, maar die bekentenis is vervolgens ongeldig verklaard.'

'Dus zou het kunnen dat het dezelfde dader is die nu verder is gegaan met moorden?' Ik voelde Adam boos worden. 'Jezus, Hazel. Zoiets had je ons moeten vertellen.'

'Hij had een alibi voor de moord toen.'

'En dan nog? We moeten hem nu meteen binnenhalen voor een ondervraging.'

'Adam, ik heb hem nagetrokken.'

'Hoe bedoel je?'

'Hij zat in Amerika tijdens de dagen dat de moorden gepleegd zijn.'

'Waarom had je dan met die advocaat afgesproken?'

Tjonge, het leek wel een kruisverhoor. 'Omdat het wel toevallig is. Té toevallig dat je nooit hoort over een compleet gecontamineerde plaats delict met vuilnis en dat het nu inmiddels drie keer binnen een jaar is voorgekomen. Er moet een link zijn, ergens, ik voel het. Ik weet gewoon alleen nog niet wat die link is.'

'Hazel, je...'

'Ik ben niet gewoon mijn tijd aan het verspillen geweest. Ik had een ingeving en heb geprobeerd die op te volgen.'

Het was even stil en Adam zuchtte. 'Sorry. Ik ben gewoon boos dat we dit niet hebben kunnen voorkomen.'

'Ik weet het.' Ik keek hem aan en bedacht dat dit voor hem meer dan alleen een baan was, net als het voor mij meer dan een inkomen was. 'Ik ook. Ik zal vanaf nu met alles meteen bij je komen, oké?'

'Misschien niet met alles.'

Ik glimlachte. 'Oké. Nadat ik gecheckt heb of het wel ergens op slaat.'

Adam staarde in de verte. 'Wanneer kun je een vol daderprofiel geven? De commissaris zal wel enige vooruitgang willen zien en we hebben tot nu toe veel te weinig.'

'Ik kan een voorlopig profiel schetsen?'

'Eind van de week?'

Dat was wel erg snel na een tweede moord.

'Goed. Eind van de week.' Ik kon best een keer optimistisch zijn.

ELF

Ik had de getuigenverklaringen doorgenomen, het forensisch bewijs bekeken en de slachtoffers geanalyseerd. Ik had Julius meerdere keren geprobeerd te bereiken, maar hij leek geheel van de aardbodem verdwenen en alle pogingen die ik had gedaan zelf meer over Jason te weten te komen leken op niks uit te lopen, alsof alle details van de zaak met Julius mee verdwenen waren. Iets zat me niet lekker, maar ik kon de vinger er maar niet op leggen wat dat was.

Ik kon me nog goed herinneren dat ik vroeger, als ik in een skilift zat, altijd de neiging had moeten onderdrukken om mijn stok te laten vallen; ik wist heel goed dat ik die stok dan nooit meer terugkreeg en dat het erg onhandig zou zijn, maar toch had ik de aandrang om mijn hand eromheen los te laten. Datzelfde stemmetje riep nu ook dat ik Julius moest laten vallen, maar mijn rationele kant zei dat zoiets destructief was voor het oplossen van de zaak. En waar ik in de skilift een mogelijk vals gevoel van veiligheid had door de band die mijn stok aan mijn pols verbond, besefte ik dat een vals gevoel van veiligheid tijdens deze zaak een stuk ernstigere gevolgen kon hebben dan een verloren skistok.

Mijn gedachtegang werd onderbroken toen mijn telefoon net iets te luid afging. 'Hi, met Hazel.'

'Hallo, met Hank.'

Hank! Ik voelde een sprankeltje hoop, en soms was een sprankeltje genoeg. 'Morgen.'

'Ja, morgen. Luister, ik bel vanwege je vraag over Rachel en haar zwangerschap.'

'Dank je.'

Het was stil.

'... en?'

'Ik besloot eerst de minder ingrijpende testen te doen, bloed, urine en seksueel overdraagbare aandoeningen. Ik zal niet te lang uitweiden over de resultaten waar niks mis mee was, ze had een verwachte hoeveelheid progesteron in haar bloed en haar hormoonhuishouding was zoals je dat verwacht bij een vijfendertigjarige vrouw. Ik kon eigenlijk geen enkel teken van onvruchtbaarheid ontdekken.'

Het was weer stil.

'Maar?' Ik weet niet of ik dat zei omdat ik hoopte dat er een maar kwam, of dat ik echt dacht dat er een maar kwam.

'Maar ze had chlamydia.'

'Chlamydia?' Die had ik niet aan zien komen.

'Precies.'

'Hoelang?' Ik had geen idee of je dat zou kunnen zien, maar zoals Sebastian altijd zei, we mogen ook weleens geluk hebben.

'Mijn oordeel? Recent. Ik heb haar urine getest en ze zat aan de antibiotica, en bovendien zou langdurige chlamydia waarschijnlijk een bekkenontsteking tot gevolg hebben gehad en die had ze niet. Of onvruchtbaarheid, en dat was wederom niet het geval.'

'Dus ze wist het.'

'Zeer waarschijnlijk wel.'

'En de andere slachtoffers?' Ik voelde mijn adem langzaam in mijn keel stokken, alsof je op het hoogste punt van een achtbaan stilstaat en je weet dat er een lange val naar beneden gaat komen.

'Al onderzocht.'

'En?'

'Ze hadden allebei ook chlamydia.'

Ik stond op van mijn stoel en bewoog me als een plots opkomende wervelwind van mijn kamer naar Adam zijn kantoor. Ik probeerde ondertussen mijn verloren kennis over seksueel overdraagbare aandoeningen diep uit mijn geheugen te vissen; totdat ik achttien was had ik alles wat met seks te maken had maar raar gevonden, maar ik kreeg een flashback naar de seksuele voorlichting op school – of wat daarvoor moest doorgaan – en een vijftienjarige Hazel die onhandig een condoom om een bezemsteel probeerde te doen.

Ik stapte resoluut Adams kantoor binnen. 'Oké, ik ben hier om alles te delen wat ik te weten kom, meteen zodra ik het te weten kom.'

Adam staarde me verbaasd aan.

'Zoals we hadden afgesproken?' Het voelde alsof mijn intuïtie eindelijk ergens toe had geleid.

'O ja. Uiteraard.' Zoals altijd was hij zo zen als maar zijn kon. 'Vertel.'

'Slachtoffer één, Rachel, had chlamydia.'

Hij keek me vragend aan, waardoor ik alleen maar meer doorratelde.

'Rachel en Mark probeerden zwanger te raken, maar het lukte maar niet, dus ik heb Hank gevraagd of hij een oorzaak daarvoor kon vinden.'

Adam onderbrak me. 'Waarom?'

'Sorry?'

'Waarom wilde je weten of er een fysieke oorzaak was dat ze niet zwanger kon worden?'

'Omdat...' Jammer genoeg werd 'intuïtie' over het algemeen niet geaccepteerd als antwoord. 'Omdat het 't enige was wat niet perfect was in het leven van Mark en Rachel. Ze hadden vrienden, ze hadden een pracht van een huis en twee succesvolle carrières, fijne familie en een goede relatie. Maar ze hadden moeite met een kind verwekken, en soms zijn de imperfecties in iemands leven het begin van een mysterie ontrafelen.'

Adam knikte en leek mijn uitleg te accepteren, dus ik hervatte mijn enigszins gehaaste verhaal. 'Hij kon geen fysieke oorzaak vinden, maar hij heeft dus ook een soatest gedaan, standaardprocedure of iets dergelijks.'

'Oké.' Adam bleef me vragend aankijken. 'En ze bleek dus chlamydia te hebben?'

'Ja.'

Het was even stil en ik realiseerde me dat ik het belangrijkste punt bijna vergat te vertellen. 'En de slachtoffers van de tweede moord, Fara en Ronald, zijn ook allebei getest. Positief getest.'

'O.' Zijn interesse leek gewekt. 'Ja.'

'Dus alle drie de slachtoffers hadden chlamydia.'

'En Fara en Rachel zaten allebei aan de antibiotica.'

'Dus ze wisten het.'

'Daar lijkt het wel op.'

Adam leek even na te denken, terwijl hij met zijn hand over zijn kin streek. Het was me weleens opgevallen dat iedereen een bepaalde tic heeft als hij aan het nadenken is. Mijn tic was dezelfde als die van mijn vader, en ik vroeg me af waar Adam die van hem had opgedaan.

'Zou het kunnen dat ze dit tijdens de relatie hebben opgelopen?'

'Dat ze opeens chlamydia van hun partners hebben gekregen terwijl ze al jarenlang samen waren?'

'Dat ze er allebei al jaren mee rondliepen.'

'Volgens Hank hadden ze het recentelijk opgelopen.'

'Hm.'

'Ja'. Hij vroeg verder geen toelichting; mooi.

'Dus iemand is vreemdgegaan.'

'Daar lijkt het wel op.'

Hij bracht zijn hand weer naar zijn kin en praatte half mompelend verder. 'Wat betekent dit.' Voordat ik me kon afvragen of dat een vraag of een stelling was, sprak hij alweer verder en was de onzekerheid van even tevoren verdwenen. 'Misschien moeten we voorzichtig zijn met hier allerlei conclusies uit trekken. Heb je het al aan Steven verteld?'

'Ik dacht dat het misschien beter was als jij dat deed.'

'Prima, ik laat het 'm weten. Maar in de tussentijd geef ik je alle autoriteit om dit verder te onderzoeken, het is tenslotte jouw ingeving geweest.'

'Adam?'

'Ja?'

'We moeten het Mark laten weten, van Rachel. Hij moet zich laten onderzoeken.'

'O jezus.'

'Ja.'

'Ik bel hem wel.' Even vroeg ik me af of hij dat deed omdat hij de leidinggevende was of omdat hij mijn soort-van-vriend was, maar ik was hem hoe dan ook dankbaar.

'En Adam?'

'Ja?'

'Als je het Mark vertelt, let dan op zijn reactie. We moeten weten of hij dit al wist.'

TWAALF

Na een scala aan ongemakkelijke gesprekken met nabestaanden en naasten van de slachtoffers was gebleken dat het seksleven van Ronald en Fara niet meer was wat het geweest was. Fara had een vriendin van de kinderopvang gehad die maar al te graag haar verhaal deelde terwijl het natuurlijk helemaal niet aan haar was om dat te doen, maar in dit geval kwam dat goed van pas. Ze hadden een tumultueuze relatie gehad, en conclusies waren snel getrokken.

Bij Rachel en Mark had ik aangenomen dat Marks test positief zou zijn, zeker gezien het feit dat ze bezig waren met zwanger worden – want tegenwoordig zeg je dat 'we' zwanger zijn, alsof de zwangerschap evenveel op de man als op de vrouw slaat – en dat bleek ook zo te zijn. Tijdens de wederom ongemakkelijke verhoren met Mark leek hij oprecht verbaasd te zijn dat zijn test positief was en daaropvolgend had hij oprecht overstuur geleken toen hij zich realiseerde wat dat betekende. Maar ik had allang gemerkt dat oprechtheid makkelijk te veinzen was; soms was liegen tegen de politie niet eens zo anders dan liegen tegen je partner.

Ik had het gevoel dat ik vastzat in een gedachtegang waar ik dezelfde feiten van alle kanten had bekeken maar geen stap verder kwam, en besloot te gaan lunchen bij een van mijn favoriete tentjes. Ik ging zitten aan een krakkemikkig houten tafeltje op het hoekterras van het café, waar de houten overkoepeling zo vol was gegroeid met groen en er zoveel planten stonden dat het bijna leek – als je je ogen sloot en het lawaai van het verkeer en het treinstation op loopafstand buitensloot – alsof je in een tropisch oord zat. Het was zonnig; er was ons tot nu toe een langzame overgang van zomer naar herfst gegund en ik sloot mijn ogen om van de warmte te genieten. Mensen zeiden altijd tegen me dat ik de seizoenen zou missen als ik ergens zou wonen waar het altijd zonnig was, maar dat betwijfelde ik ten zeerste.

'Is deze stoel bezet?'

Van schrik schoten mijn ogen open. 'Julius?!'

'The one and only.'

'Ik probeer je al dagen te bereiken.' Ik had geen zin in zijn spelletjes vandaag. Blijkbaar betekende zijn 'laten we het niet ingewikkelder maken dan het is'-speech ook dat het geaccepteerd moest worden als hij dagen niks van zich liet horen. Qua persoonlijk leven vond ik dat prima, maar ik had ook een werkrelatie met hem en die stond onder tijdsdruk. 'Hoe wist je dat ik hier was?'

'Gewoon. Ik ken mensen.'

'Mensen die jou bellen als ik ergens ben?'

'Nee, als in, ik ken jou. Je had het over dit tentje tijdens onze laatste samenkomst.'

Samenkomst. Zo zou ik het niet direct benoemd hebben.

Julius ging zitten en boog zich dicht naar me toe. 'Hoe gaat het met je onderzoek?'

'Het ging waarschijnlijk beter als ik je had kunnen bereiken.'

'Vraag maar raak,' zei hij terwijl hij aandachtig de menukaart bekeek. 'Interessante opties qua gerechten.'

Ik negeerde zijn niet zo subtiele sneer. 'Ik... eh... heb een paar gaten in mijn geheugen met betrekking tot die avond.'

'Niet over hoe het afliep hopelijk.'

Ik voelde me iets rood aanlopen. 'Nee, nee. Dat weet ik nog.'

Hij bleef me aankijken, met ononderbroken oogcontact. 'Ik weet het ook nog heel goed.'

Vervloekend dat ik me bijna weer liet meeslepen veranderde ik van onderwerp. 'Ik kan me iets herinneren over rechtvaardigheid? En schuld?'

'Hmm... Zijn schuldbekentenis?'

'Nee, iets anders.'

'Heel duidelijk.'

'Was er rechtvaardigheid? In de zaak, uiteindelijk?'

'Dat lijkt me wel. Jason is onschuldig bevonden, zoals het recht inderdaad hoorde te zegevieren.'

'En rechtvaardigheid voor het slachtoffer?'

Julius leek even, heel even, van zijn stuk gebracht en ik vroeg me af of er iets bijzonders was geweest aan het slachtoffer. Maar hij herpakte zich zo snel dat ik me afvroeg of ik sowieso wel iets gemerkt had. 'Daar houd ik mij niet mee bezig.' Hij nam een slok van zijn bestelde espresso.

'Hebben jullie ooit een andere mogelijke dader aangedragen ter verdediging van Jason?' Aanval was vaak de beste verdediging.

'Was niet nodig.'

'Vanwege dat alibi.'

'Precies.'

'En dat alibi kwam van...'

Julius onderbrak me. 'Je dacht: als ik het maar vaak genoeg vraag dan zegt hij het wel?'

'Ik dacht: misschien wil Julius mij oprecht helpen met het oplossen van deze zaak.'

Hij zette het lege kopje terug op het schoteltje. 'Hij was een anonieme getuige, met goede reden. Dus ja, ik wil je helpen, maar nee, ik ga niet tegen mijn beroepseer in.'

Ik glimlachte, alsof ik helemaal begreep waarom hij het niet kon zeggen, zonder enig sarcasme. Of misschien met een klein beetje sarcasme. Een rechtbank gaf niet zo snel toestemming voor anonimiteit en ik wist dat je een extreem goede advocaat nodig had om daarmee weg te komen. Zo iemand als Julius.

Ik gooide het maar over een andere boeg. 'Waarom denk jij dat er vuilnis is aangetroffen op de plaats delict?'

'Van jouw moord of die van mij?' Hij leek het allemaal net iets te interessant te vinden.

'Die van jou.'

'Goh. Tja, kan van alles zijn. Waarschijnlijk om de forensische bewijsvoering ingewikkelder te maken.'

'Ja...' Dat was ook mijn eerste ingeving geweest, maar voor een dader die nogal wat agressie leek te hebben gevoeld jegens het slachtoffer was het zo... strategisch geweest.

'Een rijstgerecht met popcorn. Aparte combinatie.' Julius was de menukaart nog steeds aan het bestuderen, alsof hij mij er ooit van kon overtuigen dat hij hier iets te eten ging bestellen.

'Hmhm.'

'Alhoewel, popcorn was ooit mais. En rijst met mais is wel weer een redelijk vaak voorkomende combinatie.'

Ik antwoordde iets wat door moest gaan voor 'ja' terwijl ik half in gedachten zat over de plaats delict.

'Gepofte rijst bestaat ook. Hadden ze ook gepofte rijst en gepofte mais kunnen doen. Maar aan de andere kant zou dat misschien een overkill zijn.'

'Sorry, wat?' Ik zag een klein lichtpunt in de chaos in mijn hoofd.

'Dat dat een overkill zou zijn.'

'Een overkill...'

'Ja. Twee keer hetzelfde,' zei Julius. Er lag iets op het puntje van mijn tong, maar ik kon er net niet bij. 'Alhoewel ze ook gewoon hadden kunnen zeggen rijst met gepofte mais. Maar misschien klonk dat niet hip genoeg.' En hij voegde toe: 'Omdat popcorn gewoon gepofte mais is.'

De wolken in mijn hoofd waren plotseling verdwenen, en ik zag alles helder en duidelijk. 'Want dingen kunnen twee betekenissen hebben.'

'Precies.'

Terwijl ik opstond en wat geld neerlegde voor mijn lunch, pakte ik al mijn papieren bij elkaar. 'Julius, sorry, ik moet gaan.' Hij leek iets van zijn stuk gebracht en ik voelde me onnodig trots op het feit dat dit eventueel door mij kwam. 'Neem je vanaf nu wel je telefoon op?'

'Eh, ja. Doe ik.'

'Super.' En voordat hij nog iets anders toe kon voegen snelde ik het café uit.

DERTIEN

Mijn hand trilde terwijl ik de deur van mijn huis zo snel mogelijk open probeerde te maken. Soms had ik het gevoel dat als ik een gedachte niet snel genoeg verder onderzocht, die zonder enige twijfel weer zou verdwijnen. Tijdens Julius' geratel over popcorn en mais – apart, bedacht ik opeens; Julius ratelde nooit – had ik me gerealiseerd dat ik verkeerd tegen het vuilnis had aangekeken. Ja, het was zo dat het forensisch onderzoek er een stuk lastiger door werd, en ja, elke advocaat had zijn verdediging al klaar, maar dat wilde niet zeggen dat het daarom op de plaats delict was achtergelaten; *dingen kunnen twee betekenissen hebben*. Ik had me zo blindgestaard op het rationele aspect van het vuilnis dat ik de emotionele kant compleet genegeerd had, en die emotionele kant, daar lag de sleutel. Ik móést achter de betekenis van het vuilnis komen, en gisteren was eigenlijk al te laat.

Ik had altijd mijn beste ingevingen als er geen enkele afleiding was en ik op het zachte kleed voor mijn bank zat met het haardvuur aan; regen of zon, het maakte niet uit. Toen ik net alle papieren en documenten op de houten vloer had uitgespreid, ging de bel. Ik negeerde het, want meestal nam men dan gewoon aan dat je niet thuis was, maar het bellen ging over in kloppen op de deur.

'Hazel? Hazel, ben je er?'

Het was de stem van Jo, en ik was even van mijn stuk gebracht;

Jo was zo'n vriendin die ik altijd in een groep ontmoette, maar met wie ik nog nooit een-op-een had afgesproken. We waren gelegenheidsvrienden, geen échte vrienden, en het feit dat ze nu voor mijn deur stond was op zijn zachtst gezegd typisch. Ik stond zuchtend op terwijl ik probeerde elke nieuwe gedachte over de zaak vast te houden.

Ik deed de deur open en vroeg me vluchtig af of ik de stem verkeerd herkend had. Er stond iemand voor me die eruitzag alsof ze al dagen niet geslapen en gedoucht had, en iemand die een verre schim van Jo leek.

'Jo?'

'Hi.'

Ze sloeg haar armen om me heen en zakte half in elkaar, alsof een omhelzing het enige was waarvoor ze hier was gekomen. Ik voelde haar zachtjes snikken en wist even niet zo goed hoe ik dit aan moest pakken. Ze hief haar gezicht op en keek me aan met een betraande en verwarde oogopslag, dus ik pakte haar trillende hand maar vast en nam haar mee naar binnen.

'Ik ga even theezetten. Wil je een dekentje?'

'Ja, thee is goed. Dank je. Fijn.' Ze ging op de bank zitten en staarde leeg voor zich uit. Ik herkende haar blik en vroeg me af of dat wat voor Jo ondenkbaar had geleken, haar nu toch was overkomen.

Terwijl ik een warme kop groene thee voor haar neerzette ging ik naast haar op de bank zitten.

'Gaat het?' Natuurlijk ging het niet, maar ja.

'Ik dacht altijd, dat overkomt anderen, weet je.' Ze staarde voor zich uit en sprak op monotone toon, alsof ze probeerde haar emoties lang genoeg onder controle te houden om haar verhaal te kunnen doen. 'Ik dacht altijd, er moet een reden voor zijn. Iedereen lijkt altijd zo verbaasd als het ze overkomt, maar als je dan doorvraagt blijkt er altijd wel iets niet goed te hebben gezeten in de relatie. Niet dat ik het dan goedpraat of zo, maar ik begreep het altijd wel een beetje, waarom iemand vreemdging. Maar er was niks. Ik was me van niks bewust. En ik heb de afgelopen week alles keer op keer nagelopen, en ik kan nog steeds niks bedenken.'

Ik was stil, want eigenlijk is luisteren het enige wat je kan doen in zo'n situatie; bij de politie zeggen ze dat je iemand aanzet om verder te praten door ze niet te onderbreken, niet weg te kijken en soms iets te herhalen van wat net gezegd is, en dat gold eigenlijk ook wel voor het gewone leven.

'Niks bedenken?'

'Dus ik denk dat het aan mij lag. Dat moet het wel geweest zijn. Misschien was ik soms te kritisch of misschien wilde ik te veel. Het was ook niet zo dat ik elke ochtend een uur besteedde aan mijn haar en make-up, dus misschien heb ik mezelf ook wel een beetje laten gaan. Toen we elkaar net kenden deed ik altijd mijn best, als we op date gingen en zo.'

Ze keek me aan met een blik die ik inmiddels ver in mijn geheugen had weggestopt. Ik haalde diep adem. 'Zoiets is nooit jouw schuld, Jo. Als Jack iets dwarszat in de relatie, had hij ook de keuze om het erover te hebben.' Ik bekeek haar behuilde gezicht. 'En je mag nooit meer tegen jezelf zeggen dat je je hebt laten gaan. Je eerste date is iets heel anders dan een relatie hebben, niemand staat elke dag uren voor de spiegel. En als ze dat wel doen, dan zou ik zeggen dat ze zich onzeker voelen in de relatie, want dat is toch niet vol te houden in het echte leven?'

'Waarom heeft hij het dan gedaan?'

Er leken soms zoveel redenen te zijn dat ik op die ingewikkelde vraag zeker geen antwoord wist. Of ging geven. De relatie tussen Jo en Jack had goed geleken, en ik kon er zelf ook niet helemaal bij waarom hij vreemd zou gaan.

'Misschien is er helemaal geen rationele reden voor dit soort gedrag.' Mijn therapeut die ik bezocht had tijdens een moeilijke periode had me eens verteld dat het zoeken naar een rationele reden voor iets wat hoogstwaarschijnlijk irrationeel gedrag is, een nutteloze zoektocht was. Dat je bijna nooit een verklaring vond, of tenminste, bijna nooit een goede verklaring. Soms was het beter gewoon te accepteren dat het gebeurd was, en dat je er niks aan had kunnen doen.

'En je kan weken of maanden naar een reden zoeken, maar de kans is groot dat je er nooit een vindt waar je tevreden mee bent. Dat je nooit een reden vindt waardoor je denkt: ik snap het. Ik snap dat hij is vreemdgegaan en ik begrijp het, want ik had het zelf ook gedaan in zo'n situatie. En alleen als we denken dat wij hetzelfde hadden gedaan, alleen dan kunnen we een reden accepteren.'

Jo keek me verdrietig aan, en ik had het gevoel dat ze misschien nog niet klaar was voor een diepe analyse over de neiging van de mens om alles te willen begrijpen.

'Ik denk weleens: Beyoncés man is ook vreemdgegaan. En dat is Beyoncé. Een ontzettend succesvolle, rijke vrouw, die door velen wordt gezien als een van de mooiste mensen op aarde. Een intelligente vrouw die hard werkt en tegelijkertijd moeder is. Rationeel gezien is het totaal niet logisch dat Jay-Z vreemd zou gaan, maar hij heeft het toch gedaan.'

'Misschien hadden ze problemen.'

'Maar vind je dat een goede reden? Een goede uitleg? Zou je dan niet zeggen dat hij het ter sprake had moeten brengen als hij ergens mee zat, en als er geen oplossing voor de problemen was, dat ze dan uit elkaar hadden moeten gaan? Voordat hij vreemdging?'

'Ja. Misschien wel.'

We zaten een tijdje in stilte; ik begreep wel dat je hier eigenlijk geen objectief gesprek over kon hebben.

'Het spijt me.'

'Wat?'

'Dat Jack dit gedaan heeft.'

Jo keek me aan, en even zag ik een klein teken van hoop. 'Dank je.'

'Wat zei Elizabeth erover?'

'Niks.'

Elizabeth leek me iemand die Jack aan alle kanten vervloekt had. 'Niks?'

'Nee. Niemand weet het.'

'O.' Vandaar dat ze nu bij mij thuis zat.

'Ik schaamde me. Wilde niet dat vrienden die ons allebei kennen, weten dat ik nu zo'n vrouw ben wier partner is vreemdgegaan.'

'Jack is degene die zich moet schamen.'

'Ik weet het.'

'Het is gewoon superkut.' Soms is dat het enige wat je kan zeggen op zo'n moment.

'Zo kut.'

'En het gaat best een tijd kut zijn. En dat mag. Je hoeft jezelf niet binnen een week weer in het zadel te hijsen, en door te galopperen alsof er niks gebeurd is.' Ik wist dat maar al te goed, want ik had veel te vaak gedaan alsof er niks aan de hand was geweest, en compleet genegeerd dat wonden helen tijd kost.

'Ja.'

'Zal ik iets te eten klaarmaken?'

'Ik heb niet zo'n honger. Maar dank je.'

'Misschien wat fruit. Ik ga even wat fruit halen, oké?'

'Oké.' Ik was mijn jas al aan het pakken toen Jo iets zei, en het was het begin van het einde.

'Ik heb het gevoel dat hij me behandeld heeft als een vieze sok. Als een oude, uitgelubberde sok die je weggooit na gebruik en die bij het vuilnis belandt alsof het niks waard is. Alsof onze relatie nooit iets waard is geweest.'

Vuilnis. Je gooide alleen iets weg als het niks waard was en vuilnis bestond uit een opeenhoping van dingen die hun waarde waren verloren.

Waarde. Mensenlevens leken altijd al verschillende waarden toebedeeld te hebben gekregen, van de slavernij en de Joden in de Tweede Wereldoorlog, tot de waarde die je iemand gaf vanwege zijn of haar baan, inkomen, sociale status of macht. Relaties bouwde men op wat iemand voor je betekende, hoe je elkaar op waarde schatte, en respect en waarde waren onlosmakelijk met elkaar verbonden. Wat als je een mensenleven niks waard vond, maakte dat een moord makkelijker? Kon je door cognitieve dissonantie aan jezelf verkopen dat het nemen van het ene mensenleven minder erg was dan het andere? Wat als de slachtoffers door de moordenaar waren gezien als niks waard zijnde?

Wat als de slachtoffers zelf vuilnis waren?

JULIUS

ACHT

Er zat me iets niet lekker, en de lijst van dingen waar ik mijn aandacht aan moest besteden groeide gestaag. *Moest.* Ik had een hekel aan moeten. Ik wilde elke dag opstaan en me vrijuit kunnen overgeven aan waar ik die dag zin in had, in wie ik zin had, en geld uitgeven aan wat ik die dag wilde. Maar nu waren er bepaalde dingen die niet langer konden wachten, en dat begon me behoorlijk tegen te staan.

Jason had het idee van het vuilnis niet zelf bedacht en dat betekende een heleboel losse eindjes waar ik me tot nu toe niet bewust van was geweest. Bovendien had ons 'zakelijke' diner me wel duidelijk gemaakt dat Hazel de link tussen haar zaak nu en de moordzaak van Jason niet zo een-twee-drie los zou laten en hoe langer ze rondneusde in mijn zaken, hoe nadeliger dat voor mij kon uitpakken. Even vroeg ik me af of dat mijn eigen schuld was, maar ik hield niet van de schuld bij mezelf leggen en besloot dat Hazel hoe dan ook was blijven doorzoeken en ik nu tenminste deel was van de zoektocht.

Het was tijd voor een kleine *trip down memory lane*, want er was inmiddels een tweede moord gepleegd, en een tweede moord betekende meer media-aandacht, meer middelen beschikbaar voor de zaak, en bovenal: meer problemen voor mij.

*

'Je bekentenis is ongeldig verklaard.' Ik had tegenover Jason gezeten, iets minder dan een jaar geleden, in een koude en kille kamer.

'Oké.'

'Oké?'

'Prima.'

Het was niet zo dat ik tegen Jason had gezegd dat hij moest liegen over de omstandigheden rondom het verhoor. Dat was helemaal niet mijn stijl, zo'n grove aanpak, en bovendien was er een video-opname van zijn bekentenis. Ik kon een heleboel uitleggen maar als zoiets op tape stond, had zelfs ik wat extra hulp nodig.

Er was een psychologe die mij graag hielp – alhoewel ze vast niet doorhad dat ze me hielp – en ze was nogal vatbaar voor suggesties. Ironisch genoeg zijn psychologen vaak extra gevoelig daarvoor, net als dat artsen tot de beroepsgroep behoren waarin het meest gerookt wordt en pedagogen vaak de slechtste ouders zijn. Dus toen ik suggereerde dat ik dacht dat mijn cliënt sociaal soms dingen anders oppakte dan een normale achttienjarige, duurde het niet heel lang voordat ze hem diagnosticeerde met het syndroom van Asperger. Zijn 'toestand' en asperger waren uiteraard iets compleet anders, maar diagnostische criteria zijn nogal vormbaar en niet zo onverenigbaar als ze zouden moeten zijn. De volgende stap was suggereren dat hij dus niet goed tussen de regels door had kunnen lezen tijdens het politieverhoor, dat er geen aandacht was besteed aan zijn mogelijke kwetsbaarheid en als klap op de vuurpijl dat er geen geschikte volwassene aanwezig was geweest ondanks dit alles, et voilà; de bekentenis werd eruit gegooid voordat de zaak zelfs maar begonnen was.

'Vanwege het feit dat ze geen rekening hebben gehouden met je moeilijkheden qua sociale vaardigheden.' Ik schatte hem slim genoeg in om te begrijpen wat ik daarmee bedoelde. *Je hebt dus moeite met sociale vaardigheden vanaf nu.* Zoals hij momenteel overkwam hoefde hij daar niet eens zo zijn best voor te doen.

'Sure.' Dankbaarheid was niet een van Jasons sterke punten.

'Wat we nu moeten doen, is bewijzen dat je dit niet gedaan kan heb–'

'Waarom ben je me aan het helpen?' Een gegeven paard niet in de bek kijken was klaarblijkelijk een les die hij ook nog moest leren.

Ik keek Jason aan en realiseerde me dat als niemand ooit eerlijk tegen mij was geweest, ik de helft van mijn leven had doorgebracht in verwarring over waarom iedereen constant zo onlogisch en emotioneel reageerde.

'Heb je je weleens anders gevoeld?'

'Hoe bedoel je?' Hij ging rechtop zitten, alsof zijn aandacht opeens van nul naar honderd was gegaan.

'Alsof de rest van de wereld een andere taal spreekt, en alsof je dingen hoort te voelen die je zelf niet voelt. En je niet eens snapt waarom je die dingen zou moeten voelen.'

Jason zei niks, maar ik zag aan zijn gezicht dat hij precies snapte wat ik bedoelde.

'Je leeft elke dag als een nieuwe dag, en als je iets wilt doen dan doe je het gewoon, en je vraagt je af waarom iedereen altijd zoveel redenen kan verzinnen – en vaak geen gegronde redenen – om iets niet te doen?'

'Waarom iedereen altijd zo bang lijkt te zijn.'

'Precies.' Ik ademde diep in. Dit had ik nog nooit gedaan, behalve dan tegenover mijn ouders, en ik wist eigenlijk al voordat ik het deed dat ik er spijt van ging krijgen.

'Ik weet hoe het voelt omdat jij en ik uit hetzelfde hout gesneden zijn.'

'Jij en ik?'

'Ja.'

Hij keek me vol ongeloof aan. 'En daarom help je me.'

'Ja.'

'Maar waarom?'

Waarom. Daar wist ik zelf ook geen antwoord op. 'Omdat ik mezelf ook zou helpen.' Ik sloeg mijn map open als teken dat dat onderwerp nu klaar was. 'Maar we moeten zorgen dat de jury je ook wil helpen. Dus óf we vinden een andere mogelijke dader, een dader die schuldiger lijkt dan jij, of we moeten zien te bewijzen dat je ergens anders was op het tijdstip van de moord.' *Maar dat gaat nogal lastig worden, want je hebt de moord zelf gepleegd*, dacht ik.

Ik was daarna een tijdje niet bij Jason geweest, want ik had het gevoel dat hij niet echt meewerkte. De bekentenis was eruit, we wisten allebei dat hij het gedaan had, en nog steeds leek het hem allemaal weinig te kunnen schelen. Dit irriteerde me, want ik werkte gratis en voor niks, en het feit dat hij me niet op zijn blote knieën aan het bedanken was, was voor mij genoeg reden om hem even in zijn sop te laten gaarkoken. Totdat ik een week later een telefoontje kreeg of ik langs kon komen, en of ik wat McDonald's mee kon nemen. Ik hoopte maar dat het een of andere geheime code was, want het laatste waar ik op zat te wachten was een avond met Jason en McDonald's.

'Die pokeravonden, daar komen nogal machtige mensen.' Ik kon Jason nog net verstaan tussen de happen door. Het leek wel alsof hij maanden niet gegeten had, en door de gretigheid waarmee hij de hamburger naar binnen werkte besefte ik dat we nog een hele weg te gaan hadden voordat ik Jason mijn pupil kon noemen.

'Pokeravonden?' Ik wist wel waarover hij het had, maar ik hoorde dat niet te weten.

'Ik deed weleens de bediening bij illegale pokeravonden.'

'Vaak?'

'Best vaak.' Hij duwde een handvol friet in zijn mond; het paste maar net. 'Maar daar waren dus best wel veel rijke, machtige mensen.'

'Machtige mensen?'

'Ik bedoel...' Hij nam een grote slok van zijn cola. 'Mensen die veel te verliezen hebben.'

'O.' Ik schoof een servetje naar hem toe, alhoewel ik de kans dat hij daar gebruik van ging maken nogal laag inschatte.

'Ja. Dus ik dacht, die willen misschien wel helpen.'

'Helpen?' Ik had raak geschoten, zoals altijd. Hij had nagedacht.

'Naja, niet omdat ze mij willen helpen, maar omdat ze zichzelf willen helpen.'

Bingo. Zelfbehoud was altijd de beste drijfveer.

Hij pakte het servetje maar deed er verder niks mee. 'Omdat ze niet willen dat mensen weten dat ze aanwezig waren bij een illegale pokeravond. Met illegale drugs en nog illegalere prostituees. En ik weet dat, ik weet hoe ze heten. Snap je.'

Ik snapte het helemaal.

'Hoeveel mensen zijn er bij deze avonden?' Het was nu geen geval meer van 'gaan we iemand vinden die doet alsof jullie die avond samen waren' maar meer een geval van 'wie is de beste keuze om te doen alsof jullie die avond samen waren'.

'Zes ongeveer. Meestal dezelfde. Soms wisselt het een beetje.'

'Oké. En...'

Jason onderbrak me, en dit had me op moeten vallen. Jason was nooit een gretige prater. 'Ik weet wie.' Hij veegde zijn mond met één grote veeg af met het servetje. 'Ik weet wie het meest te verliezen heeft.'

NEGEN

'Hallo?' Een meisjesstem nam op, van kleuterleeftijd gokte ik. 'Hallo! Ik ben op zoek naar je vader, is hij thuis?'

Er was toentertijd inderdaad iemand geweest die het meest te verliezen had gehad, en ik moest hem nu koste wat kost weer vinden. Toen Jason had aangedragen dat hij wel iemand wist die hem een alibi kon verlenen, had ik waarschijnlijk veel achterdochtiger moeten zijn, maar dat zat niet echt in mijn aard. Het leek voor mij meer een geschenk uit de hemel, en ik had inmiddels wel geleerd een gegeven paard niet in de bek te kijken. Helaas voor mij was het deze keer geen gewoon paard geweest, maar meer het paard van Troje, en nu, vier jaargetijden later, kwamen de Grieken eindelijk naar buiten.

'Papa?'

'Ja, je vader, Max.' De getuige in Jasons zaak die hem zijn alibi had gegeven was opeens veel meer geworden dan een getuige, en het was van levensbelang dat ik hem vond voordat Hazel dat deed. Want hij wist veel te veel.

'Papa is op het werk.'

'Weet je wanneer hij thuiskomt?'

'Papa is op het werk.'

'Oké. Weet je, ik bel vanavond nog even terug.'

'Wie belt terug?' Ik had expres mijn naam niet gezegd, maar had uiteraard de enige zesjarige aan de telefoon die gewiekst genoeg was om te willen weten wie er belde.

'Iemand voor de energiemetingen.' Een kleuter ging dat woord nooit onthouden.

'Okééé. Doei.'

'Dag!'

Ik wist wel beter dan afwachten totdat ik iemand kon bereiken, dus die avond bevond ik me in de taxi naar Max – of Maximilius, want zijn ouders hadden hem uiteraard een enorm pretentieuze naam gegeven – en kwam aan bij een statig huis in Fulham. Fulham was best ver uit het centrum, en redelijk moeilijk te bereiken met openbaar vervoer, maar het had aanzien en de meeste mensen die hier woonden keken waarschijnlijk toch neer op het openbaar vervoer.

Ik liep de witte traptreden op naar de voordeur en belde aan.

'Hallo?'

Intercom. Natuurlijk. 'Hallo, ik ben hier vanwege de energiemetingen?'

'Kom binnen.' Óf ze hadden echt metingen gepland, of deze huishoudster *gave zero shits* over wie ze wel of niet binnenliet.

Ik stapte de hal binnen, zo'n hal met kroonluchters en een grote tafel in het midden met ongetwijfeld elke twee dagen verse bloemen, en ik snapte meteen dat Max veel te verliezen had gehad. De huishoudster kwam me tegemoet en gebaarde me naar de zitkamer, waar ik plaats mocht nemen op de bank, duidelijk nergens anders.

'Meneer De Voogd komt zo bij u.' Menéér De Voogd. Dat had ik niet verwacht. Niet dat ik altijd wilde toegeven aan stereotypes, maar meestal had een man die veel geld verdiende, een veeleisend beroep had en in een kast van een huis woonde, een vrouw die het bezoek afhandelde.

Een meisje rende de kamer binnen, inderdaad ongeveer zes jaar oud; er moest dus duidelijk eens een mevrouw De Voogd geweest zijn. Of in ieder geval, dit kind was uit iemand gekomen.

'Hallo!'

'Hoi!' Ze glimlachte met zo'n onbezorgde glimlach die kinderen kunnen hebben, voordat ze erachter komen dat dromen vaak plaats moeten maken voor de realiteit.

'Hoe heet je?'

'Julia.' Ze draaide rond op de plaats, een ballerina in wording. 'En jij?'

'Julius.'

'Net als Julia!'

Het contrast tussen ons kon niet groter zijn. 'Ja! Bijna. Is je mama ook hier?' Ik was nieuwsgierig, want de meeste vrouwen verlieten een rijke, knappe man niet, zeker niet als er kinderen waren. En dan bleef de rijke, knappe man in kwestie vaak al helemaal niet met het kind achter.

'Mama?' Ze keek om zich heen en even dacht ik dat ze ging huilen. 'Nee. Mama is hier niet.'

Het leek me niet zo'n goed begin van een gesprek met Max als ik zijn dochter aan het huilen had gemaakt, dus ik veranderde maar van onderwerp.

'Wat ben je een goede danseres!'

'O jaaa!' Bij kinderen konden emoties gelukkig omslaan met de snelheid van het licht. 'Ja, ik zit op dansles. En dan dansen en dan soms zeggen ze van, zeggen ze van ja nu allemaal en dan gaan we van de kamer van links naar rechts! En dan thuis ik heb een kamer voor te dansen en papa zegt altijd als ik mijn groentes eet dan mag ik film kijken en dan oefen ik voor later.'

Ik wist weer waarom ik geen kinderen wilde.

'Julia. Naar je kamer.' Max kwam binnen, en er was geen twijfel mogelijk: hij was absoluut niet blij me te zien. Het had me altijd al wat dwarsgezeten dat we qua uiterlijk best op elkaar leken, met zijn donkere haar en hoekige gezicht, en het stoorde me nu alleen nog maar meer.

Julia rende de kamer uit, of misschien was het een of andere dans, maar ze was in ieder geval snel weg.

Ik stond op van de stoel en stak mijn hand uit als geveinsd teken van goede wil. 'Hallo Max.'

Hij deed geen enkele poging om ook maar te doen alsof hij mijn hand ging schudden. 'Julius.' Max liep naar een wereldbol met dure flessen whisky erin. Dat stereotype was tenminste wel waar. 'Whisky?'

'Graag.'

Hij gaf me het whiskyglas, zonder ijs, en wees naar de bank terwijl hij zelf tegenover me ging zitten in een donkerbruine leren stoel.

'Dus Julius, vanwaar deze eer?'

'Kunnen we vrij praten?'

'Van mijn kant wel.'

'Ik heb begrepen van Jason dat jullie bepaalde...' Ik nam een slok van mijn whisky. Koud. 'Bepaalde gesprekken hebben gehad.'

'O ja?' De kip en het ei, Jasons woord tegen dat van Max, daar was ik me maar al te bewust van.

'Blijkbaar.'

'Ik kan me niks specifieks herinneren.'

'Hij leek ervan overtuigd dat jij hem bepaalde ideeën hebt gegeven.'

'Ideeën?' Het was gelukkig niet per se nodig dat hij het toegaf, maar ik wilde dat hij wist dat ik het wist, en dat hij goed wist het tegen niemand anders te herhalen.

'Ideeën over vuilnis, en over de waarde van mensenlevens.'

Max keek me strak aan. 'Zoals ik al zei, ik kan me niks specifieks herinneren.'

Ik produceerde een glimlach. 'Het geheugen kan soms ingewikkelde spelletjes met ons spelen.'

'Het is zeker niet meer wat het geweest is!' Hij lachte, maar ik wist een neplach van mijlenver te herkennen.

'Ik begreep van Jason dat jullie gesprekken wel een drijfveer zijn geweest voor jou om hem, laten we zeggen, te helpen tijdens zijn rechtszaak.'

'Jason was een goede jongen, die niet verdiende wat er over hem heen kwam. Ieder goed persoon had geholpen in zo'n situatie.'

Dus dat spel gingen we spelen. 'Uiteraard. Gelukkig kon je je opeens herinneren dat jullie die avond samen waren, anders was hij misschien onschuldig achter de tralies beland.'

'Gelukkig. Zoals je al zei, soms werkt het geheugen wat traag en op een mysterieuze manier.' Ik hoefde in ieder geval niet bang te zijn dat hij zich ging verspreken als Hazel er ook achter kwam wie de anonieme getuige in Jasons zaak was geweest.

Ik zette mijn whiskyglas neer en stond op. Overal om me heen zag ik kunst en onnodige prullaria die aantoonden dat hij succesvol was, en ik realiseerde me meer dan ooit tevoren dat hij veel meer te verliezen had dan ik. Vooral omdat hij bang was dit alles te verliezen, om de controle te verliezen over zijn perfecte leven. Hij was nu bang, ook al liet hij dat niet merken, en hij was bang geweest toen Jason en ik hem die avond in een verlaten wegrestaurant overtuigd hadden om kroongetuige te spelen. Maar hij was nog banger geweest op de voor mij tot nu toe onbekende avond, de avond waarop Jason hem gechanteerd had met de gesprekken die ze gevoerd hadden. De avond waar ik van had moeten weten, en die nu allerlei roet in het eten gooide.

TIEN

'Luister Max, we kunnen hier lang of kort of praten, maar we weten allebei dat je Jason niet alleen hebt geholpen omdat je je illegale poker- en prostitutieactiviteiten geheim wilde houden.' Ik keek hem recht aan.

Max stond ook op, en ik merkte opeens hoe lang hij was. Ik kon hem wel aan, dacht ik, maar ik deed het liever niet. 'Naar men zegt.'

Jaja Max, ik snap het, we doen alsof je dit niet gedaan hebt. 'Naar verluidt, ja.'

'En? En dan nog? Je cliënt is onschuldig verklaard toch?'

'Waarom het vuilnis, Max?' Ik wilde weten waar zijn grens lag, hoever ik hem kon pushen voordat hij zijn kalme pokerface kwijt zou raken.

'Pardon?'

'Sorry, waar had jij zogezegd het idee vandaan?'

'De mens vangt van alles op in het dagelijks leven. Tv-series, muziek, de krant, internet, de informatie die we elke dag over ons heen krijgen is bijna onmeetbaar groot.'

'Je weet het niet dus.'

'Ik zal het terloops hebben opgevangen, net als dat ik het terloops tegen Jason gezegd zal hebben. Als ik het al gezegd heb.' Iemand was hier aan het liegen, want Jason en Max deden allebei alsof het niks betekende, maar Jason had vervolgens een moord gepleegd, en Max had vervolgens meineed gepleegd door onder ede te liegen dat Jason en Max de avond van de moord samen waren.

'Aha. Terloops dus.'

'Waarschijnlijk.'

Mooi. Zijn masker bleef intact.

'Goed.' Ik keek Max recht in zijn gezicht aan. 'Het klinkt alsof we op één lijn zitten.'

'Daar klinkt het wel naar.'

Ik pakte mijn jas van de bank en stond op het punt om weg te gaan, toen Max zijn stem verlaagde en fluisterend maar met ernst tegen me begon te praten.

'Maar Julius, als je hier nog een keer komt, in mijn huis, mijn huis waar mijn dochter ook woont, dan zitten we al snel niet meer op één lijn. Naar verluidt heb jij ook een heel boek aan geheimen die je liever niet uit ziet komen.'

'Naar verluidt, ja.' En ik draaide me om voordat ik hem tegen zijn veel te dure parketvloer neer zou slaan.

ELF

Ik ben niet emotieloos. Als ik emotieloos was, dan zou ik nooit zo goed zijn in het nabootsen van emoties. Ik heb wel een aan-uitknop, en ik moet toegeven dat die meestal op uit staat. Maar als ik mijn best doe, net als een kind dat haar best moet doen om zonder zijwieltjes te fietsen, dan kan ik tot op zekere hoogte wel emoties voelen. En je maakt mij niet wijs dat de meeste mensen, als ze de keuze hebben, hun emoties niet op een laag standje zouden zetten. Zoals Vulcans. Vulcans worden in *Star Trek* altijd gezien als het logische volk, het volk dat zich niet laat leiden door de menselijke concepten van emoties, en daardoor in elke situatie enkel en alleen uit tact, logica en deductie handelt. Nou zijn Vulcans ook erg goed in het onder controle houden van hun impulsen, en daar had ik nog weleens moeite mee, maar over het algemeen had ik nooit begrepen waarom dat alienras geprezen werd en de mens vaak om hetzelfde gedrag veroordeeld werd.

Maar nu had ik gedroomd, en ik droomde nooit. Ik had niks om te verwerken, geen dilemma's om uit te vogelen en geen emoties om 'een plekje te geven'. Ik ging altijd gewoon slapen en werd wakker zodra de zon doorbrak, alleen vannacht kon ik haar zweet, ons zweet, bijna nog voelen op mijn borstkas en ruiken in mijn haar. Het leek alsof mijn gedachten gretig probeerden vast te houden aan wat ze interpreteerden als gevoelens, en ik begon opeens extra medelijden te krijgen met mijn medemens.

'Is deze stoel bezet?' Hazel zat in de zon aan een tafeltje bij een van haar favoriete cafés, en ik wilde veel te graag weten waar ze aan dacht.

'Julius?!'

Ik voelde ergens iets, onbeduidend en onlogisch, voor Hazel. Ze was de eerste persoon in tijden die me verbaasd had, en zoals ze daar zat, half in de zon in haar grijze trui en lichtblauwe spijkerbroek, gingen mijn gedachten vooral naar haar naakte lichaam, op mijn balkon, waar ik haar tegen de koude reling duwde en mijn mond op die van haar drukte.

Maar de realiteit is vaak maar saai, en in plaats van haar tegen mijn reling te duwen probeerde ik haar langzaam maar zeker de kant op te duwen van een openbaring.

'Een rijstgerecht met popcorn. Aparte combinatie.'

'Hmhm.'

'Alhoewel, popcorn was ooit mais. En rijst met mais is wel weer een redelijk vaak voorkomende combinatie.'

Ik had besloten dat het nogal handig was voor mij als Hazel de echte moordenaar te pakken kreeg, en het was tijd om haar wat op weg te helpen. Het was tijd om dit hoofdstuk af te sluiten en weer terug te gaan naar mijn dagelijkse leven, waarin ik seks had met onbeduidende vrouwen en waarin ik me niet uit de naad hoefde te werken om zelf niet in de problemen te komen. Ik hield van dat leven, en ook al was ik misschien niet geboren met een angst om iets te verliezen, mijn ouders hadden mij maar al te duidelijk gemaakt hoe de maatschappij werkte. De maatschappij was niet zo vergevingsgezind.

'Gepofte rijst bestaat ook. Hadden ze ook gepofte rijst en gepofte mais kunnen doen.'

Ik wilde haar ook niet al te duidelijk helpen, want dat zou weer allerlei vragen oproepen.

Kom op, Hazel.

'Maar aan de andere kant zou dat misschien een overkill zijn.'

'Sorry, wat?'

'Dat dat een overkill zou zijn.' *Je vuilnis heeft een tweede betekenis, Hazel. Kom op.*

'Een overkill...'

'Ja. Twee keer hetzelfde.'

Ik begon een beetje te twijfelen aan haar intelligentie. *Popcorn en gepofte mais zijn twee verschillende namen voor hetzelfde ding, net als dat vuilnis op een plaats delict waarschijnlijk meer betekenis heeft dan enkel en alleen het forensisch bewijs contamineren.*

'Omdat popcorn gewoon gepofte mais is,' zei ik, als laatste hint.

De puzzelstukjes leken langzaam in elkaar te vallen. 'Want dingen kunnen twee betekenissen hebben.' *Bingo.*

'Precies.' *And off you go.*

Hazel snelde de tent uit en ik moest mijn best doen een glimlach te onderdrukken. Het bevestigde mijn gedachte nogmaals dat ik het goed zou doen bij de politie, en even overwoog ik een carrièreswitch. Maar ik wist ook als geen ander dat zogenaamde eerlijkheid een veel te belangrijk element van de politie was, en dat een meerdere die mij vertelde wat ik het beste kon doen niks voor mij was. Maar eventjes, even voelde het alsof Hazel en ik een compleet onwaarschijnlijk duo in een televisieserie waren, die samen misdaden oplosten. Hazel als Watson en ik als Sherlock Holmes, want laten we eerlijk zijn, Sherlock heeft nogal wat twijfelachtige trekjes, en Watson is een van de weinigen die daar goed mee om kan gaan.

TWAALF

Nu alles ongeveer op zijn pootjes terecht was gekomen, had ik weer de tijd om me op andere dingen te focussen. Ik had cliënten die ik terug moest bellen, dates die ik terug moest sms'en, en waarschijnlijk ook wel wat 'vrienden' die ik weer eens moest opzoeken, maar in plaats daarvan besloot ik een stuk te gaan wandelen in Hampstead Heath. Wandelen was altijd een perfect geaccepteerd moment om alleen te zijn en je gedachten de vrije loop te laten en Hampstead was een rustpunt midden in de drukke stad, met grote bomen die het uitzicht naar de lucht versperden waardoor het leek alsof je in een geheim bos rondliep.

Het begon kouder te worden, met de herfst die voor de deur stond en driftig door begon te dringen, en ik besloot dat dit het perfecte moment was om me naar de vijvers in Hampstead te begeven. Er was een zwemvijver voor vrouwen, voor mannen, en een gemengde, en de mannenvijver lag half open in het park, met dichte begroeiing bij de ingang en een houten steiger. In de zomer was het veel en veel te druk, met weet ik veel hoeveel lichamen die zich van en naar de vijvers bewogen, en de rust was dan ver te zoeken, maar zodra het kouder begon te worden haakte negenennegentig procent van de mensen af. Er stond tegen die tijd altijd een waarschuwing bij de vijvers dat je er niet in één keer in mocht springen, want soms was het temperatuurverschil zo intens dat je er een hartstilstand van kon krijgen. Ik had dat altijd ironisch gevonden, hoe zelfs de kleinste dingen een voorbeeld waren van hoe ongeduldig de mens was; alles moest nu, zonder moeite en zonder vertraging, alsof je geboren was met het recht op van alles en nog wat en dan ook nu meteen.

Terwijl ik me langzaam in het koude water onderdompelde, realiseerde ik me dat er iets was. Iets zat me dwars, iets ongrijpbaars, dat zich langzaam als een zaadje in mijn hersenen had geplant. Iets met Jason, en de getuige, en iets met deze zaak. Er klopte ergens iets niet, en waar ik normaliter allang mijn gedachtes naar iets anders zou hebben verzet, denk ik dat deze keer mijn aangeboren affiniteit met zelfbehoud mij daarvan weerhield.

Ik zwom verder en voelde mijn lichaam langzaam aan het koude water wennen. Ik was een tijd geobsedeerd geweest door een bepaalde ademhalingstechniek, waarmee je eigenlijk elke kou kon doorstaan en mensen zonder jas Mount Everest beklommen. Als je maar op die manier ademde wende alles uiteindelijk, en zodoende weerhield alleen je mentale gesteldheid je van succes. Het water gleed langzaam door mijn vingers, en met elke slag begon het me meer tegen te staan dat ik aan de zijlijn stond. Ik wilde niet afhankelijk zijn van Hazels vermogen om mijn hints te begrijpen, of van de capaciteit van de politie om deze moord op te lossen – want ik schatte die nogal laag in. Nee, ik wilde zelf degene zijn die dit mysterie oploste. Ik hield ervan om als de held te worden gezien, als iemand die slimmer was dan het hele politiekorps bij elkaar, en ergens wilde ik ook graag dat Hazel mij als de held zag.

En toen, toen ik de koude vijver uitstapte, stond ik voor het eerst ergens anders bij stil. Misschien was ik er, zonder dat ik het toe wilde geven, nog niet klaar voor om mijn enige legitieme connectie die ik met Hazel had op te geven. Misschien was ik er nog niet klaar voor om Hazel kwijt te raken, want om een of andere onverklaarbare reden voelde ik dat ze op de rand van een afgrond stond, een rand waar ze binnenkort vanaf zou storten.

Een lange val, en ik zou er staan om haar op te vangen.

HAZEL

VEERTIEN

Er was geen tijd meer te verliezen. Na mijn gesprek met Jo wist ik nu waarom de moordenaar aan het moorden was geslagen, en de dader zou nogmaals toeslaan, en nogmaals, totdat wij hem zouden arresteren. Ik stormde het politiebureau binnen voor de presentatie van mijn daderprofiel want ik had zowaar heel wat om te presenteren, en kwam half buiten adem bij Adams kantoor aan.

'Hazel.' Adam gebaarde me naar een stoel. Hij zat zelf achter zijn bureau, en Steven stond ietwat ongeduldig naast hem.

Ik bleef staan, want ik had te veel energie om te gaan zitten, waarschijnlijk door de vier koppen koffie die ik tot diep in de nacht gedronken had en buiten adem gooide ik mijn eerste zin eruit.

'Ik denk dat de dader wraak aan het nemen is.'

'Wraak?'

'Niet per se direct wraak op de slachtoffers, maar wraak op waar ze voor staan.' Dit had niet het gewenste effect, dus ik ging maar zitten en liet even een stilte vallen. 'Sorry, ik begin bij het begin.'

'Dat lijkt me handig,' zei Steven. *Hij bedoelt het niet zo.*

'Dus.' Ik haalde twee keer diep adem. 'Het profiel. Statistisch gezien is het een man, maar vanwege de afwezigheid van benodigde kracht voor de moord door het gekozen wapen, het feit dat er geen tekenen van een worsteling waren, en er geen verkrachting heeft plaatsgevonden, kan ik een vrouw niet uitsluiten. Hij of zij kan een verleden van huiselijk geweld hebben, en mijn leeftijdsschatting van tussen de dertig en vijftig is een combinatie van statistieken en van het feit dat ik denk dat het een bekende van de slachtoffers is. De dader zal logischerwijs dus niet uit een compleet andere generatie komen.'

'We gaan meestal uit van de mogelijkheid dat het een bekende van het slachtoffer is.'

'Uiteraard.' *Hij bedoelt het niet zo*, herhaalde ik tegenover mezelf. 'Maar er zijn wel extra eigenschappen van deze misdaad die me dat doen geloven.'

'Zoals?'

'Het lijken me expressieve moorden; de slachtoffers zijn niet willekeurig gekozen, maar geselecteerd omdat de dader een negatieve emotie voelde jegens beide vrouwen.' Ze moesten maar vertrouwen op mijn expertise, want uitleggen hoe jarenlang wetenschappelijk onderzoek de kenmerken van een plaats delict statistisch had gelinkt aan bepaalde daders, daar hadden we nu even geen tijd voor. 'Kortom, de twee slachtoffers moeten iemand gemeen hebben, iemand met bepaalde gevoelens tegenover hen.' Het bleef stil, dus ik ging maar door. 'En bovendien zijn alle slachtoffers neergeschoten in hun slaapkamers, zonder worsteling. Het moet dus iemand geweest zijn die ze vertrouwd hebben; individuen zoals klusjesmannen, of medewerkers van de overheid zijn daarbij niet uitgesloten.'

'Medewerkers van de overheid?'

'Zoals de politie.' Zodra ik het zei had ik er meteen spijt van. 'Sorry, ik bedoel niet de politie, maar ik bedoel het als voorbeeld. Ik bedoel iemand die vertrouwd wordt vanwege zijn of haar maatschappelijke functie.'

'Je hoeft je niet te verontschuldigen, we snappen het.' Adam keek mijn daderprofiel verder door. 'En het is iemand van middelmatige of hoge intelligentie?'

'Expressieve misdaden zijn vaak gepland, en deze misdaad lijkt gepland met behoorlijke precisie, en daarvoor heb je een bepaalde intelligentie nodig. Bovendien toont de aanwezigheid van de stapel afval aan dat de dader forensische kennis bezit, of er in ieder geval over na heeft gedacht, en de plaats delict expres gemanipuleerd heeft.'

Steven zei op luide toon: 'Dus weer kan het iemand van de politie zijn, hè.'

Voordat dit een potje moddergooien werd, probeerde ik de aandacht terug te leiden naar het voor mij vitale punt.

'Het afval heeft denk ik nog een betekenis.'

Adam leek geïntrigeerd. 'Zoals wat?'

'De slachtoffers zijn niet willekeurig gekozen, ze staan ergens voor, en ze hebben allebei een reactie losgemaakt bij de dader. Kijk maar naar de plaatsen delict, de moorden zelf lijken goed gepland, maar bij de eerste moord was de woonkamer een ravage, en bij de tweede de slaapkamer. Alsof de dader na het plegen van de moorden en het toedienen van meerdere messteken nog steeds een heleboel emoties kwijt moest.'

'Wat voor emoties?'

'Kijk, beide vrouwen bleken chlamydia te hebben en...'

Steven onderbrak me. 'We zijn bezig met uitzoeken of ze inderdaad een buitenechtelijke relatie hadden en zo ja, met wie.' Hij keek Adam aan terwijl hij dit zei, en ik had zo het gevoel dat hij inmiddels was overgestapt naar het 'profiling is een pseudowetenschap'-kamp.

'Uiteraard.' Ik keek ze allebei aan. 'Maar wat als het niet gaat om met *wíé* ze die buitenechtelijke relatie hadden?'

'Sorry?' Ze zeiden het allebei ongeveer gelijk en allebei even verbaasd.

'De partner van een vriendin van mij is vreemdgegaan en ze heeft het de hele avond gehad over hoe dit heeft kunnen gebeuren en dat het respect weg is, maar ze heeft het geen enkele keer gehad over de vrouw met wie hij is vreemdgegaan.'

'Ik geloof niet dat je persoonlijk leven hier erg van belang is.

Jouw vriendin haar vriend heeft geen moord gepleegd,' zei Steven enigszins geïrriteerd.

Hij. Bedoelt. Het. Niet. Zo. 'Nee, maar kijk. Het is heel menseigen om anderen constant te beoordelen. En daarvoor hebben we een soort schema in ons hoofd, over wie ons respect verdient en wie niet, en wanneer iemand toebedeeld respect en waarde weer kan verliezen. En vreemdgaan wordt over het algemeen wel gezien als het ultieme verraad, als de ultieme reden om iemand niet langer te respecteren, geen waarde meer toe te bedelen, omdat je zelf ook niet gerespecteerd bent.'

Steven kuchte net iets te luid.

'En vuilnis, vuilnis is ook niks waard. Het is zo ongeveer het enige in onze maatschappij wat echt door iedereen wordt gezien als waardeloos.'

'Oké... Dus je bedoelt te zeggen dat de dader vond dat de slachtoffers niks waard waren vanwege eventuele affaires?' Ik kon niet goed zien of Adam me aankeek met interesse of ongeloof.

'Precies!' Soms voelde het raar om enthousiast te zijn over dit soort dingen.

Adam haalde diep adem. 'Ik snap waar je op aanstuurt, maar de dader kan een scala aan emotionele reacties op de slachtoffers hebben gehad.'

'Maar ik kan gelijk hebben.'

'Het kan.' Het was even stil. 'Maar zolang we geen concreet bewijs hebben is alles speculatie.'

Adam keek Steven aan. 'Ik ben het met Hazel eens dat het erop lijkt dat de dader een bekende van de slachtoffers is, enig schot daarin?'

'Tot nu toe niet, nee.' Steven leek allesbehalve onder de indruk. 'Maar zonder dit daderprofiel waren we dat uiteraard ook allang aan het natrekken.'

Adam negeerde zijn opmerking. 'Goed. We hebben nog heel wat werk te doen, dat blijkt maar. Hazel, ik heb graag dat je je concentreert op de geografische locaties van de moorden, en de daaruit komende mogelijke woonomgeving van de dader.'

Ik wist wel wat dit betekende: *concentreer je alsjeblieft op een aspect van je beroep dat gebaseerd is op bewijs en statistieken, in plaats van op je gevoel en ervaring af te gaan.*

'Oké.' Maar het was helemaal niet oké. Ik kon het gevoel niet onderdrukken dat als ik een man was geweest – *one of the guys* – ik een stuk minder bewijs had hoeven aandragen om serieus genomen te worden, want hoe erg de vooruitgang ook zijn best deed, veel plekken waren nog steeds een mannenwereld.

'Laat het me weten zodra je iets hebt, Hazel.'

'Qua woonomgeving bedoel je?'

'Precies, qua woonomgeving.'

Ik wilde niks liever dan Adam een of ander daderprofiel aanreiken dat zo specifiek was dat er maar één persoon op de wereld aan al die criteria voldeed, maar zo eenvoudig was het niet, en zo eenvoudig ging het ook nooit worden.

In mijn achterhoofd hoorde ik een vage stem zeggen dat ik de andere kant op moest rennen want nog één misstap en het was gedaan, maar dat stemmetje maakte plaats voor een plan, en ik wist dat ik door zou gaan zonder om te kijken.

VIJFTIEN

Ik had, zoals van me gevraagd was, plichtsgetrouw de geografische kant van mijn werk uitgevoerd. Het voorspellen van de woonlocatie van de dader aan de hand van slechts twee moordlocaties was nattevingerwerk, maar Adam leek dat per ongeluk of expres te negeren en ik had toch wat anders te doen. Iets wat volgens mij veel belangrijker was, en ik snelde de deur uit.

Ik ben altijd een voorstander geweest van het open systeem dat Engeland hanteert als het aankomt op het testen van soa's. Er is geen onnodig en ongemakkelijk bezoek aan de huisarts nodig, nee, je maakt een afspraak bij een kliniek en wordt op van alles getest, zonder slag of stoot. De ene medewerker is zeker iets empathischer dan de andere – soms blijft het bij 'ik ga nu je bloed afnemen' – maar over het algemeen is het zo aangenaam als zo'n soort activiteit kan zijn.

Ik was nog nooit bij deze locatie geweest en het was een wereld van verschil met de kliniek in Warren Street, die zich bevond in een onkarakteristiek stil steegje voor die buurt. Het voelde raar om zonder zorgen over een eventuele soa binnen te stappen en ik vroeg me af hoe de twee slachtoffers zich toentertijd gevoeld hadden; aangezien ze beiden aan de antibiotica zaten was Stevens team nagegaan waar ze dat voorgeschreven hadden gekregen en het was gebleken dat de twee slachtoffers allebei deze kliniek bezocht hadden. Twee vrouwen die allebei dezelfde soa hadden voor hun dood, en allebei dezelfde kliniek bezocht hadden: zelfs Steven moest toegeven dat dat wel erg toevallig was. Ik liet de gesprekken met de medewerkers van de kliniek over aan zijn team, want ik had zelf een ander doel met mijn bezoek.

'Hallo.'

De vrouw achter de balie keek nauwelijks op van haar papieren. Ze had bruine krullen en een zwarte bril en sprak op automatische toon, bijna alsof je een cassettebandje afspeelde.

'Hallo, welkom. Je afspraak-sms alsjeblieft?' Het beangstigde me soms hoe essentieel het bezit van een mobiele telefoon was geworden.

'Sorry, ik ben hier niet voor een test.'

Ze keek op. 'Ah. Waarmee kan ik je dan helpen?'

'Ik ben raadgever bij de politie en ik vroeg me af of ik de resultaten van bepaalde cliënten in zou kunnen kijken.'

'Nee.' Dat antwoord kwam heel snel.

'Ze zijn beiden helaas vermoord.'

'O. Jezus.'

'Ja.' Ik pauzeerde even maar ze vertrok geen spier. 'Ze hebben allebei voor hun dood deze kliniek bezocht.'

'Oké.' Ze keek me strak aan. 'Mag ik je ID en referenties zien?'

'Ik werk als een onafhankelijke raadgever, ik heb geen bewijs van mijn werk met de politie.' Ik wilde weten hoe makkelijk het was aan gegevens van de cliënten te komen, juist zonder de benodigde autoriteit van bijvoorbeeld de politie.

De cassettebandstem was terug. 'Dan stel ik voor dat u zorgt dat u dat wel regelt en vervolgens terugkomt. En een bevelschrift zou ook wel handig zijn.'

Haar standvastigheid stelde me tevreden, en luchtte me op, alhoewel ik me ook realiseerde dat het betekende dat de groep mensen die iets kon weten van de testresultaten van Fara en Rachel opeens een stuk kleiner was geworden. Ik maakte aanstalten om weg te gaan, toen ik haar stem achter me hoorde.

'Wil je je laten testen?'

'Sorry?'

'Nu je hier toch bent, wil je je laten testen? Het is rustig dus je bent zo aan de beurt, en het is nooit rustig, dat kan ik je wel vertellen.'

Hoe blij ik ook was dat je werd aangemoedigd om op de hoogte te blijven van je seksuele gezondheid, ik had altijd zelf die momenten gekozen. Maar ik stond er nu, en ik realiseerde me maar al te goed dat mijn avond met Julius gevolgen kon hebben gehad.

'Oké, waarom niet.'

'Hier is het formulier, daar staan de pennen.'

Altijd dezelfde deprimerende net-niet-lekker-schrijvende pennen. Ik ging zitten en keek om me heen; er zat nog één vrouw op een stoel, en behalve de vrouw achter de balie liep er ook nog een mannelijke medewerker rond. Een paar minuten geleden was een oudere medewerkster iemand komen ophalen, en ik hoopte stilletjes dat ik haar toegewezen kreeg en mijn wachtkamergenoot de man. Ik wilde graag zo'n persoon zijn die het niet uitmaakte of haar gynaecologisch of soa-onderzoek werd uitgevoerd door een man, net als dat ik graag een vrouw wilde zijn die het niet uitmaakte of haar partner langer was dan zij, maar waar ik het bij dat laatste nog steeds aan het proberen was, had ik het eerste inmiddels wel opgegeven. Bovendien had hij een parfum op dat me aan mijn ex deed denken; geurgeheugen. Blijkbaar kan dat beter zijn dan het normale geheugen, alsof we daar altijd blij mee moeten zijn.

Ik begon met invullen en zoals altijd realiseerde ik me dat de kans toch redelijk klein was dat ik iets had opgelopen. Er waren vragen als *deel je weleens drugsspuiten* en *hoe vaak heb je onbeschermde seks gehad de afgelopen drie maanden* en *doe je aan anale seks*, en ik kon ze allemaal met nee beantwoorden. Een leraar psychologie had tijdens mijn studie eens aan de klas gevraagd of we allemaal iets op konden schrijven over ons eigen gedrag wat ook kon horen bij een geestesziekte. Het was verbazingwekkend dat iedereen eigenlijk wel iets deed wat ook voorkwam bij bijvoorbeeld een obsessief-compulsieve stoornis, schizofrenie, of een angststoornis. De meeste mensen hebben wel een soort tic waar geen logica aan vastzit, we fantaseren allemaal weleens over fictieve gesprekken, en er is een overvloed aan onrealistische angsten waar men aan toegeeft op dagelijkse basis. Ik was er door de jaren heen wel achter gekomen dat ik onrealistisch bang was om met hiv besmet te raken en als gevolg daarvan was ik altijd extreem voorzichtig tijdens de seks, maar ik was ook vaak in een kliniek beland na een halve paniekaanval dat er misschien toch iets mis was gegaan.

'Hazel Kramer?'

Dat was echt snel. 'Sorry, ik ben nog niet klaar met invullen.'

'Geen probleem, dat kunnen we in de spreekkamer afmaken.' De vrouw die mij hielp had mijn moeder kunnen zijn en ik kreeg er een gerust gevoel door.

Terwijl we tegenover elkaar zaten in een klein kamertje liepen we de vragen door, onder andere met hoeveel partners ik de afgelopen drie maanden seks had gehad, en ik zei twee. De overige vragen voelden confronterender, zoals of het vaste partners waren geweest, en ik zei eerlijk dat een ervan een vaste partner was, en een eenmalig.

'Heb je met beide partners veilige seks gehad?'

Ik was me al pratenderwijs aan het afvragen hoe veilig veilig eigenlijk was toen ik iets bedacht en ik mezelf midden in een zin tot zwijgen bracht.

'Sorry, wat was je eerste vraag net?'

'Hoeveel sekspartners je hebt gehad de afgelopen drie maanden?'

'En daarna?'

'Of het vaste sekspartners zijn?'

'En toen?'

'Of je reden hebt om aan te nemen dat zij dragers waren van een soa?'

Ik zag de puzzelstukjes langzaam in elkaar vallen; het midden van de puzzel nog als een zwart gat, maar de rand begon zich te vormen.

'Zijn mensen vaak eerlijk hier?' Ik was tenslotte zojuist eerlijk geweest, tegenover een volslagen vreemde.

'Sorry?'

'Als je mensen die vragen stelt, zijn ze dan eerlijk?'

'Wij gaan er wel van uit dat als mensen hier een afspraak hebben gemaakt, ze de vragen zo eerlijk mogelijk beantwoorden, ja. Anders heeft het niet zoveel zin.'

'En nemen mensen u ook in vertrouwen?' Ik kon me nog goed herinneren dat ik een keer in huilen was uitgebarsten bij zo'n bezoek, om allerlei redenen die ik eigenlijk allang met iemand had moeten bespreken maar gedacht had zelf te kunnen oplossen.

'Sorry, waarom wilt u dit weten?'

'Sorry, ik...'

'Is er iets wat u graag met me wilt delen?'

We waren nog niet bij de vraag aangekomen over huiselijk geweld, en ik wist wel waar ze op aanstuurde. Ik bood mijn excuses aan en de medewerkster nam in stilte mijn bloed af terwijl ik me afvroeg hoe ik dit over het hoofd had kunnen zien. *Iemand hier kon weten waaróm allebei de vrouwen een soa hadden opgelopen voor hun dood.* Onder het oppervlak, buiten het zicht van de omstanders, lag een hele berg aan geheimen, en die geheimen waren in deze kliniek ter sprake gekomen.

*

Terug op het politiebureau riep Steven me zijn kantoor in, waar hij mij zowaar een kop koffie aanreikte en gebaarde dat ik kon gaan zitten.

'Je had gelijk. Joseph heeft net twee getuigenverklaringen afgenomen van de medewerkers die de consulten met Rachel en Fara hebben gedaan, en het klopt. Ze kunnen zich allebei herinneren dat de slachtoffers hebben verteld dat de reden van dit bezoek een buitenechtelijke relatie was. Blijkbaar krijgen de medewerkers vaak diepe geheimen te horen, alsof de cliënten tijden alleen hebben rondgelopen met dit geheim en niet kunnen wachten om het eindelijk kwijt te kunnen bij een onbekende. Hun woorden, niet die van mij.'

Ik nam een slok en brandde bijna mijn tong. 'Wat voor soort personen waren het, die medewerkers?'

'Ik weet waar je op duidt, maar het waren allebei dames van in de zestig die buiten Londen wonen. En ik weet het, ik weet het, we moeten niks uitsluiten en we zullen ze natrekken, maar laten we zeggen dat het niet heel waarschijnlijk is dat ze de daders zijn.'

'O. Oké.' Zelfs voor mij zou dat ietwat vergezocht zijn.

'Dus het is een beetje een doodlopend spoor.' Steven streek met zijn hand door zijn haar en bleef steken bij zijn nek, waarbij het leek alsof hij zijn spieren aan het masseren was. Ik vroeg me af of dit zijn 'ik ben aan het nadenken'-tic was.

Hij klapte zijn laptop dicht. 'Het lijkt me toch het meest logisch dat ze allebei een affaire hadden met dezelfde man, en dat die man nu aan het moorden is geslagen.'

'Maar...'

'Die ex van het eerste slachtoffer was nogal lastig te identificeren want niemand leek echt veel over hem te weten, maar inmiddels is het gelukt en zijn we erachter dat hij een strafblad voor huiselijk geweld heeft. Hij lijkt een redelijk aannemelijke dader. Zeker gezien het feit dat we hem niet kunnen vinden. Onschuldige mensen zijn meestal een stuk makkelijker te vinden dan schuldige.'

Steven pakte zijn laptop van het bureaublad en stond op. Ik keek hem na terwijl hij naar de deur liep en draaide me op mijn stoel om.

'Maar als het een vertoornde ex-geliefde is, of een man die aan de kant is gezet en daar niet tegen kon, waarom is er dan geen enkel teken van seksueel misbruik vóór de moord?'

Steven bleef staan en keek naar de vloer. Hij leek even na te denken. 'Misschien was dat gewoon zijn ding niet.'

'Hm.' Het hele idee van een daderprofiel was dat mensen zich over het algemeen voorspelbaar en systematisch gedragen, en 'het was gewoon zijn ding niet' was niet iets waar profilers warm voor liepen. Maar ook ik moest toegeven dat er te midden van de massa vaak afwijkend gedrag zat, en dat kon voor moordenaars net zo goed het geval zijn. Want uiteindelijk waren ze ook eens, lang of kort voordat ze moordenaars waren geworden, mensen geweest zoals iedereen.

'Je hebt goed werk verricht, Hazel, maar laten we ons focussen op de dingen die we wel weten.'

Steven liep voordat ik nog kon antwoorden zijn kantoor uit en ik bleef zitten in de lege ruimte, me afvragend hoeveel we nog steeds niet wisten.

ZESTIEN

'Ik heb een bezoek gebracht aan die advocaat van je.'

Adam en ik zaten aan een tafeltje op een terras in Maida Vale dat uitkeek over een kanaal met rustig dobberende woonboten, en het gebrom van bussen was opeens ver weg.

'Sorry?' Het idee dat Adam en Julius in één ruimte hadden gezeten maakte me zenuwachtig, vooral omdat ik totaal niet kon voorspellen wat Julius gezegd zou hebben.

'De advocaat over wie je het had. Julius?'

'O ja.' En zo nonchalant als ik het eruit kreeg: 'Waarom?'

'Ik wilde graag meer weten over die zaak van hem met die Jason Russo, maar kon verrassend weinig vinden via de normale routes.'

'Waarom ben je niet naar mij gekomen? Ik had je vragen wel kunnen beantwoorden.' En dan hadden Julius en Adam elkaar tenminste niet ontmoet.

'Ik wilde daarheen in mijn positie als inspecteur. Kijken of ik wat documenten op kon vragen.'

'O. En?'

'Dat kantoor zit redelijk goed op slot. Maar ik heb wat suggesties rondgestrooid dat ik connecties heb bij de belastingdienst en dat een huiszoekingsbevel zo aangevraagd is, en toen werkten ze opeens een stuk beter mee.'

Het zal ook eens niet. 'Waaraan?'

'Aan alles omtrent die zaak.'

'Iets interessants gevonden?' Klonk ik nu juist té nonchalant?

'Jason had inderdaad bekend, en er was geen andere verdachte in de zaak, alhoewel ik ook niet het gevoel had dat zijn advocaat echt zijn best had gedaan om die te vinden.'

'Maar Jason had dan ook een alibi, dus het was niet echt nodig.'

'Een alibi dat letterlijk op de valreep binnenkwam.' Hij nam een slok van zijn bier. 'De laatste dag van de rechtszaak, het leek compleet verloren, en opeens kwam er een getuige opdraven.'

Dit had ik niet geweten, dat het zo lastminute was geweest. 'Het moet dan een behoorlijk geloofwaardige getuige zijn geweest.'

'O ja. Iemand met een beroep met hoge maatschappelijke status en torenhoog aanzien onder zijn collega's. Schijnbaar, uiteraard, want zijn identiteit was om een of andere reden beschermd.'

'Een perfecte getuige.'

'Hmhm.'

'En wat was het alibi?'

'Dat ze die avond allebei bij een illegaal pokerspel waren.'

'Met een heleboel andere spelers?'

'Blijkbaar vond de jury het logisch dat de anderen niet naar voren wilden treden als getuigen gezien het illegale karakter van de avond.'

En bovendien maakte dat het logischer dat de getuige pas op de laatste dag van het proces was komen opdagen, dacht ik.

'Maar laat me raden, zijn geweten was gaan opspelen?'

'Zoiets ja. Ik begreep dat hij achter een scherm had gezeten om zijn anonimiteit te waarborgen, maar dat hij hoorbaar zijn tranen moest inhouden terwijl hij vertelde dat hij vroeger een gokverslaving had gehad. En dat dit alles zo pijnlijk was voor zijn vrouw, dat het zijn beroepseer in gevaar zou brengen, maar dat hij het als zijn plicht zag om de waarheid te vertellen en een onschuldige man van het noodlot te redden.'

'Emotioneel.'

'Zoals je al zei, een perfecte getuige.'

'Hoe heeft hij het voor elkaar gekregen dat zijn verzoek om anonimiteit is goedgekeurd?'

'Al sla je me dood. Het zal wel iets te maken hebben gehad met zijn reputatie en zijn gezin, maar eigenlijk wordt zoiets vaak alleen goedgekeurd om veiligheidsredenen.'

'Want iedereen heeft het recht om te weten wie er voor ze getuigt.'

'Of tegen ze getuigt,' zei Adam met weerzin in zijn stem.

'En?'

'En wat?'

'Wáren er veiligheidsredenen?'

'Ik geloof het niet.'

'Apart.'

'Nogal.'

Ik dacht even na. 'Dus een achttienjarige armlastige jongen en een man met hoogstwaarschijnlijk een gigasalaris zaten allebei aan dezelfde illegale pokertafel?'

Adam bewoog zijn glas wat heen en weer. 'Eerst leek het me niet zo raar, weet je. Aangezien hij zich ook Julius Bell als advocaat kon veroorloven. Maar die Jason, die zwom inderdaad helemaal niet in het geld.'

Ik had me dat ook al eens afgevraagd, wie er eigenlijk betaalde voor zijn advocaat. Maar ik was afgeleid geweest. Afgeleid door Julius.

'Dus hoe kon hij zich zo'n leven veroorloven?'

Ik zag een kleine glimlach op Adams gezicht, alsof hij iets wist wat ik niet wist, en hij even stilletjes van zijn voorsprong aan het genieten was.

'Adam...' Ik kon het niet helpen en moest een lach onderdrukken. 'Ga je delen wat je weet of moet ik er erg mijn best voor gaan doen?'

'Ik bedoel, het is nooit verkeerd als een vrouw haar best voor je doet.'

Ik leunde achterover op mijn stoel en besloot het spel mee te spelen. 'Oké. Als je het me vertelt, dan betaal ik deze ronde.'

'Ik heb al betaald toen je naar het toilet ging. *Try again.*'

Altijd. 'Hmm. Mijn tweede voorstel... Als je het me vertelt ga ik misschien, misschien met je mee naar huis vanavond.'

Hij lachte en gaf me een knipoog. 'Zo, je denkt, ik gooi al mijn kaarten op tafel?'

'Ik wil het dan ook graag weten.'

'Goed. Mijn tegenvoorstel. Ik vertel je wat ik weet als we vanavond naar jouw huis gaan.'

Mijn huis. Om de een of andere reden vond ik dat altijd een behoorlijke stap, behalve dan als het ging om vluchtige onenightstands. Gelukkig zat ik zelf ook vol met tegenstrijdigheden, maar mijn huis was mijn toevluchtsoord en ik was altijd veel liever bij Adam in huis zodat ik weg kon gaan wanneer ik wilde. Soms was ik daardoor opeens om twee uur 's nachts naar huis gegaan en dat zorgde wel voor wat verbazing, maar het kón. Maar goed, nood breekt wet, en het was misschien ook wel goed voor me.

'Je onderhandelt hard, maar ik accepteer je aanbod.'

Adam was zichtbaar een beetje verbaasd, maar hij herstelde zich snel. 'Je gaf sneller toe dan ik dacht.' Hij bewoog zich iets dichter naar mij toe. 'Er was niemand die voor de diensten van Julius betaalde.'

'Niemand?'

'Hij deed het pro Deo.'

Pro Deo. Dat waren twee woorden waarvan ik vrijwel zeker wist dat ze Julius vreemd waren.

'Pro Deo? Dat lijkt me niet.'

'Het is toch echt zo.'

'Deed hij dat wel vaker?' De wonderen waren de wereld nog niet uit.

'Eerste en enige keer.' Of misschien toch wel.

We keken elkaar aan, en ik denk dat we allebei hetzelfde dachten. Er zaten nogal wat haken en ogen aan de zaak, met een perfecte getuige die pas op het laatste moment opdook en een advocaat die normaliter werkte vanuit het oogpunt van geld en macht, maar voor deze zaak opeens al die belangen opzij had gezet.

'Het klopt van geen kanten.'

'En die Julius zelf.' Adam keek me recht in de ogen en ik had het gevoel dat hij iets wist, iets wat ik zelf niet wist. 'Er is iets met hem.'

'Heb je hem ontmoet?'

'Zodra hij hoorde dat iemand documenten aan het opvragen was over de zaak was hij er erg snel bij. Zijn gebrek aan respect gaf me redelijk wat motivatie om zeker nog een keer langs te komen.' Adam nam de laatste slok van zijn bier. 'Hij had het niet zo op me, dat was wel duidelijk.'

'Volgens mij heeft hij het over het algemeen niet zo op de politie.'

'Ja, en ik vraag me af waarom.'

Ik ook, dacht ik. *Ik ook.*

ZEVENTIEN

Het was zo'n ochtend waarop alles net langer duurde dan nodig; de metro liep niet lekker, het meisje bij de koffiezaak was nieuw en traag, en informatie over de kliniek inwinnen had tot nu toe vooral bestaan uit heel lang in de wacht staan. Na een onnodige hoeveelheid tijd was ik er inmiddels achter gekomen dat er een loodgieter langs was geweest in de afgelopen weken voor een verstopt toilet, dat ze wisselende dokteren hadden gehad door vele afmeldingen vanwege ziekte, dat ze overgestapt waren op een nieuwe internetprovider waarvan de medewerker mij ietwat ongeduldig vertelde dat ze inderdaad twee keer terug hadden moeten komen om de router opnieuw te installeren, en dat er een computerprogrammeur had moeten langskomen omdat er een systeem was vastgelopen. Ze hadden, zoals de medewerker mij meedeelde, een aantal ongelukkige weken gehad, maar inmiddels liep alles weer soepel. Ik had de informatie doorgespeeld aan Steven en hij zei dat hij iemand van zijn team langs zou sturen, toen ik me een beetje flauw begon te voelen. Soms vergat ik te eten als ik geconcentreerd met iets bezig was; sowieso was ik niet zo heel goed in voor mezelf zorgen als ik op een zaak zat, maar eten was als benzine voor de hersenen en ik besloot naar het kleine lunchtentje aan de overkant van de drukke straat te lopen. Londen was eigenlijk altijd druk en het spitsuur 's ochtends ging naadloos over in de lunchdrukte, wat dan weer zonder pauze doorliep in het avondspitsuur. Ik was eraan gewend, en ik hield van de eindeloze drukte; het hield me bezig en het hield me scherp.

Ik kocht wat water en een broodje tonijn; ik nam me elke keer voor een salade te kopen maar had nooit begrepen hoe mensen urenlang vol kunnen zitten van een paar blaadjes sla. Terwijl ik terugliep naar kantoor voelde ik me langzaam beter, en de flauwheid maakte plaats voor scherpzinnigheid. Dat gevoel had me herinnerd aan iets, een gedachte waar ik een tijdlang niet aan had willen toegeven, maar die zich nu mijn bewustzijn in vocht.

Ik had me zo duizelig gevoeld die avond met Julius, veel duizeliger dan ik zou verwachten na een paar glazen wijn. Er waren zelfs hele stukken van de avond die ik me niet meer kon herinneren en de enige andere keer dat zoiets mij overkomen was, had ik veel te veel tequilashots tot me genomen die niet in verhouding stonden tot de paar glazen witte wijn van nu. Ik had een keer ergens gelezen dat de reden van geheugenverlies niet is dat je die avond zelf van de wereld bent geweest, maar dat het mechanisme dat normaliter 's nachts je kortetermijngeheugen omzet in het langetermijngeheugen niet functioneert bij grote hoeveelheden alcohol. Maar ik wist helemaal niet zo zeker of ik die avond zelf niet ook van de kaart was geweest, want ik had me veel te dronken gevoeld. *Ik had me veel te dronken gevoeld*, en ik was meerdere keren van de tafel opgestaan. De paranoia sloeg toe, en ik dacht terug aan alle keren dat mij verteld was mijn drankje nooit onbewaakt ergens achter te laten. Maar waarom zou Julius mij in godsnaam gedrogeerd hebben? Het had kort geduurd, en het was niet alsof hij zich aan mij vergrepen had. Ik probeerde de gedachte weg te drukken want het voelde belachelijk, maar ik wist ook heel goed dat die gedachte nooit bij me was opgekomen als ik daar die avond met Adam had gezeten. Ik probeerde het tegen te gaan, maar nu het zaadje eenmaal geplant was leek eigenlijk een heleboel omtrent Julius niet helemaal te kloppen. En waarom had hij zo'n hekel aan de politie? Paranoia maakte plaats voor boosheid, en het gevoel dat Julius me eigenlijk al tijdenlang aan het lijntje had gehouden begon sterk te groeien.

*

Ik kwam terug en wist niet wat ik zag. Voordat ik vertrokken was had het eruitgezien als elke andere dag – voor zover dat kon op een politiebureau – maar nu was alles in rep en roer. Een gewapende eenheid werd toegesproken door Steven en ik klampte me vast aan een voorbijrennende agent.

'Sorry...' De tijd van namen herinneren was nu wel voorbij. 'Wat is er aan de hand?'

'De verdachte. Van de dubbele moord. We hebben hem.'

'Wat?'

'Hij gebruikte eindelijk zijn creditcard, hij is in Londen.'

'Je bedoelt de moordenaar van de moorden in Queen's Park en Maida Vale?'

'Yup. Het was weer eens de ex.' Hij rende door. 'En we hebben 'm!'

Ik had blij moeten zijn, blij dat ze de verdachte ex-verloofde van Rachel hadden gevonden, maar het zat me helemaal niet lekker. Er klopte van alles niet en ik was bang dat er dingen over het hoofd werden gezien omdat ze zo graag een dader te pakken wilden krijgen. Waarom zou de ex van Rachel vervolgens Fara en Ronald vermoorden? Had hij een affaire gehad met beiden, Rachel én Fara? En waarom was er geen enkel teken van seksueel misbruik voor de moorden als het om een boze ex-geliefde ging? En vanwaar alle extra agressie, waarom was hij zo extreem boos geweest op beide vrouwen? Woonde hij sowieso wel in Londen? Er waren zoveel vragen waarop het antwoord voor mij ver te zoeken was, en ik moest ook onmiddellijk aan mezelf toegeven dat – als hij inderdaad de dader was – mijn gehele ingeving over de kliniek compleet verkeerd was geweest. Ze leren je altijd om kritisch te zijn tegenover jezelf en eerlijk te zijn als je het fout hebt gehad, maar hoe doe je dat als je nog steeds denkt dat je het bij het rechte eind hebt?

Adam moest me midden in de commotie hebben zien staan; hij pakte me vast en trok me naar een muur.

'Heb je het gehoord?'

'Ja, ik...'

'We hebben 'm, Hazel.'

'Ik hoorde het.'

Het was stil tussen ons en Adam keek me aan. 'Maar jij denkt dat we het niet bij het rechte eind hebben.' Ik hoorde hem heel zachtjes zuchten, alsof hij het voor mij verborgen wilde houden.

'Het spijt me.'

'Het gebeurt zo vaak, Hazel, dat weet jij ook. Een boze ex die op wraak uit is.'

'En wat is zijn connectie met het tweede slachtoffer?'

'Daar komen we wel achter.'

'Is dat niet bewijs zoeken dat bij een dader past, in plaats van een dader die bij het bewijs past?'

'Kom op.' Hij was boos, ik merkte het meteen. 'Je weet heel goed hoe ik daarover denk.'

In theorie was hij daar inderdaad pertinent tegen, maar in de praktijk liepen dingen soms anders.

Hij draaide zich om. 'Ik moet door. Laten we voor nu in ieder geval blij zijn dat we een verdachte hebben kunnen lokaliseren. We moeten de overwinningen ook vieren, zoveel hebben we er niet.'

Het lukte me een flauwe glimlach op mijn gezicht te toveren. 'Ja. Je hebt gelijk.' Maar hij had geen gelijk en ik wist niet hoe ik dat in godsnaam ging aantonen.

ACHTTIEN

'Hoe gaat het eigenlijk met Adam?' Elizabeth zei het alsof het de normaalste zaak van de wereld was dat ze dit wist, terwijl ik toch zeker wist dat ik het haar niet verteld had. Ze schonk wat rosé in de twee glazen die op ons gammele tafeltje stonden op het achterdek van een boot in Paddington; het nadeel van zoiets transformeren tot een bar was altijd de onvoorspelbaarheid van het water.

Ik had nu opeens weer tijd om met mensen af te spreken, want ook al zat ik officieel nog op de zaak, de prioriteit van mijn werk was behoorlijk verminderd nu ze een verdachte op het oog hadden. Het was alleen nog niet zo makkelijk gebleken om hem ook daadwerkelijk te arresteren, want hij was inmiddels weer verdwenen en dat was redelijk verdacht, dat moest zelfs ik toegeven.

'Wel goed hoor.' Jo zou het haar wel verteld hebben, en het maakte me eigenlijk niet zoveel uit. Ik had Adam inmiddels al twee dagen niet op kantoor gezien, en elke poging van mij om contact met hem te zoeken was op niks uitgelopen.

'Ik zag het wel hoor, die avond van het etentje. Hoe jullie opeens allebei naar het toilet moesten. Zijn jullie al lang samen?'

Zo wist ze het dus. Elizabeth had altijd een scherp oog voor detail gehad en ik vroeg me af of ze daarom zo goed was in haar werk als effectenmakelaar.

'Ik geloof niet dat we echt samen zijn.'

'Hoe dat zo? Hij leek nogal dol op je.'

'Ja. Het komt meer door mij.'

Elizabeth was niet iemand met wie ik mijn diepste geheimen deelde; eerlijk gezegd deelde ik die eigenlijk met niemand. Ik wist niet of dat kwam doordat ik meestal het gevoel had dat mensen me toch niet konden helpen of omdat ik mezelf niet zo kwetsbaar wilde opstellen, maar hoe ik er ook tegenaan keek, ik had mezelf behoorlijk geïsoleerd. Maar goed, het was nooit te laat om te veranderen, dacht ik maar, alhoewel ik me vaak had afgevraagd of dat gezegde geen slim opgezette leugen was.

'Ik geloof dat ik nogal terughoudend ben.'

'Waarmee?'

'Met relaties. Met de liefde. Met mij openstellen.'

'Ah. Ja. Ik snap 'm.'

'Ik dacht laatst terug aan toen ik jong was, hoe ik grenzeloos geloofde in de kracht van de liefde.'

'Hoe de liefde alles overwint.'

'Ja, precies.' Ik was even stil. 'Maar dat bleek helemaal niet zo te zijn.'

Niet in relaties, en niet in de rest van het leven. Ik had te vaak gevoeld hoe het was als iemand die je liefhad opeens verdween. Opeens wegviel. Zonder waarschuwing, en zonder uitleg.

'Nee, er is heel wat voor nodig naast liefde om een relatie in stand te houden.'

'Vroeger vond ik het altijd zo'n onzin als mensen zeiden dat de liefde ook om timing ging, en dat je elkaar op het juiste moment tegen moet komen, maar ik besef inmiddels steeds meer dat daar behoorlijk wat waarheid in zit.'

'Maar wat is het juiste moment?'

'Soms vraag ik me af of het juiste moment samenvalt met het moment waarop mensen compromissen gaan sluiten, omdat ze niet alleen door het leven willen gaan.'

'Da's pessimistisch.'

'Of realistisch.'

'Weet je wat ik denk,' zei Elizabeth terwijl ze een slok van haar rosé nam, 'dat als je de juiste persoon tegenkomt op het juiste moment, en je dan ook nog allebei bereid bent om er ontzettend veel energie in te steken, dat je dan misschien een kans van slagen hebt.'

'Misschien. Maar hoe weet je dat van tevoren?'

'Dat weet je niet. Dat risico zul je moeten nemen. Weet je, een vriend van me zei eens tegen me dat je moet accepteren dat je nooit alles zo kan plannen dat er geen enkel risico aan vastzit. De enige keuze die je hebt is óf niks doen, waardoor je geen risico loopt maar er ook niks verandert in je leven, óf wel iets doen. En als je wél iets doet, dan moet je accepteren dat je nooit alles compleet in de hand kunt houden.'

Dat was waar. Ik had de afgelopen jaren gepoogd verdriet te voorkomen door elk risico uit de weg te gaan, maar daardoor had ik eigenlijk alleen maar krampachtig geprobeerd vast te houden aan een soort controle die niet bestond en me constant machteloos gevoeld.

'Een gok wagen hoort bij de liefde.' Elizabeth schonk me bij en ik dacht na over haar woorden, die veel wijzer waren dan ik had verwacht.

'En risico's nemen bij het leven.'

'En risico's nemen bij het leven.' Ze hief haar glas op. 'Proost. Op het leven.'

NEGENTIEN

Ik besloot langs de kanalen naar huis te lopen, nagenietend van een echt fijne avond met Elizabeth. Het had me verbaasd, en ik nam me voor om vaker met haar af te spreken. Misschien sowieso om vaker met mensen af te spreken, alhoewel ik ook wel wist dat de aankomende winter dat voornemen zeker moeilijker ging maken. Maar goed, iets met risico's nemen.

Ik deed de deur van mijn huis open en voelde een warmte uit mijn woonkamer komen die er normaal niet was na een dag buitenshuis te zijn geweest. Het licht was aan en terwijl ik naar binnen stapte besloop me een onheilspellend gevoel, maar voordat ik tijd had om daaraan toe te geven hoorde ik een stem uit de open keuken komen.

'Hazel.'

'Adam?' Ik hoopte maar dat ik de stem goed had herkend, want het alternatief was een stuk minder prettig.

Ik liep de hoek om en daar zat Adam, half in het donker, alsof hij net uit een detectivefilm was gestapt. 'Wat... Waar ben je geweest de afgelopen dagen? Waarom heb je me niet teruggebeld?' Ik was denk ik ongeruster geweest dan ik had willen toegeven, maar er kwam geen antwoord. 'Adam?'

Terwijl hij naar voren boog zag ik paarsblauwe plekken en schrammen op zijn armen, en een wond op zijn voorhoofd. 'Ik probeerde wat whisky te vinden.'

'Jezus! Je hoofd!'

'Hazel. Je whisky?'

'Wat?'

'Waar is je whisky?'

Ik was met stomheid geslagen. 'Wat?'

'Kan je wat whisky voor me inschenken?'

'Nou nee! Godsamme, waarom zit je hier in het donker? Wat heb je gedaan?' Ik was geschrokken en boos tegelijk, en deed geen enkele moeite ze van elkaar te onderscheiden.

'Waarom neem je aan dat ik degene ben die iets gedaan heeft?' Adam leek de rust zelve. Of ik nou geschrokken of boos was, zijn rust maakte allebei de opties erger.

'Ik bel de politie.'

'Ik ben de politie.' Zelfs met een hoofdwond was hij scherper dan ik in deze situatie. 'De whisky. Alsjeblieft.'

Ik keek hem aan en pakte twee glazen uit de keukenkast, en een fles whisky van ergens achter in een ander kastje. Ik voelde mijn hand trillen terwijl ik de glazen volschonk. 'Adam. Wat is er gebeurd?'

Hij nam een veel te grote slok uit het te volle glas. 'Kunnen we voor nu doen alsof er niks gebeurd is?'

'Misschien moeten we naar het ziekenhuis rijden.'

'Waarom zouden we naar een ziekenhuis rijden als er niks aan de hand is?'

'Adam...'

'Kan je me niet gewoon vertrouwen? Voor vanavond. Dat ik je morgen alles vertel.'

Ik probeerde mijn opties af te wegen maar het leek me redelijk onrealistisch om compleet te negeren dat de man met wie ik een ongedefinieerde relatie had, half in elkaar geslagen aan mijn keukentafel zat, terwijl ik geen idee had waar hij de afgelopen dagen geweest was. Aan de andere kant leek het me ook onrealistisch om te denken dat hij nu zijn verhaal ging doen als ik maar bleef aandringen, dus ik kwam schoorvoetend tot een conclusie.

'Naja. Oké.'

'Dank je.'

'Maar ik ga douchen dan.' Ik probeerde resoluut te klinken. 'Als jij hier in het donker in de stilte wil zitten.'

'Oké.'

'Er staat wat eten in de koelkast, als je iets wilt.'

'Oké.'

Ik stond op van mijn stoel, me afvragend hoe ik in godsnaam in deze bizarre situatie was beland, en liep naar de badkamer waar ik de kraan van de douche zo warm mogelijk opendraaide. Kon het dat Adam iets verkeerds gedaan had? Het leek onmogelijk om iemand helemaal te kennen, elk aspect, elke gedachte, en ik dacht terug aan de keren dat ik een partner verkeerd had ingeschat. Mijn relaties passeerden de revue, en ik moest toegeven dat ik een lange tijd alleen maar gedatet had met mannen met wie ik, als ik eerlijk tegenover mezelf was, wel wist dat het niks ging worden. Niks kon worden. Maar het was veilig geweest, want zonder liefde volgt er ook geen verlies. Adam daarentegen was de eerste man in lange tijd op wie ik verliefd zou kunnen worden, en zelfs rationeel klopte het want hij had een baan, een huis en, voor zover ik het kon beoordelen, een redelijke stabiele mentale gesteldheid. Misschien had ik daarom Julius ook wel opgezocht. Ik stootte me veel vaker dan twee keer aan dezelfde steen.

Het warme water begon de badkamer op te stomen en ik hield mezelf voor dat een warme douche de oplossing ging bieden. Ik voelde de hete stralen op mijn huid vallen, en langzaam wasten ze de zorgen weg. Adam was heus niet hierheen gekomen als hij iets te verbergen had en misschien was dit zo'n situatie waarin spreken zilver was en zwijgen goud.

De geur van mijn shampoo begon zich langzaam te verspreiden, als een veld vol lavendel in Frankrijk. Ik deed mijn ogen dicht en liet het water over mijn gezicht stromen, totdat ik een hand op mijn middel voelde, en lippen in mijn nek.

'Adam.'

'Ja.'

'Denk je dat...' Voordat ik mijn zin kon afmaken had hij al ja gezegd.

'Je moet rusten. Wat er ook gebeurd is, die wond ziet eruit alsof er rust nodig is.'

'Ik geloof niet dat ik me door rust beter ga voelen nu.' Misschien had ik die stabiele mentale gesteldheid toch niet helemaal goed ingeschat.

Hij greep mijn middel vast met beide handen, en draaide me om. Ik keek hem aan en hij zag er inderdaad niet uit als iemand die binnenkort in elkaar zou zakken. Ik vroeg me af wat er sowieso voor nodig zou zijn om Adam in elkaar te doen zakken, maar voordat ik die gedachte af kon maken, pakte hij mijn beide polsen vast en trok ze met één hand omhoog. Hij duwde me tegen de koude muur van de douche en ik voelde zijn hand naar beneden glijden. Zijn lichaam drukte tegen dat van mij, en het kostte een oneerlijke hoeveelheid zelfbeheersing om zijn hand vast te pakken en tot een halt te brengen.

'Adam.' Ik probeerde de juiste woorden te vinden. 'Alsjeblieft. Als je het er niet over wilt hebben, dan zal ik dat wel moeten accepteren. Maar je kan niet verwachten dat we seks gaan hebben in de douche alsof er niks aan de hand is.'

'Het was het proberen waard.'

'Ik ben niet zo snel meer verbaasd, hoor.' De warme douchestralen begonnen langzaam koud te worden, en ik draaide de douche uit. 'Ik heb de meest bizarre verhalen al wel een keer gehoord.' *Of meegemaakt.*

'Dat denk je alleen maar.'

'Dat denk ik, ja.'

Hij keek me aan en ik zag zijn ogen langzaam vollopen met tranen. Opeens zakte hij door zijn knieën, en hij plofte neer in het kleine laagje water dat zich had verzameld in mijn bad. Hij pakte zijn eigen haar vast met een harde greep, zo stevig dat het met geen mogelijkheid pijnloos kon zijn, en begon iets onverstaanbaars te mompelen. Ik ging zelf zitten in bad, ontrafelde zijn handen uit zijn haar en legde ze om mijn schouders, en trok hem dicht naar mij toe. Zwijgen was goud, en soms zei een omhelzing meer dan een stortvloed aan woorden.

*

Ik wist niet hoelang ik wakker gelegen had. Ik had liggen woelen, van droom naar werkelijkheid terug naar de droom, en ik kon niet onderscheiden welke van de twee in de meerderheid was geweest. Adam had liggen slapen alsof hij een tienjarig kind was na een dag in Disneyland, compleet zonder zorgen en bijna belachelijk tevreden. Ik had me nog even afgevraagd of hij misschien zijn bewustzijn had verloren tijdens het slapen, maar dat was niet zo geweest. Uiteindelijk was ik maar opgestaan en aan de ontbijttafel gaan zitten, wachtend tot Adam wakker zou worden.

'Morgen.' Adam liep in zijn boxer de keuken binnen, en ik merkte dat ik hem liever compleet aangekleed had gezien. Nu leek het net een gewone ochtend, waar hij mij elk moment kon omhelzen en zijn blote borstkas tegen mij aan zou drukken. Maar dit was niet als de andere ochtenden, en ik wilde niet dat hij deed alsof dat wel zo was.

Hij liep naar het open blik oploskoffie toe. Ik was vergeten dat ik uren geleden van plan was geweest koffie te zetten. 'Koffie?'

'Koffie?'

'Ja, wil je koffie?'

Deze poppenkast hielp niet mee voor mijn innerlijke zen. 'Nee. Ik wil geen koffie. Ik wil geen koffie, ik wil geen whisky voor je zoeken, ik wil niet uren wakker liggen en me afvragen wat er in godsnaam gebeurd is. Ik wil alleen dat je me vertelt waarom je gisteravond half bebloed aan mijn keukentafel zat.'

Hij keek me ietwat verrast aan. 'Geen koffie dus.'

'Nee.' Ik haalde diep adem en probeerde wat kalmer en zachter te klinken. 'Geen koffie, dank je.'

'Oké.' Adam ging naast me zitten aan tafel, rustig alsof hij aan een persconferentie ging beginnen. 'Als ik je vertel wie dit gedaan heeft, moet je beloven erbuiten te blijven.'

Dat betekende dat het iemand was die ik ook kende, en daar had ik tot nu toe helemaal geen rekening mee gehouden.

'Wacht, dus ik weet wie het is?'

'Hazel?' Adam keek me dringend aan.

'Hoe moet ik dat beloven als ik nog niks weet?'

'Omdat ik dat zeker wil weten voordat ik het aan je vertel.' Hij klonk serieus, alsof er geen onderhandeling mogelijk zou zijn.

Ik wilde niet toezeggen, maar ik wist ook dat als ik niet toezegde, ik het nooit te weten ging komen.

'Goed, ik beloof het.' Misschien meende ik het niet helemaal, maar wat niet weet wat niet deert.

'Je laat het aan mij over?'

'Ja.'

'Oké.' Ik merkte enige twijfeling, want misschien wisten we allebei wel dat ik me niet aan mijn woord ging houden. 'Het was Julius.'

JULIUS

DERTIEN

Als je je niet gebonden voelt aan moraliteit opent dat heel wat deuren. Ik was ervan overtuigd dat zoiets de reden was waarom de politie soms pijnlijk traag werkte, en ik prees me gelukkig om het feit dat ik die beperkingen niet had.

Er waren allerlei plekken, vooral op het internet, waar mensen samenkomen die je normaal het liefst ontloopt. Het dark web was een illegale goudmijn, want veel seriemoordenaars hadden een of andere narcistische kant die meer dan eens hun ondergang was geworden, en ze schepten graag op over hun prestaties. Maar voordat ik daar kon gaan zoeken, moest ik eerst meer te weten komen over de moordzaak zelf en als een teken van god-is-met-mij – *yeah right* – ging mijn telefoon.

'Julius!' Ik was slecht in het herkennen van stemmen, omdat ik nooit de moeite nam iemands stem te onthouden. Aan de achtergrondgeluiden te horen was het iemand die in een pub zat.

'Waar ben je?' vroeg de stem.

'Op kantoor?'

Had ik ergens moeten zijn? Kantoor was altijd een goed excuus om iets vergeten te zijn; ik had altijd gedacht dat ieders leven zoveel makkelijker zou zijn als we gewoon eerlijk konden zeggen dat we ergens geen zin in hadden, of iets vergeten waren, of gewoon geen tijd hadden, maar over het algemeen leek men dat zo idioot persoonlijk op te vatten, dat iedereen dan maar loog.

'Op kantoor?! Het is mijn verjaardag, bro! Camden?'

O god ja, het was Leon. Leon en zijn vijfendertigste verjaardagsfeest. Ik had allang besloten niet te gaan want ik had helemaal niks met plakkerige vloeren en dronken zakenmannen, maar dat was voordat ik had besloten mijn eigen detectivewerk te doen. Leon had wat vrienden die ik graag wilde spreken, en al helemaal als ze dronken waren.

'O shit man! Dingwall toch?' Als ik mijn best deed had ik een prima geheugen.

'Ja man, zie je zo!'

Zie je zo.

*

Ik woonde niet ver van Dingwall, dus liep ik via Belsize Park – een van de meest prestigieuze buurten van Londen – en Kentish Town – half prestigieus, half crimineel – via een omweg naar Camden, een levendige en verdrietige buurt tegelijk waar je zo'n beetje alles kon krijgen, goed of slecht. Ik had er niet zoveel mee, maar Dingwall was een pub die hoog uitkeek over de kanalen en een van de weinige plekken waar ik zelf ook nog weleens uit vrije wil te vinden was. Het was zo'n plek waar je heen ging als je succesvol was, maar het ook wilde doen lijken alsof je artistiek verantwoord bezig was en Leon paste maar al te goed in dat plaatje.

Ik hoorde de groep al van mijlenver – ze zaten gelukkig buiten – en ik plakte een glimlach op mijn gezicht. Zij kenden mij als Julius, de joviale en charismatische advocaat die met Leon op de universiteit had gezeten. We waren vrienden gebleven, of in ieder geval, Leon dacht dat we vrienden waren gebleven, en het had me altijd verbaasd dat ik weet-ik-veel hoe vaak kon afzeggen, Leon probeerde het elke keer weer. Mijn vader had me een keer gerustgesteld dat zolang je maar succesvol genoeg was, afzeggen eigenlijk alleen maar verlekkeren was. Het werd dan extra bijzonder als je er wel was, het snoepje van de week.

'Leon!' Ik kwam aanlopen met gespreide armen, want ik was uiteraard ont-zet-tend blij hem te zien.

'Julius jongen! Veel te lang geleden!' Leon nam mijn gebaar maar al te graag aan. 'Iedereen, dit is Julius, meesten van jullie kennen hem wel, OXFOOOORD!' Het verbaasde me nooit dat ík aan de universiteit van Oxford gestudeerd had, maar het verbaasde me wel van Leon.

'Ik ben laat, dus ik haal de volgende ronde, jongens, wat zal het zijn?' Liefde gaat door de maag. 'Joseph, *care to help*?' Joseph werkte in de IT, maar soms niet in de algeheel legale IT, en ik had hem meer dan eens uit een lastig parket geholpen. En nu, nu ging Joseph mij helpen.

'Hoe is-ie?' Ik klopte hem op zijn schouderblad terwijl we naar de bar liepen.

'Ach ja, z'n gangetje. Baan is nog steeds saai, weekenden minder saai. En jij?'

Ik mocht Joseph, want hij was lekker direct en hoewel ik vrij zeker wist dat het kwam door een gebrek aan sociale vaardigheden, maakte het mijn leven een stuk makkelijker.

'Z'n gangetje, beetje gedoe met een oude zaak van me.'

'O ja?' Hij stak zijn hand in een schaaltje met borrelnootjes op de bar en propte er een handvol tegelijk van in zijn mond. Sociale vaardigheden, zoals ik al zei.

'Ja, ik... heb een specialist nodig denk ik.'

Hij keek me aan. 'Hoe bedoel je?' Joseph had in het verleden maar al te graag mijn hulp aangenomen, maar hij had zichzelf waarschijnlijk wijsgemaakt dat ik dat uit goede wil en vriendschap deed.

'Iemand die wat informatie voor me kan achterhalen.'

'Jezus, Julius, en dit leek je het goede moment om het ter sprake te brengen?'

Hm. Misschien wist hij eigenlijk heel goed wat gepast was en wat niet, behalve als het op zijn eigen gedrag aankwam. Wat boeide het ook.

'Jij bent hier, ik ben hier, dus ja.'

Hij keek om zich heen en begon te fluisteren, alsof er ook maar iemand geïnteresseerd was in ons gesprek.

'Wat wil je?'

'Informatie over een politieonderzoek.'

'Een politieonderzoek?!'

'O kom op, Joseph, de laatste keer dat we elkaar spraken moest ik je verdedigen voor iets veel ernstigers.' Joseph had losse handjes als het aankwam op zijn expertise inzetten, en een redelijk vervelend cocaïneprobleem, dus had hij vaak extra geld nodig en dat verdiende hij dan weer met hacken. Helaas voor hem koos hij meer dan eens de verkeerde projecten uit.

'Ja, en het lijkt me nogal logisch dat ik daarom nu extra voorzichtig ben en niet zomaar Jan en alleman ga helpen.'

'Uiteraard.' Ik pakte een pistachenootje uit het schaaltje en pelde het alsof ik alle tijd van de wereld had. 'Maar ik ben dan ook niet Jan en alleman.'

'Shit Julius.' Hij boog zich iets dichter naar me toe. 'Oké dan. Wat heb je nodig?'

'Een persoonlijke accounthack, om het iets makkelijker te maken.' Ik stopte de gepelde noot in mijn mond, en hij smaakte naar macht.

'Van wie?'

'Adam Palmer.'

'Wie is hij?'

'Inspecteur.'

'Van?'

'De Londense politie.'

'Want?'

'Vertellen je cliënten je meestal hun redenen?'

Joseph pakte vijf bier in zijn handen, en ik de andere vijf. Hij liep voor me uit naar de tafels en toen we er bijna waren draaide hij zich om.

'Je hebt het morgen.'

'Perfect.' Ik zette de biertjes neer op de tafel en klopte hem op zijn rug. 'Wist dat ik op je kon rekenen.'

VEERTIEN

Ik keek naar haar naakte lichaam. De vroege ochtendzon scheen op haar heupen, die half onder en half buiten het laken lagen. Voor heel eventjes vroeg ik me af of dit het gevoel was dat mensen tegenover hun partner hadden als ze verliefd waren, maar toen verdween de zon achter de wolken en was het moment weg. Ze was een paar seconden af van wakker worden, en ze zou zich schuldig gaan voelen en mijn appartement uit snellen.

'Geloof je in het lot?' zei Hazel, terwijl ze tegenover me zat aan een klein tafeltje in een tapasrestaurant dicht bij het Natural History Museum; het was dan wel een keten, en ik had een hekel aan ketens, maar het eten was altijd goed. Ik had ook een hekel aan mensenmassa's, maar er was één hoektafeltje achterin waar je de grote toeloop van mensen bijna kon negeren. Hazel doopte een stukje brood in een gesmolten camembert uit de oven, en ik vroeg me af of we allebei wisten dat dit geen goed idee was.

'Het lot?'

'Ja als in, dat we voorbestemd zijn voor een bepaalde weg in het leven.'

'Klinkt nogal deterministisch.' Ik had het altijd grappig gevonden hoe mensen troost vonden in het lot, terwijl het eigenlijk betekende dat je geen enkele controle over je leven had.

'Misschien geeft het mensen een doel in het leven.'

'Een doel dat we zelf niet kunnen beslissen.'

'Kan rustgevend werken.'

'Niet als je diep in de mijnen staat. Lekker doel is dat.'

'Maar die mensen geloven misschien dat hun doel het bereiken van het hiernamaals is.'

'Die gaan teleurgesteld worden dan.' Ik duwde mijn vork in de slakkenschelp en haalde de slak eruit. Of, om precies te zijn, ik haalde de met knoflook bedekte inhoud eruit, want de knoflookboter was uiteraard zo overweldigend dat het totaal niet uitmaakte wat erin zat.

Ze wees naar mijn slak. 'Ik geloof niet dat iemand echt van slakken houdt. Ze houden van de knoflookboter, *that's it*.'

'Maar ze geloven graag dat ze van slakken houden.'

'Zeker.'

Ik stopte de slak in mijn mond, en ze had gelijk. Het was eigenlijk maar een stuk vlees waar je veel te veel op moest kauwen. 'Geloof jij in het lot?'

'O nee, totaal niet.' Hazel deed dat wel vaker, een onderwerp ter sprake brengen waar ze het zelf niet mee eens was. Soms sprak ze in een soort raadsels voor mij, en dat terwijl ik eigenlijk altijd wist wat mensen gingen zeggen voordat ze het zelf wisten.

'Want?'

'Het lot, dat betekent een soort...' Ze stopte midden in de zin en nam een slok van haar glas rode wijn. Een pracht van een wijn, uit een pracht van een jaar en ik geloof dat ze dat wist. 'Een soort uitverkorenheid.'

'En?'

'Nou, dat is makkelijk praten voor ons.'

'Makkelijk praten?'

'Een gevoel van uitverkoren zijn, een gevoel van recht hebben op iets, dat is het probleem tegenwoordig.'

'In de maatschappij?'

'In de maatschappij, in het individuele leven... Het idee bijvoorbeeld dat mensen het recht hebben om in een bepaald land te wonen.' Ze doopte een nieuw stukje brood in de camembert. 'Alsof je meer recht hebt ergens te wonen als je er geboren bent. Alsof je uitverkoren was om daar geboren te worden.'

'Misschien als je iets goeds hebt gedaan in een vorig leven.'

Ze lachte. 'Ha. Ja, misschien als je gelooft in reïncarnatie. Maar iedereen die daar niet in gelooft heeft geen enkel recht om zo te denken.'

Ik wilde eerlijk tegen haar zijn, en ik wist niet waarom. Misschien dacht ik ergens dat ze me zou accepteren zoals ik was, of misschien hoopte ik het. Het leven was voor iedereen een toneelspel, maar voor mij was het constant een spel, en soms, heel soms, was ik het zat.

'Hoe zit het met criminelen dan?'

Ze was haar vlees aan het snijden geweest en keek me opeens aan, alsof het de meest onlogische gevolgtrekking was.

'Criminelen?'

'Worden er mensen geboren die zijn uitverkoren voor crimineel gedrag?'

'O.' Ze leek even te twijfelen. 'Nee. Naja, misschien. Misschien soms.' Het was goed begonnen, maar ik stopte mijn verlangen om Hazel de waarheid te vertellen meteen weer diep weg. Ze was er niet klaar voor.

'Jammer.'

'Sorry?'

'Ik bedoel, hoezo?'

Ze haalde diep adem, alsof ze dit gesprek al zo vaak had gehad en zich afvroeg wat het nut er nog van was, zich er niet van bewust dat dit voor mij een allesbeslissend gesprek was.

'Ik vind het lastig. Ik heb altijd geloofd dat mensen met een bepaalde aanleg worden geboren, misschien een aanleg voor agressie, of een aanleg voor bepaalde geestesziektes, een aanleg voor muzikaliteit, een aanleg voor wiskunde, noem maar op.'

So far so good.

'Maar vervolgens gebeuren er dingen, of gebeuren er dingen juist niet in het leven, en daardoor kan bepaald worden hoe die aanleg zich uit in de realiteit. Als jij een aanleg voor agressie hebt en je hebt nooit geleerd hoe je daarmee om moet gaan, dan is het een heel ander verhaal dan als je allerlei copingmechanismen hebt geleerd in je jeugd. En als je hyperintelligent bent, maar je hebt nooit toegang tot een school gehad, dan gaan dingen ook anders dan als je geboren bent in een familie waar iedereen naar Harvard gaat.'

'Maar?'

'Maar soms doen mensen zulke gruwelijke dingen dat het moeilijk lijkt om er een verklaring voor te vinden. En soms hebben mensen een gruwelijke jeugd gehad en zijn ze daarna het voorbeeld van een succesverhaal.'

'Misschien zijn dat de uitzonderingen die de regel bevestigen.'

Ze pakte de fles wijn en schonk ons nog twee glazen in. Dat irriteerde me, want ik wilde degene zijn die dat deed, maar laten we zeggen dat ik gelukkig had leren omgaan met mijn agressie.

'Ja, misschien wel.' Ze leek in gedachten verzonken. 'Ik hoop het.'

'Ik ook.' En dat meende ik. Want ik wilde niet geloven dat ik uitverkoren was voor een crimineel leven, of voor moord, of voor een leeg leven. Ik wilde daar zelf controle over hebben.

'Maar het is niet echt veel opbeurender om er zo over te denken.'

'Sorry?' *Dat is het wel, Hazel. Je moest eens weten.* 'Hoezo?'

'Omdat de maatschappij oneerlijk is. En mensen worden niet geboren met gelijke kansen, met gelijke kansen op een positieve uiting van hun aanleg.'

O.

Ze zuchtte diep. 'En ik weet niet of dat ooit gaat veranderen.'

En ik had geluk gehad. Ik had dat wel gehad.

'Jij?'

Ik keek haar aan. Ze was een evenwichtige en kalme verschijning, als iemand van wie je misschien inschatte dat ze optimistisch was. Over haar leven, over het leven, over de wereld. Maar ergens, diep verstopt, zat een verdriet, deels een mysterie en deels herkenbaar. Ik snapte het, want ik had allang dezelfde conclusie getrokken over de mensheid, alleen zonder emoties erbij te betrekken.

'Nee. Ik weet het ook niet.'

'We hebben maar geluk gehad.'

'Ja. We hebben maar geluk gehad.'

Ik keek haar aan, en zij keek mij aan, en ik vroeg me af hoeveel ze dacht van me te weten.

VIJFTIEN

Ik had heel graag Hazels account laten hacken. Ik wilde weten wat ze naar mensen mailde, wat ze sms'te, wat voor foto's ze op haar computer had. Maar ik schatte Hazel een stuk hoger in dan Adam, en ik had iemand nodig die ietwat slordig was geweest, en dan vooral met hun persoonlijke computer. Werkcomputers hacken zou veel te lang duren, en bovendien was er een veel grotere kans dat het opgemerkt zou worden.

Adams computer was vooral saai; wat een verrassing. Een kindertekenfilm was waarschijnlijk nog interessanter. Ik kon zelfs geen porno vinden, en welke man van in de dertig kijkt er nou helemaal geen porno? Zijn e-mails waren ook niet echt de pot met goud aan de andere kant van de regenboog, maar gelukkig had Joseph me een lijst van websites gegeven die Adam de afgelopen maand bezocht had. Het ging van saai naar saaier, van receptenwebsites tot wetenschappelijke artikelen, en ik hoopte stilletjes dat het leven de tv-series eens zou nabootsen en ik een map genaamd *geheime documenten* zou tegenkomen. 'Geduld is een schone zaak' werd vast gezegd door mensen die verder niks te doen hadden.

En toen opeens, vanaf zo'n twee weken geleden, namen Adams zoekopdrachten een aparte wending. Eindeloze Google-zoekopdrachten omtrent geslachtsziektes gleden over mijn computerscherm en dat was, zacht uitgedrukt, opvallend. Nergens in zijn telefoon had ook maar enige aanleiding gestaan hiervoor, geen berichtjes over het hebben en krijgen van weet-ik-wat, geen datingapps, geen exen die hem sms'ten, en nu ik erover nadacht vond ik zijn telefoon eigenlijk wel idioot schoon. Maar niemand was zó schoon, en geen enkele man deed voor zijn lol onderzoek naar iets wat het spontane en leuke van seks de kop indrukte.

Ik wist niet wie er nog echt Word gebruikte voor belangrijke dingen, maar Adam had zoveel documenten in een schrikbarend ongeorganiseerde map, dat ik hoopte ergens een verklaring voor zijn Google-gedrag te vinden. Ik zette een kop koffie, en nog één, en uiteindelijk vond ik goud in een onopvallend genaamd document. Het was geen complete tijdlijn en gedetailleerde uiteenzetting van de moordzaken – jammer – maar het was genoeg om de volgende stappen uit te zetten. De namen van de vrouwelijke slachtoffers werden erin genoemd, met twee lange nummerreeksen erachter, en ik vond het niet eens zo merkwaardig totdat ik me opeens realiseerde dat dit niet zijn werklaptop was. *Waarom staat dit op je persoonlijke computer, Adam?*

Het waren geen burgerservicenummers, geen paspoortnummers of bankrekeningen, en alle mogelijkheden die ik naging bleken niet te kloppen totdat ik bedacht dat het best weleens wat medisch kon zijn. Ik had dit misschien wat beter kunnen plannen, want ik had Max – de uitgelezen persoon om dit aan te vragen – inmiddels niet echt meer als vriend, maar ik kende nog wel wat meer mensen gelukkig. Ik besloot een berichtje te sturen naar iemand met wie ik een aantal weken geleden op date was geweest; ze was verpleegkundige en wist vast meer dan ik. Als ik het goed verwoordde was ze alleen maar blij om van me te horen, en blij me te kunnen helpen.

Terwijl ik aan het wachten was besloot ik maar wat aan mijn lopende rechtszaken te doen; het voelde alsof ik al dagen niet op kantoor was geweest – waarschijnlijk omdat ik ook al dagen niet op kantoor was geweest – maar ik had mezelf expres in een positie gemanoeuvreerd waar ik dat kon doen zonder dat iemand me op de vingers tikte. Hiërarchie had me altijd tegengestaan, totdat ik me realiseerde dat het me alleen tegenstond omdat ik degene was die naar anderen moest luisteren. Zodra ik degene aan de top was, vond ik hiërarchie opeens ontzettend prettig. Maar de keerzijde was dan weer dat niemand het zo goed deed als ik zelf zou doen, en ik begon mijn e-mails door te werken.

Midden in de zoveelste nutteloze e-mail ging mijn telefoon, en ik voelde de triomf me al overspoelen dat ik wederom gelijk had gehad, toen het helemaal niet mijn ex-date bleek te zijn. Het was mijn secretaresse en dat was behoorlijk apart, want ik had juist een secretaresse genomen zodat ik nooit onnodig gestoord hoefde te worden.

'Meneer Bell?'

'Ja, Claire?'

'Eh...'

'Claire, ik ben nogal druk bezig, kan...'

'Er is hier iemand die aan het rondvragen is over een zaak van je.' Ze smeet de zin er bijna uit, want ik had goed benadrukt bij welke zaken ik zoiets wilde weten, en ik werd er weer aan herinnerd waarom ik haar mocht. Ze luisterde goed.

Ik voelde de irritatie opkomen, want wat nu weer. 'Welke zaak?'

Mijn telefoon trilde in mijn hand en ik zag dat de verpleegkundige geantwoord had. Ze was blij van me te horen – uiteraard – en vroeg of ik volgende week tijd had om bij te praten; het optimisme van mensen tijdens het daten heeft me altijd verbaasd. De reeks was er inderdaad eentje die gebruikt werd voor medische documenten van patiënten, maar wat ze vervolgens schreef verbaasde me, veel meer dan het feit dat ze dit überhaupt met me deelde, want eigenbelang nam altijd de overhand – ik was stomverbaasd, en dat kwam niet vaak voor. Ze was bezorgd en vroeg zich af of ik haar iets te vertellen had, en ik vroeg me af hoe het in godsnaam in verband stond met de zaak.

'Meneer Bell?' Claire had geduldig gewacht.

'Sorry, welke zaak zei je dat het was?'

'Jason Russo.'

Godsamme. 'Wie is het?'

'Ik heb nog geen naam gehoord, meneer Bell, maar het is een lange man van de politie met blond haar.'

Meer hoefde ik niet te horen, en ik stond resoluut op. Het zou ook eens niet. 'Ik kom eraan. Houd hem op het kantoor.'

Claire schrok een beetje. 'Alles oké, meneer Bell?'

'Ja hoor, Claire, geen zorgen,' zei ik vol vertrouwen, maar vanbinnen kookte ik.

ZESTIEN

'Meneer Palmer!' Ik had geen idee of ik zijn achternaam hoorde te weten, maar het kon me ook niks schelen.

'Meneer Bell.'

'Ik dacht: ik kom even orde op zaken stellen.' Ik stak mijn hand uit. 'Julius Bell, naampartner.'

'Inspecteur Adam Palmer.' Hij had een ferme handdruk, en ik vroeg me af of dat altijd zo was.

'Waarmee kan ik u helpen?'

'Uw collega's zijn al extreem behulpzaam geweest, ik had wat vragen over een zaak van u.'

'O, en het betreft?' Waarom waren mijn collega's in godsnaam behulpzaam geweest, we waren hier geen liefdadigheidsinstelling.

'Ene Jason Russo.'

'Er bestaat uiteraard zoiets als beroepsgeheim tussen cliënt en advocaat.'

'Uiteraard.'

'Dus ik neem aan dat u een huiszoekingsbevel hebt.' Het leek me sterk.

Adam maakte aanstalten om iets te zeggen, maar opeens stond Frasier, mijn naampartner, naast me. 'Julius? Een moment graag?'

Frasier riep mij nooit tot de orde, en dat hield ik graag zo. We liepen zijn kantoor binnen en Adam keek me veel te zelfingenomen na.

'Wat?'

'Julius...'

'We geven nu opeens informatie over een cliënt zonder een huiszoekingsbevel?'

'Nee.'

'En zelfs met zo'n bevel is het een beetje op het randje.'

'Dat weet ik ook wel.'

'Wat dan?'

'Hij had het over onze belastingaangiftes en...'

'Wat?' O Adam. Saaie Adam. Saaie Adam was toch niet zo saai als ik dacht. Met de juiste motivatie ging iedereen weleens de grens over, zelfs hij.

Frasier keek me strak aan. 'Ja. Dus laten we nou maar gewoon meewerken en ons later zorgen maken over hoe we hem onschadelijk maken.'

Daar had Frasier gelijk in. Een inspecteur die mensen half chanteert met kennis over belastingaangiftes was ook uit zijn positie te krijgen.

'Wat heb je hem gegeven?'

'Beetje standaardinformatie.'

Dat was niet waar, ik zag het. 'En?'

'En hij wilde weten wie de getuige was.'

'Hij wilde weten wie de *anonieme* getuige was?'

'Julius. We werken mee, oké? Die zaak is toch allang afgerond, wat maakt het nu nog uit.'

'Nou, onze reputatie maakt me nogal wat uit.' Onze reputatie maakte me niks uit, maar ik wilde niet dat Adam kon gaan spitten in die zaak. Waarom was hij er sowieso zo geïnteresseerd in? Wat was er zo belangrijk voor hem om zijn carrière op het spel te zetten?

'Onze reputatie blijft heus intact. We hebben alleen wat losse feiten met hem gedeeld, niks wat de identiteit van de getuige kan vrijgeven en hij gaat echt niet met deze informatie te koop lopen, want iedereen weet dat hij het niet hoort te weten.'

Schoorvoetend stemde ik in. 'Vooruit dan.'

'Oké.'

Frasier liep voor me het kantoor uit. 'En Julius?'

'Ja?'

'Het komt misschien ook iets beter over op ons personeel als je hier vaker bent dan eens in de twee weken.' Hij zei het half lachend, maar ik wist dat hij het meende.

'Tuurlijk, ik zal de komende weken wat meer zichtbaar aanwezig zijn.' Ik zei het ook half lachend.

Adam keek om terwijl Frasier en ik de grote open ruimte van ons kantoor wederom binnenliepen. 'Heren. Dank voor uw tijd, ik ben hier klaar hoor.'

Ik stak mijn hand uit en gaf hem een stevige handdruk, steviger dan hij mij had gegeven. 'Geen probleem, inspecteur Palmer.' Ik hield zijn hand iets langer vast dan normaal en keek hem recht aan. 'Ik zal uw bezoek goed onthouden.'

'Wederzijds, meneer Bell.' Hij trok zijn hand terug en streek zijn lange beige jas glad. 'Wederzijds.'

Terwijl ik Adam het kantoor net iets te langzaam uit zag lopen, voelde ik mijn telefoon wederom trillen en zag ik bericht na bericht binnenkomen waar ik, in de donkerste hoeken van het internet, naar op zoek was geweest. Ik voelde de adrenaline mijn aderen in stromen terwijl ik de documenten doorlas, en toen, voor de tweede keer op een dag, was ik verbaasd. Wederom niet verbaasd over hoe makkelijk ik dit te pakken had gekregen, maar nogmaals stomverbaasd over de uitkomst.

Adam, gewone doorsnee Adam, had gelogen. Gelogen tegen mij, gelogen tegen Hazel, en ik wist eigenlijk niet hoever het tipje van de sluier reikte. Dit waren de momenten waarvoor mijn vader me had gewaarschuwd en waarop mijn moeder me had voorbereid; de momenten dat geweld bijna legitiem leek.

De momenten waar ik stiekem voor leefde.

ZEVENTIEN

Het was donker, en de eerste herfstkou begon door te zetten.

'Julius?' De liftdeuren schoven achter hem dicht, en je kon zeggen wat je wilde, maar hij klonk vooral geïrriteerd en niet verbaasd dat ik voor zijn deur stond. Misschien had hij het eigenlijk wel verwacht.

'Adam.'

'Wat doe je hier?' Hij keek om zich heen. 'Hoe weet je waar ik woon?'

'Waarschijnlijk op dezelfde manier als dat jij weet waar ik werk.' Alleen was dit wat ingewikkelder geweest en had het irritant langgeduurd; ik begon me bijna af te vragen voor hoeveel vijanden Adam verborgen wilde blijven.

'Hm. Google zeker, hè?'

Slim genoeg voor sarcasme, het was tenminste wat. 'Precies.'

Adam pakte zijn sleutels uit zijn zak en ik keek naar zijn hand om te zien of die trilde. Ik zag niks, maar dat wilde niet zeggen dat hij niet vanbinnen beefde.

'Waarmee kan ik je helpen, Julius?' Hij liep naar de deur toe en ik stapte in zijn looppad.

Ferm, maar niet confronterend.

'Ik wil graag even wat dingen ophelderen. Voordat ik onnodige conclusies ga trekken.' Ik stapte weer opzij en gebaarde dat hij door kon lopen, zolang hij maar wist wie er hier de controle had.

Adam stak de sleutel in het slot, en het ging één, twee keer mis. Toen hij de sleutel eenmaal omdraaide wist ik dat ik de overhand had.

'Geen probleem, kom binnen.'

Ik had een halve vreemde nooit mijn huis binnengelaten, maar misschien wilde hij geen confrontatie in de gang, waar iedereen het kon zien. Mensen leken nogal veel waarde te hechten aan wat de buren over hen dachten, en Adam had natuurlijk ook een zogenaamde voorbeeldfunctie.

Hij hield zijn schoenen aan, en dat was apart gezien het feit dat hij een schoenenrek vol schoenen in zijn hal had staan. Ik kon me herinneren dat een vriend die bij de politie werkte me een keer had verteld dat ze altijd hun schoenen aanhielden vanwege veiligheidsredenen, ook al waren ze bij een slachtoffer thuis, omdat ze altijd rekening moesten houden met een situatie waarin ze moesten rennen. Ik was blij te zien dat Adam zijn schoenen aanhield, want ik wilde dat hij de mogelijkheid van wegrennen had overwogen.

'Koffie?' Adam liep naar zijn keuken en het leek me wederom een domme plek om een gesprek met een halve vreemde te hebben, maar ach.

'Graag.' Hij had zo'n koffiezetapparaat als in een oude Amerikaanse sitcom, waar de koffie langzaam door een filter in een glazen kan druppelt. Ik had me altijd afgevraagd wie nog tijd en geduld had voor zo'n machine, maar nu wist ik het.

Adam schepte de koffie in het filter. 'Waarmee kan ik je helpen?'

Ik schoof een stoel bij zijn keukentafel naar achter en het maakte een schrapend geluid op de keukenvloer. 'Heb je chlamydia?'

De lepel viel op de grond. 'Sorry?'

'Of je chlamydia hebt.' Ik had altijd genoten van een mismatch tussen intonatie en boodschap, en ik zei het zo terloops mogelijk.

Het duurde iets langer dan ik had verwacht voordat Adam kwaad naar mij toe liep. Hij rukte me aan mijn kraag omhoog, maar liet me meteen daarna los. 'Zeg dat nog eens? Maar nu in mijn gezicht.'

'O, geen probleem.' Ik streek mijn overhemd glad. 'Heb je chlamydia? Of houd je gewoon van onderzoek doen naar geslachtsziektes?'

Adam liep rood aan. 'Eruit.' Hij wees naar de deur. 'NU.'

Ik liep de tegenovergestelde kant op, nog dichter naar hem toe. 'Het lijkt me toch dat je dit liever met mij ophelder dan dat ik dit aan Hazel vertel?'

'Waar de fuck heb je het over, Julius?' Hij werd kwaad, kwader misschien nog wel dan ik verwacht had.

'Weet Hazel het?'

'Ik heb niks. Niet dat het je ook maar iets aangaat.'

Maar hij had het wel, want één en één is twee, en de informatie van mijn hulpvaardige ex-date opgeteld bij mijn andere bijna legaal opgedane gegevens, wezen overduidelijk in die richting. Adam had het, en hij wist het, maar ik had zo het gevoel dat Hazel dat helemaal niet wist.

'Wie vertelt jou dit soort dingen, Julius?'

'Lijkt me onbelangrijk.'

Opeens bedacht ik dat er iets anders gaande kon zijn, iets waar ik tot nu toe helemaal niet over nagedacht had. Een andere verklaring waarom hij informatie over de zaak op zijn persoonlijke computer had staan. Waarom hij patiëntnummers voor de twee slachtoffers bezat. Waarom hij dezelfde geslachtsziekte als de slachtoffers had, en waarom hij er zoveel onderzoek naar had gedaan. Waarom hij in Jasons zaak was gaan rondspitten. Had ik Adam, saaie Adam, zo verkeerd ingeschat?

'Lijkt mij redelijk belangrijk om te weten wie er leugens over mij aan het verspreiden is.'

Was Adam in staat een moordenaar te zijn?

Ik stond op. 'Oké. Ik neem aan dat je het dan niet erg vindt als ik mijn bevindingen met Hazel deel.' Ik had nou niet per se zin in een onvoorbereide confrontatie met een moordenaar.

Voordat ik het aan had zien kunnen komen, vloog Adam mij aan, en duwde mij hard naar achteren. Hij hield zijn onderarm tegen mijn nek aan en drukte me met volle kracht tegen de witte keukenmuur aan. Zijn gezicht was rood, en hij moest moeite doen om niet tegen me te schreeuwen.

'Godver, waarom ben je overal je neus in aan het steken? Wat gaat dit jou in godsnaam aan?'

Wat moet het vervelend zijn om angst te voelen. Ik kon me zo voorstellen dat de meeste mensen nu behoorlijk bang waren geweest, en ik had ook zo het gevoel dat Adam daarop rekende.

'Jij hebt je neus ook in heel wat zaken gestoken die jou niks aangaan.'

'Dat deed ik godsamme voor mijn werk.'

'En dit doe ik voor Hazel.' *En een beetje voor mezelf.*

Ik zag de verbazing over zijn gezicht trekken. 'Wat maakt Hazel jou in godsnaam uit?'

'Nou, Hazel zou jóú in ieder geval wel uit moeten maken.' Zou ik...

Adam zuchtte, bijna heel diep, maar ik zag dat hij zichzelf tegenhield, en zijn ogen stonden opeens treurig. 'Hazel maakt mij heel veel uit, Julius. Heel veel. Veel meer dan jij zou kunnen weten.'

Nee. Dit was niet het juiste moment om hem te vertellen dat ik Hazel ook naakt had gezien; ik wilde het hem heel graag vertellen, maar het was niet slim. Want Adam was ook sterk, en we waren in zijn territorium.

Zijn grip verslapte een klein beetje nu het gesprek over Hazel ging, en ik greep mijn kans. Ik pakte zijn arm met beide handen vast en gaf met volle kracht een draai eraan. Adam raakte uit balans en ik dook onder zijn arm langs, zodat ik aan de andere kant van hem uitkwam. Hij herpakte zich veel sneller dan ik verwacht had, *als iemand die wel vaker een vechtpartij aan de hand had gehad*, en hij draaide zich om, bewoog zijn arm naar achteren en dreunde die met een klap tegen mijn buik aan. Ik zakte in elkaar en voelde mijn adem stokken in mijn keel.

'Lichtgeraakt hè, over Hazel.' Ik kreeg de zin er nog net uitgeperst.

Adam gaf me een stomp op mijn rug en ik viel plat op de vloer.

'Jij zegt helemaal niks tegen Hazel, Julius.' Hij trapte me na in mijn buik en ik klapte dubbel. 'Dat lijkt me wel duidelijk nu, ja?'

Ik zag vanaf de vloer dat hij zijn voeten omdraaide, en dat moest betekenen dat hij nu met zijn rug naar mij toe stond. Adam dacht waarschijnlijk dat ik me toch niet kon bewegen, maar pijn was nooit iets geweest wat me tegenhield. Pijn is iets mentaals, omdat mensen zich zorgen maken over de consequenties, maar zodra je dat aspect negeerde was pijn enkel en alleen bepaalde prikkels die je hersenen afvuurden.

Ik had het gevoel dat ik omhoogvloog, en voordat Adam het doorhad gaf ik een zwiep aan zijn arm waardoor zijn gezicht binnen mijn bereik was. Ik stompte hem tegen zijn kaak, en tegen zijn rechteroog, en in zijn zij waar de lever zat. Overal waar ik wist dat het extra pijn deed, en waarvan ik wist dat hij zich extra zorgen zou maken over de consequenties van de pijn.

Er kwam bloed uit zijn mond, en even had hij geen idee wat hem overkwam. Hij probeerde me wel van zich af te duwen, maar het was al te laat, want als ik eenmaal bezig was dan stopte ik niet. Mijn knokkels kwamen nogmaals in contact met zijn gezicht, en nog een keer, totdat hij op de grond zakte en ik zijn ademhaling hoorde verzwaren.

Ik zakte door mijn knieën en keek hem in zijn gezicht. 'Wat zei je net ook alweer, Adam? Wie zegt niks tegen Hazel?'

Hij lag stil op de koude keukenvloer, en de klok van de oven tikte gestaag door. Ik zag hem nadenken, en een bloeddruppel viel van zijn mondhoek op het witte marmer.

'Ik...' Hij slikte wat bloed weg. 'Ik wil het haar zelf vertellen.' En hij voegde er vreemd genoeg aan toe, alsof dat er iets toe deed voor mij: 'Ik ben niet vreemdgegaan.' *Vreemdgaan.* Even leek het belangrijk, maar toen nam ironie de overhand.

Ik zag Adam liggen, trillend op de grond, en vond het me lastig voor te stellen dat hier een moordenaar lag. Niet onmogelijk, maar misschien onwaarschijnlijk. 'Beetje laat nu, hè?'

'Ik laat je zaak met rust, oké. Maar dan laat jij de relatie tussen Hazel en mij met rust.' Dat leek me een goede afspraak.

'En ik neem aan dat ik je ook niet meer hoef te ontvangen op mijn kantoor?'

'Whatever, Julius.'

'Mooi zo.'

Mijn benen strekten zich langzaam toen ik nog iets anders bedacht. 'Heeft Hazel het van jou gekregen denk je?' *Safety first*. Naja, niet first, maar ook niet als laatste.

'Ik weet het niet.'

Wat een idioot. 'Maar wat denk je?'

'Ze heeft zich laten testen.'

Interessant. 'O ja?'

'Ja. Tijdens het onderzoek in de zaak.'

'Waar?'

Adam keek me half verbaasd aan, maar daar bleef het bij. 'Eh, een kliniek.'

'Welke?'

De verbazing vloeide langzaam over in irritatie. Hij mompelde: 'Queen's Park of zo.'

'En?'

'Ze heeft nog niks gezegd.' Adam begon te hoesten, want er zal zich wel allerlei narigheid in zijn keel hebben opgehoopt. Ik zag langzaam meer bloed uit zijn mond op de keukenvloer druppelen, als de koffie die uit het filter in zijn koffiepot drupte.

'Dus hoe kunnen we daarachter komen?' Ik zei het meer tegen mezelf, maar het kwam er per ongeluk hardop uit.

'Godver, weet ik veel.' Adam spuugde op de grond. 'Waarom vraag je het haar zelf niet, jullie lijken nogal close. Of ga lekker zelf naar de kliniek. Hé, als je toch bezig bent, waarom maak je haar huisarts niet je volgende slachtoffer, ram hem ook in elkaar, die weet vast ook meer.'

'Haar huisarts?'

'Weet ik veel, Julius! Je weet wat je wil weten nu, rot op.' Adam krabbelde langzaam overeind, maar het was al te laat. Opeens begreep ik het. De mist klaarde op en maakte plaats voor duidelijkheid, en ik besefte dat ik op de verkeerde plek gezocht had. De medische documenten, de reeks van cijfers toebehorend aan de slachtoffers, de kliniek. De geslachtsziektes, vreemdgaan, het vuilnis, de waarde. En *slachtoffer.* Ik moest naar Hazel toe, en snel, en ik moest haar waarschuwen. De mist zou haar kant op trekken, en veel sneller dan ze ervoor weg zou kunnen rennen.

De wereld is oneerlijk. Het boeit me niks, want het is wat het is, en als je het mij vraagt gaat het ook nooit veranderen. Mensen noemen dat wel pessimisme, maar ik noem het realisme, en ik kan je wel zeggen dat het leven een stuk makkelijker is met een aangeboren 'afwijking' waardoor je alles waarneemt maar je niks aantrekt. Maar nu trok ik me iets aan, en ik wist eigenlijk niet echt waarom.

Misschien was ik er door Hazel achter gekomen hoe eenzaam ik eigenlijk was, en hoe relaties ook positieve dingen met zich meebrengen. Misschien had het me doen beseffen dat sommige relaties ook de moeite waard kunnen zijn zodra ze iets ingewikkelder worden. Of misschien, in de meest fundamentele vorm, maakte het me voor de derde keer in mijn leven uit of iemand doodging of niet.

HAZEL

TWINTIG

Het was chaos, grote chaos, en terwijl ik loeiende sirenes en zwaailichten langs mij heen zag flitsen probeerde ik niet in paniek te raken. Mijn benen voelden loodzwaar aan, of juist niet, en ze leken doelloos om de beurt een stap te zetten. Ik probeerde me te herinneren hoe ik hier was beland en waarom ik aan de andere kant van een misdaad leek te staan, maar ik wist het niet, en ik wist ook niet waarom ik het niet wist. Het begon al avond te worden en ik had daar maar gestaan, alsof er geen einde aan de dag ging komen. Uiteindelijk geloof ik dat iemand me in een auto heeft gezet en na wat wel een eindeloze rit leek, ergens in bed heeft gelegd, want ik werd de volgende ochtend wakker in een vreemd huis met een vreemde pyjama aan.

Een hand, een mannenhand, zette een glas water naast mijn bed neer, en ik schrok bij het aanzicht van de hand. Niet omdat ik hem herkende, maar omdat het herinneringen terugbracht van afgelopen nacht; ik snapte niet waarom ik niet in mijn eigen bed wakker was geworden, en waarom ik niet in een ziekenhuis was of op een politiebureau zat. Moest iemand niet al het DNA onder mijn vingernagels vandaan halen en mij vragen of ik mishandeld of verkracht was? Ik voelde een warme gloed in me opkomen, en kon nog net naar het toilet rennen – of de plek waar ik dacht dat het toilet zou zijn – voordat al het eten van de vorige dag eruit kwam.

Ik voelde dezelfde mannenhand op mijn schouder neerkomen en draaide me schichtig om. Het duurde even voordat ik mijn zicht scherp kon stellen, want mijn ogen voelden dik en droog, en toen zag ik dat het Julius was. Trillend probeerde ik op te staan, maar ik voelde me zwak, zo zwak, en mijn benen luisterden niet naar wat ik ze opdroeg. Zijn koude handen probeerden mijn armen in bedwang te houden, terwijl ik gedachteloos om me heen sloeg. *Ik moet hier weg* was het enige wat ik kon denken, want ik vertrouwde hem totaal niet en ik moest zo snel mogelijk bij de politie zien te komen.

'Hazel! Stop!' Julius greep me stevig vast en dwong me tot stilstand. Ik realiseerde me maar al te goed dat ik hulpeloos was als hij me iets aan zou willen doen, en ik voelde de wilskracht langzaam uit mijn armen vloeien. Alles leek onzeker en ik had geen idee waarom hij Adam in elkaar had geslagen, maar het had alles veranderd. Want wat was nu de waarheid, en wat waren leugens?

'Luister.' Julius keek me strak aan, met een soort medelijden. 'Iemand heeft je aangevallen.'

'Wa –'

'In je eigen huis.'

'Hoe... hoe weet je dat?' Ik kreeg de woorden maar net uit mijn mond geperst, en het kostte me zoveel moeite dat ik bijna dacht dat ik ging flauwvallen.

'Je hebt me gebeld.'

'Wat?' Ik geloofde er niks van, want Julius leek me de laatste persoon die ik zou bellen.

'Niet erna, maar ervoor. Je hebt me gebeld en een voicemail achtergelaten dat je me iets wilde vragen. Ik kreeg je niet te pakken en ben naar je huis gereden, want ik was toch in de buurt. Dat was puur toeval, maar dat toeval is je geluk geweest.'

Ik probeerde mijn gedachten op orde te krijgen, maar ik kon me weinig voor de geest halen. Ik was thuisgekomen, dat wist ik nog wel. Tenminste, ik dacht het te weten. Ik kon me herinneren dat ik had besloten om naar huis te lopen, maar ik had geen idee hoe ik thuis was aangekomen. Ik had geloof ik op het politiebureau gezeten en me afgevraagd hoe ik Adam zover kon krijgen om me alsjeblieft te vertellen wat er gebeurd was en of het compleet onverantwoord zou zijn om zelf op Julius af te stappen. Ik snapte ook niet waarom Adam hem niet gewoon arresteerde, en alles leek gehuld in een dikke mist. Het laatste wat ik me kon herinneren was dat ik thee bij een tentje gehaald had, en dat ik had opgemerkt hoe koud en guur het opeens was. Ik had een vluchtige herinnering van vreemde handen die mij probeerden te wurgen, en een zwaar gewicht op mijn borstkas, maar verder dan dat kwam ik niet.

'En toen... Vond je me in mijn huis?'

'Ik belde aan en er kwam geen antwoord, dus ik nam aan dat je er niet was. Maar toen hoorde ik een knal van binnen komen, alsof iemand heel hard op de vloer viel, dus heb ik de deur ingetrapt.'

'De deur ingetrapt?' Je zag mensen dat altijd doen op televisie, maar ik kende mijn deur, en ik geloofde er niks van dat hij die uit het slot had geramd.

Hij leek voor het eerst een beetje geïrriteerd. 'Ik weet hoe ik sloten moet openmaken, oké? Niet het allerbelangrijkste deel van het verhaal.'

Niet het allerbelangrijkste zei hij, alsof hij niet net had toegegeven dat hij mijn huis binnen kon komen wanneer hij maar wilde.

'Ik kwam binnen en je was met een man in een soort worsteling verstrengeld en...' Het leek alsof Julius zich bedacht, maar hij herpakte zich snel en praatte door. 'Maar zodra hij mij hoorde rende hij door je tuindeuren naar buiten.'

Mijn hersenen voelden als een baksteen. Ik had moeite om ook maar ergens enige logica in te zien, en al mijn pogingen om Julius te begrijpen liepen op niks uit. Ik voelde me moe, moeier dan ik me ooit gevoeld had en ik wilde in bed gaan liggen en er de komende weken niet uitkomen.

'Hazel, hoor je me wel?' Hij schudde me aan mijn schouders. 'Iemand heeft je aangevallen, iemand wilde je dood hebben?! Wie wil jou in godsnaam dood hebben?'

Jij? dacht ik terwijl ik hem aankeek. Maar dat sloeg nergens op, want dan had hij me allang kunnen vermoorden.

'Ik heb geen idee.'

'Niemand?'

'We moeten naar de politie.' Zijn grip op mijn armen verslapte en ik keek hem aan. 'Waarom heb je me niet naar de politie gebracht?'

'De politie is niet altijd behulpzaam.'

'We moeten naar de politie.' Ik probeerde op te staan maar mijn benen begaven het wederom. 'Kan je me overeind helpen alsjeblieft, we moeten naar de politie.' Ik wist niet eens wat ik precies wilde bij de politie, maar ik wist wel dat ik hier zo snel mogelijk weg wilde.

'Hazel...'

'Ja?'

'Je had een pistool in je hand.'

'W... wat?'

'Toen ik binnenkwam had je een pistool in je hand.' Hij twijfelde even. 'En er was geen enkel teken van een geforceerde deur of inbraak.'

'Ik?!' Ik had maar één keer in mijn leven een pistool vastgehad, en dat was tijdens een heel aparte date op een schietbaan geweest. 'Dat kan niet.'

'Je kon op geen van mijn vragen duidelijk antwoord geven, het leek wel alsof je een zombie was.' Hij wees naar de slaapkamer. 'Dus ik heb het meegenomen. Ik heb het hier.'

'Wat!' Ik schreeuwde het bijna uit. Julius had het tegenovergestelde gedaan van alles wat je wordt aangeraden als je slachtoffer bent van een misdaad. 'Je hebt een stuk bewijsmateriaal van de plaats delict hier mee naartoe genomen? En waar zijn mijn kleren?' Alles kwam er in één keer uit, en ik kon niet meer stoppen met praten. 'Waar zijn mijn kleren, en waarom ruik ik zo schoon? Heb je me onder de douche gezet, heb je al het bewijsmateriaal van mijn lichaam af gedoucht? Wat heb je in godsnaam gedaan?'

'Ik heb geprobeerd je te beschermen.'

'Je hebt al het bewijs vernietigd!'

'Jouw vingerafdrukken staan op dat wapen, Hazel.'

'Uit zelfverdediging!'

'Dat geloof ik, ja.' Julius trok me langzaam omhoog en zette me neer op de badrand. 'Maar gaat de politie dat ook geloven?'

'Natuurlijk wel. Waarom zou ik iemand willen vermoorden?'

'Vertel me dan wat er gebeurd is.'

'Dat...' Mijn adem stokte in mijn keel toen ik begreep waar Julius op doelde. Langzaam maar zeker kwamen de woorden eruit, als een waarheid die ik maar al te vaak als leugen had aangehoord. 'Ik kan me niks herinneren.'

'Precies.'

Opeens voelde ik me koud, zo ontzettend koud, en ik begon te bibberen. Onduidelijkheid maakte plaats voor meer onduidelijkheid, en ik had het gevoel alsof ik de controle compleet aan het kwijtraken was. Maar ergens in een klein hoekje zat ook roekeloosheid, en ik ging ermee aan de haal alsof ik er al jaren op gewacht had om de controle weer te verliezen.

'Hoezo heb jij Jasons zaak pro Deo aangenomen?'

'Wat zeg je nou?' Julius' blik was opeens serieus, en niet meer zo meelevend.

'Jason, hij betaalde je niet. Waarom?'

'Dat gaat je niks aan, Hazel.'

'Het gaat mij zeker aan nadat jij mijn vriend en politie-inspecteur in elkaar hebt geslagen over dezelfde kwestie.'

'Je vriend?' Julius lachte. Ik werd er bang van, want het zag eruit als een lach maar klonk als een waarschuwing. 'Alsjeblieft, hou jezelf niet voor de gek, die man is van alles, maar niet je vriend.'

Ik voelde een boosheid in me opkomen, en de adrenaline gaf me net genoeg energie om op te staan en me op dezelfde hoogte te brengen als Julius. *No way* dat ik hem het gevoel ging geven dat hij mij onder de duim had, en *no way* dat ik ging opgeven nu ik eindelijk de kans had om antwoorden te krijgen.

'Waarom heb je hem in elkaar geslagen, Julius?' Ik keek hem aan, recht in zijn ogen, en ik merkte dat hij dat niet verwacht had.

Hij herstelde zich heel snel, en staarde terug, zonder ook maar één keer te knipperen. 'Want Adam heeft gezegd dat ik begonnen ben, dus dan moet dat zo zijn, hè?'

'Ik heb heel wat meer redenen om hem te vertrouwen dan om jou te vertrouwen, dus ja.'

'En je hebt het altijd bij het rechte eind?'

Het was alsof hij recht in mijn ziel staarde, en precies wist waar mijn twijfels lagen. Maar dit kon hij niet weten, want niemand wist het, behalve ikzelf.

'Meestal wel, ja.'

'O ja?'

'Ja.'

'Ik geloof dat niet iedereen het daarmee eens is.' Hij kneep zijn ogen samen. 'Toch?'

'Hoe durf je.' Ik moest me inhouden, en als ik de kracht had gehad had ik hem hard achteruit geduwd.

'Hoe durf ík? Hoe durf jíj direct te concluderen dat ik de slechterik ben?' Hij stapte iets dichter op me af, en ik realiseerde me dat ik alleen maar naar achteren kon lopen, tegen de muur aan. 'Ik heb je net gered uit de handen van een of andere crimineel, én uit de handen van de politie die heus niet zo behulpzaam is als je denkt, en dit is je dank?' Hij sprak met kracht, maar zonder woede, en ik vroeg me af hoe hij zichzelf zo goed in bedwang hield.

Ik deed een stap naar voren, in plaats van naar achteren. 'Waarom heb je je in deze zaak gestort, Julius?'

'Jij hebt míj bij deze zaak betrokken, Hazel.'

'Nee.' Er was geen weg terug meer, en dit was de conclusie. 'Nee, Julius. Je liegt, en ik wil nu weten waarom.'

Voor ik het wist had hij me tegen de muur geduwd, en ik voelde het gewicht van zijn arm op mijn nek. Ik kon geen kant op, en even bevond ik me weer in mijn huis, gisteravond, tegen de grond gedrukt door een onbekende man. Ik voelde dezelfde angst in me opkomen als toen en vervloekte dat ik het zover had laten komen, want ik was niet op mijn hoede geweest, had me te veilig gevoeld, en nu moest ik daarvoor boeten. Ik voelde zijn adem dicht bij mijn gezicht en hij sprak me langzaam, maar heel zeker, toe.

'Denken dat je onaantastbaar bent is gevaarlijk, Hazel. Stel de verkeerde vragen aan de verkeerde mensen, en je bevindt je al snel in situaties waar je charme en wat leugentjes om bestwil echt niet genoeg zijn om je eruit te redden. En voor je het weet, ben je in staat dingen te doen waarvan je nooit zou hebben gedacht dat je ze zou doen, enkel en alleen om jezelf te redden. Want uiteindelijk willen we allemaal onszelf redden.' Ik voelde de druk van zijn onderarm op mijn nek toenemen. 'Jason wilde ook zichzelf redden. Soms is de maatschappij het alleen niet eens met de manier waarop iemand dat doet. De heersende klasse is constant bang om de controle te verliezen over hun onderdanen, en daardoor worden straffen opgelegd die onrechtvaardig zijn.'

'Julius...' Ik probeerde antwoord te geven, mezelf hieruit te redden, maar ik kon moeilijk ademen, en praten ging al helemaal niet.

'Dus ik besluit voor mezelf wat rechtvaardigheid is. Wat verdiend is, en wat vergeven zou kunnen worden. Maar sommige dingen kunnen niet vergeven worden. Toch Hazel, daar weet jij alles van.'

Ik wilde uitschreeuwen 'dat weet ik!', want ik wist het, en ik wilde de klok terugdraaien en Julius nooit om hulp hebben gevraagd, maar ik voelde alleen maar tranen langs mijn wangen stromen, en hoe hard ik er ook tegen vocht, ik voelde mijn bewustzijn langzaam wegzakken. Wegzakken naar een andere plek waar ik niet in levensgevaar verkeerde; wegzakken naar een andere plek waar alles warm, goed en vredig was.

EENENTWINTIG

Ik had me mijn hele leven zorgen gemaakt. Of naja, niet mijn hele leven, maar zeker mijn halve leven. Zorgen over dingen die misschien gingen gebeuren, misschien in de nabije toekomst of misschien over een hele tijd, en zorgen over dingen die ergens een verre mogelijkheid waren. Mijn therapeut had een keer tegen me gezegd dat je je alleen zorgen moest maken als je zeker wist dat iets ging gebeuren, maar dat was makkelijker gezegd dan gedaan.

Ik had me heel vaak zorgen gemaakt om een zwangerschap, en als je het dan gaat googelen kun je jezelf al snel overtuigen dat je best vijf maanden zwanger kunt zijn terwijl je nog ongesteld bent en je ook aan de pil zit. Zo gaat het rijtje nog wel even door, want zoals we allemaal wel weten zijn er miljoenen mogelijkheden elke keer als we een stap zetten in het leven, en laten mijn hersenen nou net elke keer uitgaan van het ergste scenario. Maar sommige dingen, over sommige dingen had ik nooit nagedacht, soms omdat ze niet zo erg leken, en soms omdat ze gewoon nooit als een mogelijkheid in me op waren gekomen. En dat waren altijd de dingen die je juist overkwamen.

'Hallo, is dit mevrouw Kramer?'

Ik had mijn tong half verbrand aan mijn thee to go en gooide het lege bekertje in de zwarte prullenbak langs de weg. Het was opeens koud, en guur, en ik trok mijn sjaal dichter tegen mijn nek aan.

'Ja, met Hazel.' Het klonk als een van die automatische berichten was waarin een robot je vertelt dat je recht hebt op financiële compensatie voor een ongeluk dat je nooit gehad hebt.

'Ah, goedemiddag. Ik bel vanuit de kliniek in Queen's Park. U bent hier laatst geweest voor een afspraak?'

Zo zijn veel van mijn nachtmerries begonnen, en de moed zonk me in de schoenen. 'Eh, ja.'

'Kunt u uw naam en geboortedatum bevestigen?' *Zouden ze me bellen als het echt erg was?* Zouden ze me dan niet vragen langs te komen? Ik had wel in de auto kunnen zitten.

'Hazel Kramer, 15 juni 1988.'

'Super, dank u wel.' *Super?* 'Oké, mevrouw Kramer, ik moet u helaas mededelen dat uw test positief is teruggekomen.'

'Sorry?'

'Uw soatest?'

'O.' *Nee.*

'Ja.'

Het leek alsof ze het gesprek – het moment van de waarheid – expres dramatisch aan het oprekken was, zodat ik in de toekomst niet nogmaals dezelfde fout zou maken. Dat was natuurlijk niet zo, maar het had wel effect.

Ze vertelde me iets over antibiotica, terwijl mijn hersenen in sneltreinvaart probeerden na te gaan hoe ik dit had opgelopen, en aan wie ik dit nu moest gaan vertellen. Ik probeerde de vele Google-avonden na te gaan, maar als je onnodig opgedane kennis nodig hebt, kun je het je natuurlijk nooit goed herinneren. Ze ging door over andere mogelijke testen, maar opeens realiseerde ik me iets, iets beklemmends en angstaanjagends, en de ernst van de situatie leek opeens veel groter dan ongemakkelijke telefoongesprekken. *Ik was naar dezelfde kliniek geweest als de slachtoffers, en ik was positief getest voor dezelfde ziekte.* Versteld probeerde ik me te focussen op wat dit betekende. Óf dit iets betekende.

'Worden mijn resultaten ergens anders heen gestuurd?'

'U heeft ermee ingestemd dat de resultaten naar uw huisarts gestuurd worden.'

Dat was waar ook. Wie was mijn huisarts eigenlijk? Ik zag altijd een andere arts als ik daar was, en ik was er al tijden niet geweest. 'O ja.'

'Zal ik een afspraak in de agenda zetten voor een onderzoek?'

'Eh, kan ik voor nu gewoon een recept krijgen voor de antibiotica?'

'Het is geen probleem hoor, om u in de agenda te zetten.'

'Nee, ik...'

Een lange, statige man doemde op aan mijn rechterkant en begon uit het niks tegen me te praten; zoiets gebeurde altijd op de meeste ongelegen momenten.

'Sorry, mag ik u wat vragen?'

Het heeft me altijd verbaasd dat mensen uitgerekend aan iemand die duidelijk bezig is iets willen vragen. Ik hield mijn vinger omhoog als teken voor 'een momentje' en vroeg of de medewerkster van de soakliniek heel even kon blijven hangen. Het stoorde me dat ik nooit gewoon eens nee kon zeggen; *nee, je mag me niks vragen want ik zie er toch niet uit als iemand die vrij is om iets aan te vragen?* Maar ik zei ja, zoals altijd.

'Ja, waarmee kan ik helpen?'

'Ik ben op zoek naar St Peter's Street?' Hij pakte een kaart uit zijn achterzak, een echte papieren kaart zoals uit het jaar nul. Die werden blijkbaar nog gedrukt, en gebruikt, en meegenomen op reis.

Dit kon nog wel eventjes duren en ik zei tegen de vrouw aan de telefoon dat ik terug zou bellen, want dat gaf me mooi even tijd om na te denken.

Ik drukte het gesprek weg voordat ze nog iets kon zeggen en richtte me tot de man, vol spijt al dat ik had toegestemd hem te helpen, want ik was bijna schandalig slecht met richtingen inschatten en kaartlezen. Arme man, hij had echt de verkeerde aangesproken.

‘Oké, even kijken hoor, hoe spel je het?’ Mijn telefoon ging uitkomst bieden, dat wist ik wel.

‘Nee nee, kaart!’ Hij reikte me de kaart aan en het werd me duidelijk dat hij óf iets principieels tegen telefoons had óf gewoon de route terug wilde kunnen vinden op zijn kaart, en in beide gevallen zou ik hem nog minder van dienst zijn dan ik al dacht.

Ik vouwde de kaart open en probeerde me te oriënteren, maar het duizelde me, en alles werd vaag, en ik leek opeens buiten mijn lichaam te treden. Het duurde maar eventjes, heel eventjes, en daarna ontwaakte ik in chaos, in een vreemd huis en een onbekend bed, met een groot zwart gat in mijn geheugen.

TWEEËNTWINTIG

Ik voelde het marmer van de badkamer aan mijn dijen plakken, alsof ik al jaren vastgevroren zat aan deze grond. Mijn wang voelde ook koud, en mijn arm, en mijn voeten, alles voelde koud. Terwijl ik mijn ogen probeerde te openen merkte ik dat ik gewoon kon bewegen en ik bracht mijn arm naar de muur om mezelf van de vloer af te krijgen. Ik was vrij, vrij om te gaan en staan, en opeens schoot er een flits door mijn hoofd; een gebeurtenis, een belangrijke gebeurtenis, iets met een telefoongesprek, maar er kwam verder niks boven, geen flitsen van de afgelopen achtenveertig uur, of een allesverklarende flashback. Niks.

'Sorry.' Het klonk als een excuus van iemand die nog nooit eerder zijn excuses had aangeboden. Ik wist niet waar de stem vandaan kwam, maar het was ergens verder weg, en ik probeerde mijn zicht tevergeefs scherp te stellen. Kom op, Hazel.

'Je hebt niet zo'n goed inschattingsvermogen als het aankomt op je vrienden.' Dat leek wel zo'n beetje het understatement van het jaar gezien het feit dat een van mijn vrienden net geprobeerd had me te wurgen.

Ik zat inmiddels rechtop tegen de muur en kon door een open doorgang – want om de een of andere reden had zijn badkamer geen deur – Julius zien zitten aan de andere kant van de kamer, in een grote leren stoel voor een groot raam, met zijn rug naar mij toe. Ik wilde zijn uitdrukking kunnen zien, en zijn lichaamstaal, maar ik zag niks.

'Dat kun je wel zeggen.' Mijn keel was droog, maar praten was nu belangrijker dan ooit.

'Niet ik.'

'Niet?' *Speel mee, Hazel.* Doe alsof je zijn vriend bent. Blijkbaar waren de meest voorkomende reacties tijdens een verkrachting – en dit waren meestal vrouwen – onderhandelen met de verkrachter en proberen vriendschap met hem te sluiten. Niet wegrennen, niet vechten, niet bevriezen, maar empathisch eruit proberen te komen. Wat zegt dat over vrouwen, heb ik me weleens afgevraagd.

'Nee.'

'Wie dan?'

'Adam.'

'Adam?' Dat kwam er een stuk sarcastischer uit dan ik bedoeld had, en ik vroeg me af hoe hij dacht dat aan me te verkopen.

'Hij is niet zo eerlijk als je denkt, Hazel.' Julius stond op van zijn stoel en liep mijn kant op. 'Hij liegt al weken tegen je.'

'Eh?' Hoe langer ik hem aan de praat kon houden, hoe langer ik de tijd had om na te denken en om een route uit te stippelen naar mijn vrijheid. Ik keek de slaapkamer in die recht voor me lag, en zag een deur naar een gang aan de rechterkant; achter me was alleen maar de grote marmeren badkamer. Hij moest natuurlijk net in een giga-appartement wonen, zoals ongeveer niemand in Londen, want het was te makkelijk geweest als het gewoon een eenkamerappartement was geweest met een duidelijke uitgang.

Hij zag me rondkijken, ik wist het zeker, en toen hij eenmaal naast me stond stak hij zijn hand uit om me omhoog te trekken. *Denk na, Hazel. Speel het spel.*

Ik bleef zitten, want ik wilde hem niet aanraken, en zag dat de deur naar de gang openstond; misschien kon ik – als hij het niet aan zag komen – net achter hem langs rennen en dan maar hopen dat ik de goede weg naar de buitenwereld wist te vinden.

'Hé.' Julius liet zijn hand weer langs zijn lichaam vallen. 'Je bent vrij om te gaan waar je wilt, echt. Maar je moet eerst luisteren, zodat je alle feiten op een rijtje hebt.'

Ik probeerde rechtop te zitten, en voelde tranen in me opkomen. *Niet nu, Hazel.*

Nu niet.

'Je hebt chlamydia.' *Waarom klonk dat bekend?* 'Ik heb het telefoonnummer van de kliniek, bel ze maar. Of je gelooft me gewoon, want uiteindelijk ga je bij dezelfde conclusie uitkomen.'

Een herinnering probeerde zich wederom omhoog te worstelen, zo snel dat ik me duizelig en licht in mijn hoofd voelde, net als bij decompressieziekte.

'En je hebt het niet van mij, Hazel.'

Ik probeerde er niet eens meer tussen te komen.

'Je hebt het van Adam.'

Het was stil.

'Hazel?'

Maar ik dacht na.

'Van Adam, Hazel.'

Was dit de zoveelste leugen? 'Van...'

'Ja.'

Stilte.

'Sorry. Hij heeft het toegegeven. Nadat ik het uit hem geslagen heb.'

Ik was voor het eerst in tijden sprakeloos. Hadden ze daarom gevochten?

'Adam.' Ik hoorde mijn schorre stem zijn naam zeggen, alsof het niet mijn stem was, maar die van iemand anders heel ver weg.

'En de slachtoffers hebben dezelfde ziekte, Hazel.'

Ik voelde me bijna te moe om erom te geven, maar ik wist dat hij dat niet hoorde te weten. Hoe wist hij dat?

'Dus we moeten rekening houden met de mogelijkheid dat Adam de m–'

'Stop, Julius.' Ik kapte hem af voordat hij zijn zin afmaakte, want ik wilde niet dat hij de woorden uitsprak. Voor het eerst in een lange tijd keek ik Julius aan, echt aan, en ik realiseerde me dat hij het meende. Niet nep meende, zoals vaak het geval was met Julius, maar echt meende, en op de een of andere manier wilde ik daarom alleen nog maar sneller weg uit dit koude, grote, statige huis.

Hij reikte me zijn koude hand weer aan en ik liet me omhoogtrekken, alsof ik de onderhandeling aanging. Ik was sprakeloos, maar scherp.

DRIEËNTWINTIG

'Adam?' Hij had heel snel opgenomen en de telefoon trilde aan mijn oor. Julius zat naast me en ik speelde mee, op alle fronten.

'Hazel!' Het was even stil, een veelbetekenende stilte. 'Gaat het?'

'Ja hoor.'

'Je... je nam je telefoon niet op.'

'O. Ja. Sorry, ik had hem op stil staan.'

'Geeft niks. Blij je te spreken.' *Stilte.*

'Eh, Adam... Kun je naar mijn huis komen? Vanavond?'

'O. Ja. Tuurlijk.' Hij was wederom stil. 'Ik dacht...'

'Ja?'

'Ik dacht dat je me waarschijnlijk niet meer zou willen zien.'

'Hoezo?'

'Vanwege dat gedoe met Julius.'

Ik haalde diep adem. 'Nee. Ik was een beetje van slag, maar ik vertrouw je.' *Vertrouwen.* Wat een beladen woord naarmate je ouder wordt.

'Vanavond?'

'Ja, rond vijf uur?'

'Zie ik je dan.'

'Tot dan.' Ik slikte en hing op, en Julius legde zijn hand op mijn schouder.

'Geen zorgen, je staat er niet alleen voor.'

Ik moest lachen vanbinnen, want ik had me nog nooit zo alleen gevoeld. 'Nee, Julius.'

'Nee?'

Ik had me ook nog nooit zo sterk gevoeld. 'Ik moet dit alleen doen.' Die zin gaf me een vertrouwd gevoel. Alleen.

'Want vorige keer dat je alles alleen aanpakte ging dat zo goed? Weet je nog? Je bent gedrogeerd en vervolgens heeft Adam je aangevallen in je huis?'

'Denk jij. We weten niet of het Adam was.' Een leugenaar maakte nog geen crimineel, en een crimineel nog geen moordenaar.

'Nee, er loopt een seriemoordenaar rond die vrouwen met een geslachtsziekte vermoordt, dezelfde die Adam aan jou heeft gegeven, die heeft mij in elkaar geslagen toen ik hem daarmee confronteerde, en toevallig werd jij precies daarna aangevallen in je huis, maar het was niet Adam. Het was niet Adam die zijn werk af wilde maken voordat ik er officieel een stokje voor kon steken.'

'Misschien is er een andere verklaring.'

Hij stond abrupt op, en even vroeg ik me af of hij me weer naar de keel zou vliegen. 'Godsamme, Hazel!' Zijn ogen doorboorden me, maar ik wendde mijn blik niet af. 'Wanneer dringt het tot je door dat de mens niet zo goed is? Dat niet alles een onschuldige of positieve verklaring heeft?'

Ik probeerde rustig te blijven, maar ik voelde mijn vroegere ik bovenkomen, degene die zich zou laten gaan zonder na te denken over de consequenties. Ik miste haar soms, maar ze zat nog ergens in me, dat wist ik zeker.

'Nee? Dus ik moet ook niet proberen een positieve verklaring te vinden voor het feit dat je me net probeerde te wurgen?'

Zijn stem trilde een beetje, maar gecontroleerd trillend, en het klopte niet met zijn antwoord.

'Nee, Hazel. Nee. Dat moet je niet. Ik ben geen prettig mens, ik ben zelfzuchtig en egoïstisch en ik wilde de controle over je hebben. Ik wilde dat duidelijk was wie hier de kaarten in handen had. Zo simpel is het.'

'En dat onderscheidt je van de andere mensen? Het feit dat je egoïstisch bent?' Ik moest een lach onderdrukken. 'Kom op Julius, iedereen is egoïstisch, sommigen iets meer dan anderen, maar uiteindelijk kiest iedereen voor zichzelf.'

'Jij ook?'

Ik dacht terug aan de enige keer dat het echt op de proef was gesteld. De enige keer dat ik me echt had afgevraagd of een onzelfzuchtige daad uiteindelijk ook gewoon zelfzuchtig was.

'Ik ook.'

Ik keek hem aan, en hij mij, en na een lange stilte leek zelfs Julius te beseffen dat dit een discussie was die hij niet ging winnen. Hij stond op en liep naar een antiek meubelstuk dat wederom waarschijnlijk meer had gekost dan mijn hele jaarsalaris.

'*Fine*,' zei hij terwijl hij met zijn rug naar me toe stond en een lade opentrok.

'Mooi.' Ik stond ook op, en was al half op weg naar de vrijheid toen Julius zich abrupt omdraaide.

'Maar neem dit mee.' Hij had een pistool in zijn hand, alsof het de normaalste zaak van de wereld was, en ik deinsde terug voordat ik er erg in had.

'Jezus! Julius...'

'Het is van jou. Of in ieder geval, het was het pistool dat je vasthad toen ik je in je appartement aantrof.'

'Nee, ik...'

'Je vingerafdrukken staan er toch al op.'

Het was me een raadsel hoe ik in deze situatie terecht was gekomen, maar ik wilde dat pistool, al was het alleen maar om het aan een forensisch onderzoek te onderwerpen.

Ik liep naar Julius toe. 'Oké.' Ik pakte het uit zijn hand, en even raakte mijn hand die van hem aan. Ik voelde wat het met hem deed, en ik deed er mijn voordeel mee.

'Dank je.' Terwijl ik het zei stapte ik net iets dichter naar hem toe, en ik geloofde dat ik even iets in zijn ogen zag, iets onbekends. Iets sinisters. Ik draaide me om en liep zogenaamd vastberaden, maar eigenlijk doodsbang, de kant van de grote bruine voordeur op.

Ik wist het wel. Het was één groot spel. Het leven is altijd een groot toneelstuk, en je speelt netjes je bijrol totdat je eindelijk de hoofdrol krijgt. Of opeist.

Maar dit was nu een soort tragedie. Zo een waar de hoofdrolspeler iets heel doms deed, en je uitschreeuwde dat Julia niet dood was en Romeo er niet slim aan deed nu zelfmoord te plegen, of dat Orpheus niet om moest kijken want het was natuurlijk niet echt zijn vrouw die naar hem riep vanuit de donkerte van de hel. Maar de puzzelstukjes waren zo in elkaar gevallen dat er iemand niet deugde, en er iemand loog, en ik moest het zo spelen dat Julius dacht dat Adam aan de verliezende hand was, en dat Adam zou denken dat ik Julius niet vertrouwde.

Ik realiseerde me maar al te goed dat ik met vuur aan het spelen was, en dat vroeg of laat iemand zich aan de vlam zou branden, maar ik hoopte dat ik me uit de voeten kon maken voordat ik degene was die in vlammen opging. Voordat ik net als Julia zou eindigen.

VIERENTWINTIG

Ik wist het. Ik wist dat ik gewoon naar de politie moest stappen. Alles moest vertellen wat ik wist. Dat Julius me had geprobeerd te wurgen. Dat ik hem er ook van verdacht mij zonder mijn weten drugs te hebben toegediend. Dat ik dezelfde soa had als de slachtoffers – want dat was inmiddels bevestigd door iemand die niet Julius heette – en het waarschijnlijk of misschien van Adam had gekregen, dat ik in mijn huis was aangevallen, en dat daarvoor Adam en Julius elkaar hadden aangevallen. Dan mocht de politie wel uitzoeken wie er begonnen was, en kon ik me legitiem terugtrekken terwijl ze tevergeefs de verkeerde verdachte probeerden te vinden, want ik had alles verteld, en mijn geweten zou schoon zijn.

Maar dan zou ik ook moeten zeggen dat ik me weinig kon herinneren van de afgelopen dagen. En dat er een pistool was met mijn vingerafdrukken erop. Dat ik niet alleen met Adam, maar ook met Julius naar bed was geweest. Ik had veel te veel zaken gezien, bijvoorbeeld verkrachtingen waarbij de dader zo duidelijk schuldig was geweest, maar het slachtoffer degene was die door het slijk was gehaald. Want ze was dronken geweest. En had ze wel zeker kunnen weten dat ze niet had ingestemd met de seks, als ze zich de helft van de avond niet kon herinneren? Jury's kozen altijd het zekere voor het onzekere, en je moest heel sterk uit de hoek komen als je ze wilde overtuigen van jouw onschuld in een zaak terwijl je onder invloed was geweest en je geheugen een zeef was. Ik zou door het slijk worden gehaald. Ze zouden in mijn verleden gaan spitten, en als je maar goed genoeg je best deed, kon je in ieders verleden wel een kast met lijken vinden die beter dicht kon blijven.

Dus ik deed het niet. Misschien verkoos ik mijn eigen privacy boven het oplossen van de zaak en was ik helemaal niet zo'n goed mens. Misschien wilde ik ergens Adam nog beschermen. Of misschien was ik uiteindelijk ook gewoonweg egoïstisch.

Terwijl ik de deur van mijn huis opendeed voelde alles onherkenbaar, alsof ik het huis van een vreemde binnenliep. Het rook zelfs anders dan anders, en ik moest de neiging onderdrukken om langs de muur omlaag te zakken en daar met mijn armen om mijn knieën te blijven zitten totdat de dag weer nacht zou worden.

De deurbel rukte me uit mijn diepe gedachten, en ik voelde een rilling over mijn lichaam gaan. Ik hoorde dat het Adam was, want iedereen had een andere manier van een bel indrukken, of een trap op lopen. Die van hem was kort, maar met een kleine twijfeling aan het einde alsof hij zich had afgevraagd of hij zijn vinger langer op de knop had moeten houden.

Ik deed de deur open en daar stond hij, lang en imposant als altijd, maar hij had nu een stoppelbaard en het leek alsof hij al een week niet geslapen had.

'Adam, hé.'

'Hé. 'Hij gaf me een bos bloemen en ik moest bijna lachen, want welke seriemoordenaar neemt bloemen mee voordat hij aan het moorden slaat. 'Voor jou.'

'Dank je.' Het was zo'n boeket dat zogenaamd wild uit het bos geplukt is, maar zoveel kost dat je wel zeker weet dat er niks wild aan is. Maar het waren mijn favoriete bossen bloemen, en het verbaasde me dat Adam dat wist. Had ik hem dat verteld?

'Lekker weer nog vandaag, alsof de zomer nog niet klaar is om de herfst te laten winnen.'

'Zeker, de zon doet z'n best.' Hoe langer we het over koetjes en kalfjes hadden, hoe meer tijd ik had om te bedenken hoe ik dit aan ging pakken. Want hoe pessimistisch ik ook was over de mensheid, als het op mijn partners aankwam was ik altijd bijna irrationeel optimistisch geweest.

Adam keek om zich heen alsof het een voor hem onbekend huis was, en ik realiseerde me dat hij hier maar twee keer geweest was, en bij één daarvan had hij bloedend aan mijn keukentafel gezeten.

'Waar kwam je vandaan?'

Shit. Ik had mijn jas nog aan. Het begon al lekker.

'Eh, een vriend, afspraak met een vriend.' De beste leugens lagen altijd tegen de waarheid aan.

We liepen naar de keuken en Adam keek een beetje hulpeloos om zich heen.

'Koffie?' vroeg ik hoopvol. Koffie hielp altijd.

'Eh ja, graag.'

Ik gebaarde naar de stoel en draaide me om naar het aanrecht, want soms is het makkelijker dingen ter sprake te brengen als je met je rug naar iemand toe staat.

Behalve dan natuurlijk als iemand een moordenaar is, dacht ik. Dan is het minder slim.

'Je bent een paar dagen niet op het bureau geweest,' zei hij.

'Ja...' Was dat een vraag of een opmerking geweest? 'Ik had het gevoel dat jullie de dader toch op het spoor waren, dus er was niet zoveel meer te doen.' Dat, en ik was ternauwernood aan de dood ontsnapt; zoiets legde ook behoorlijk beslag op je tijd had ik recentelijk ondervonden.

'Ik dacht dat je me misschien aan het ontlopen was.' Adam schuifelde ongemakkelijk heen en weer op zijn stoel. 'Vanwege... dat voorval met Julius.'

'Ik zou wel graag willen weten waarom dat is voorgevallen, ja.'

'Hazel...'

'Maar je wilt het me niet vertellen, ik weet het. Ik kan niet veel anders dan dat accepteren, hè?'

Ik rommelde wat in keukenkastjes op zoek naar de suiker, en herinnerde me opeens van mijn studie dat je eigenlijk nooit de keuken als confrontatieplek moest uitkiezen; broodmessen, glazen, vorken, de mogelijkheden om iemand kwaad te doen zijn het grootst in de keuken.

Ik hoorde Adams twijfelende stem vanachter me komen. 'Heb je Julius gesproken de afgelopen dagen?'

Ik schepte wat koffie in twee mokken. 'Hebben jullie Rachels ex al gevonden?' Ik ging niet als eerste mijn kaarten op tafel leggen.

'Hazel...'

'Ja?'

Hij schraapte zijn keel. 'Nee.'

'Hm.'

'Denk je dat hij de dader is?'

'Je weet hoe ik daarover denk.'

'Je bent sceptisch.'

'Zacht uitgedrukt, ja, enigszins sceptisch. Ik zie niet in hoe Rachels ex allebei de vrouwen vermoord heeft.' Ik deed een schep suiker bij de koffie, in de mokken die eigenlijk veel te groot waren. 'En waarom hij dat zou doen, waarom zou hij zo'n afkeer van beide vrouwen hebben?'

Ik schonk het hete water bij de oploskoffie en merkte dat de ketel opeens heel zwaar voelde. Hoelang had ik al niks gegeten en gedronken? Ik zette de ketel terug op het aanrecht en probeerde ergens wat koekjes te vinden. Ik had al zo lang geen boodschappen gedaan, het leek wel een studentenkeuken, maar ergens achter in een kastje vond ik nog wat biscuitjes.

'Biscuitje?'

'Eh... Nee, dank je.'

Ik nam drie koekjes uit de verpakking en propte ze in mijn mond. Mijn mond was droog, en ik had moeite ze weg te krijgen. Met een volle mond probeerde ik het gesprek enigszins voort te zetten, terwijl ik eigenlijk geen idee had waar ik op aanstuurde.

'Of hebben jullie inmiddels een link gevonden? Tussen Rachels ex en het andere slachtoffer?'

Ik tilde de ketel weer op, en met trillende hand goot ik het water in de kopjes. Adam keek me aan, en ik zag dat hij mij wilde vragen of het wel goed met me ging, maar hij zei niks.

'Nee. We kunnen hem sowieso niet vinden.' Ik roerde het warme water met de klok mee, en zag de koffie langzaam oplossen. 'We denken dat hij misschien weer een slachtoffer heeft gevonden.'

Ik voelde dat mijn arm steeds langzamer begon te roeren, alsof ik een pot pindakaas aan het roeren was waarin de pindakaas zich van de olie gescheiden had.

'Maar dat het mis is gegaan en hij zich nu verborgen houdt. Dat hij het gevoel heeft gefaald te hebben.'

Ik kon maar niet beslissen of dit allemaal te raar voor woorden was, of net te toevallig om niet waar te zijn. Want het leek er sterk op dat de dader inderdaad gefaald had, en ik het levende bewijs daarvan was.

'Denk je dat dat waarschijnlijk is?' zei Adam terwijl hij zo gewoon mogelijk probeerde te doen.

'Dat hij... iemand heeft aangevallen en het mislukt is?'

'Ja.'

Rustig blijven, Hazel. 'Het zou kunnen.' Ik haalde diep adem. 'Qua tijdlijn en gezien het feit dat vaak de slachtoffers steeds sneller op elkaar volgen, kan het zeker.'

'Dat dachten wij ook. En het is raar, Hazel. Raar dat we Rachels ex zo moeilijk kunnen vinden.' *Maar de dader is niet Rachels ex.* 'Er loopt ergens iemand rond die zijn aanval heeft overleefd, en die moeten we zo snel mogelijk vinden.'

Ze staat recht voor je. Ik wilde niks liever dan het hele verhaal aan Adam vertellen, hem horen zeggen dat het allemaal niet zo in elkaar stak als ik dacht, dat hij nooit tegen me had gelogen, en dat ik het niet alleen hoefde op te lossen. Maar dat voelde zwak en dom, zolang ik zijn rol in dit alles niet wist. 'De dader zal ook naar haar op zoek zijn dan.'

'Dat lijkt me ook.' Zijn stem kwam opeens van veel dichterbij, en toen ik me omdraaide om de koppen koffie op tafel te zetten stond Adam opeens vlak achter me.

Ik voelde mijn adem in mijn keel stokken. 'We moeten... we moeten haar vinden voordat hij haar vindt.'

Adam bewoog niet. 'Precies.' Ik voelde zijn adem op mijn lippen, en ik had werkelijk geen idee meer of we gewoon een gesprek hadden over een zaak zoals we er al tientallen hadden gehad of dat we een kat-en-muisspel aan het spelen waren over wie wat wist.

'Waarom denk je, Hazel, dat iemand geen aangifte zou doen als zoiets je overkomt?'

Verbeeldde ik het me, of begon hij steeds gefrustreerder te klinken? 'Het kan van alles zijn.'

'Ja. Het kan van alles zijn.'

'Zoals?' Ik wist eigenlijk niet waarom ik het vroeg.

Een flauwe glimlach vormde zich om Adams lippen. 'Zoals wantrouwen jegens de politie, persoonlijke redenen...' Hij draaide zich abrupt om, en begon tegen de tafel aan te leunen, half zittend, half staand, met zijn armen over elkaar. Ik had hem dit vaak zien doen, als hij informatie uit een verdachte wilde krijgen, en opeens voelde ik me in de spotlight staan. 'Intimidatie...'

Maar godsamme, ik was niet de verdachte in dit scenario. Ik voelde een vlaag van zelfverzekerdheid over me heen komen, en het was alsof alle frustratie over mannen en mensen die me bedrogen hadden er in één keer uitkwam; het was nu of nooit.

'Of misschien...' Zijn ogen keken me priemend aan. 'Misschien kan ze zich het voorval niet goed herinneren. Misschien weet ze niet precies wat er gebeurd is, en vraagt ze zich af wie er in staat zou zijn haar te drogeren.'

Ik hield mijn adem in, en het leek eeuwen te duren voordat hij antwoordde.

VIJFENTWINTIG

'Hè?'

Hè. Hij zei *hè*. Misschien had hij me niet goed verstaan. Altijd fijn om jezelf te moeten herhalen als je het idee hebt dat je door je uitspraak misschien je doodvonnis tekent. Dat zal ik niet echt gedacht hebben, anders zeg je zoiets niet, maar dat was eerder misplaatst zelfvertrouwen dan een objectieve gevolgtrekking.

'Dat de getuige misschien niet naar de politie is gegaan omdat ze zich het voorval niet goed kan herinneren.'

'Waarom zou ze zich het in godsnaam niet goed herinneren?'

'*You tell me.*'

'Wat? Ik volg je even niet hoor.' Was hij echt zo goed in liegen?

'Dat...' Ik hoorde mijn stem trillen. Kom op, Hazel, je bent niet bang. 'Misschien was ze gedrogeerd. Tijdens het voorval.'

'O.' Hij schuifelde een beetje heen en weer op zijn stoel. 'Tja, misschien...'

'Misschien?'

'Maar...'

'Maar wat?'

'Dat was dan wel uit het forensisch onderzoek gekomen, toch?'

Nee. Het moest waar zijn, want wie had mij anders aangevallen? 'Je weet net zo goed als ik dat die resultaten niet altijd feilloos zijn.'

'Hm.' Hij plukte een pluisje van zijn trui. 'Da's waar. Het zou kunnen.'

'Ja, Adam.' Ik voelde me boos worden. 'Dat zou inderdaad kunnen.'

'Wat bedoel je?'

'Precies wat ik zeg.' Boos omdat ik het gevoel had dat iedereen aan het liegen was geweest.

'Sorry, ik... ik volg je echt niet, Hazel.'

'Wat is er in godsnaam aan de hand, Adam?' Boos dat ik mezelf veel te lang onwetend had laten zijn.

'Nou, als je het toch zo zegt, dat zou ik ook wel willen weten, Hazel.'

'Wat?'

'Wat is er gaande met Julius?'

Julius? 'Julius' cliënt was...'

'Jaja, dat weet ik wel.' En toen opeens, op een heel andere toon en ik wist niet of die verdrietig, bezorgd, of verwijtend was: 'Hazel, heb je...' Hij stopte midden in de zin, alsof hij zich op het laatste moment bedacht. 'Ik denk dat je beter bij hem vandaan kunt blijven.'

'Sorry?'

'Hij is onvoorspelbaar.' Adam duwde zich af van de tafel en liep dichter naar mij toe, alsof er meer gewicht aan zijn woorden zou zitten als hij dichterbij stond. 'Er zit iets los bij Julius. Er klopt iets niet.' *Was Adam báng voor Julius?*

'Omdat hij je een klap in je gezicht heeft gegeven?' Iedereen leek de schuld inmiddels van zichzelf af te schuiven, en ik vroeg me af waar ik stond in die optelsom.

'Nee, omdat hij dingen achterhoudt. Ik heb hem nagetrokken, en wist je bijvoorbeeld dat hij de afgelopen weken halsoverkop naar Amerika is gegaan?'

'Dat is zijn leven, gaat ons verder niks aan.'

'En dat er behoorlijk wat klachten tegen hem ingediend zijn? Over zijn manier van werken en aanpak in de rechtbank?'

Dat verbaasde me niks, maar het verbaasde me wel dat Adam zoveel tijd had besteed aan Julius' verleden natrekken. 'Hoezo ben je dat gaan natrekken?'

'Iets stond me tegen, Hazel, na die keer dat ik hem gesproken had op zijn kantoor. Dus ik ben wat rond gaan vragen, en als iemand je huis binnenstormt, klaar om je met de grond gelijk te maken, dan motiveert dat wel om door te zoeken.' Adam ontweek mijn blik. 'Zeker als hij heel wat om je vriendin lijkt te geven.'

Je vriendin aan wie je niet wilt vertellen wat er is voorgevallen. Je vriendin. *Vriendin.* Dat had hij nog nooit eerder gezegd, en het voelde beklemmender dan ik had verwacht.

'Hazel? Hoor je me?'

Zijn stem klonk opeens hard en serieus, en ik was met een ruk terug in de realiteit.

'Er klopt ook iets niet aan die zaak van hem, die zaak waar er ook afval op het slachtoffer gevonden was.'

Ik nam een slok van de koffie omdat ik hoopte dat het me wakker zou schudden, maar die was inmiddels half lauw en deed helemaal niks.

'Sorry, hoe... Hoe bedoel je?'

'Jason Russo, er was zoveel bewijs tegen hem, Hazel. Maar het kostte me heel wat spitten en overtuigingskracht om er ook maar iets over te weten te komen. Alsof het expres heel diep begraven was.'

'Ja, daar hebben we het al over gehad.'

Adam schoof nog iets dichter mijn kant op. Hij leek gefrustreerd, maar ik wist niet precies wat de oorzaak was. Er waren nu zoveel verschillende oorzaken, ik zag door de bomen het bos niet meer.

'Er zijn wel heel veel *misschiens* en *het zou kunnen* met Julius, vind je niet?'

'Misschien.' Dat was altijd zo geweest, en ik vroeg me weer af waarom ik dat tot voor kort gewoon geaccepteerd leek te hebben.

'Wist je dat hij in zijn jeugd meerdere keren in contact is geweest met jeugdzorg? En met de politie? En dat er op de een of andere manier twee van zijn huisdieren in zijn ouderlijk huis zijn omgekomen?'

Nog meer onwetendheid van mijn kant. Ik had het gevoel dat ik slordig was geweest, en ik wist wel waardoor dat gekomen was. Julius was charmant, en overtuigend, en elke keer als ik ook maar de neiging had gehad om iets in twijfel te trekken had hij er een logische verklaring voor gehad.

Een impulsieve, charmante, agressieve en intelligente persoonlijkheid, die zichzelf heel snel omhoog had gewerkt qua carrière. Godsamme. Hoe had ik dat over het hoofd kunnen zien?

'Denk je dat...'

'Hij was extreem agressief, Hazel. In zijn jeugd, en ook die dag dat hij op me stond te wachten. Zoals iemand die niet nadenkt over gevolgen, en zoals iemand die zich niks aantrekt van andermans gevoelens.' Adam haalde diep adem. 'Zoals iemand die geen geweten heeft.'

'Zoals een...'

'Ja.'

Ja. Het verklaarde een heleboel. Eigenlijk alles. Als je iets achteraf concludeert, is het altijd gemakkelijk je af te vragen hoe je dat niet meteen opgemerkt kunt hebben, maar in dit geval had ik het opgemerkt moeten hebben.

Ik had een gewetenloze man bij een politieonderzoek betrokken, en ook al is het geen wet van Meden en Perzen dat dat niet mag – uiteindelijk was hij ook gewoon een mens die, voor zover ik wist, zich aan de wet hield – het was ook niet ideaal dat ik het niet door had gehad. Of dat ik met hem naar bed was geweest. Shit.

Maar opeens realiseerde ik me dat dat nu allemaal niet meer uitmaakte. Ik wist wel beter dan leugenaars te confronteren, want als leugens eenmaal de wereld in waren gebracht gaf de eventuele waarheid toch bijna nooit verlossing.

'Hazel... gaat het?' Ik stond nog steeds in de keuken, met Adam die zijn hand op mijn schouder legde. Een warme hand, maar een hand die me nu vreemd leek.

Mijn hoofd begon te tollen, en mijn hersenen begonnen zwaar te voelen, alsof ik al een jaar niet echt geslapen had, en ik realiseerde me maar al te goed dat er ondertussen ook nog een seriemoordenaar los rondliep. Ik moest hier weg, alleen zijn, want ik voelde me onveilig en had me eigenlijk al tijden onveilig gevoeld zonder het door te hebben. Er had zich al een tijdlang langzaam een knoop in mijn maag gevormd, alsof mijn leven een verkeerde richting uit ging omdat ik ergens een verkeerde keuze had gemaakt, maar ik had nooit echt geweten waar ik nou de fout in was gegaan.

'Toilet. Sorry.' Ik kreeg de zin er nog net uit en snelde naar waar mijn badkamer was, en terwijl ik langs mijn slaapkamer liep vormde zich langzaam een plan. Ik opende de deur en stapte de krakende vloer op, hopende dat het hout zo stil mogelijk zou blijven, en deed zo zacht mogelijk wat laden open. Ik pakte wat ondergoed, sokken, een T-shirt en joggingbroek, en propte ze in mijn rugzak waar mijn portemonnee en rijbewijs zoals altijd in zaten. Want ik had wel een rijbewijs. Alleen niemand wist dat, want om de een of andere reden had ik altijd het gevoel gehad dat ik dat beter geheim kon houden. Als een soort laatste redmiddel.

Terwijl ik voor de laatste keer omkeek, naar mijn onopgemaakte bed met zachte witte lakens en mijn huis dat altijd als een veilige haven had gevoeld in het woelige leven dat ik voor mezelf had opgebouwd in Londen, opende ik zonder geluid de deur naar het terras bij mijn slaapkamer en liep langs de kant naar de deur in de schutting. Weg van mijn leven, weg van de leugens, en weg van de man van wie ik ooit had gedacht dat ik heel erg van hem zou kunnen gaan houden.

ZESENTWINTIG

Ik had geen flauw idee waar ik heen moest gaan. Mijn vrienden bleken ook Adams vrienden te zijn, en ik had het gevoel dat als ik alles aan ze zou proberen uit te leggen, ze waarschijnlijk zouden denken dat ik gek geworden was. Het begon te regenen, en geen fijne regen waarvan je niet echt nat wordt, maar grote, dikke druppels die langs mijn gezicht omlaag stroomden. Even wilde ik toegeven aan hoe ik me voelde en dikke tranen over mijn wangen laten lopen, maar daar was nu geen tijd voor en ik begon sneller te lopen.

Ik liep langs een pub, een echte ouderwetse Engelse pub, en ze hadden een aantal kamers vrij. Het haardvuur was aan, en de trap kraakte terwijl ik me naar de tweede verdieping begaf. Ik opende de deur van de kamer, doorweekt en vol gedachtes, en zette de verwarming vol aan. Het was geen kasteel, maar er was een douche, en een bed, en een bureau met een notitieblok en dat was alles wat ik nodig had. Ik zette de douche aan, heel heet, en de badkamer vulde zich langzaam met stoom. Terwijl ik de lagen kleding afstroopte en op de verwarming legde, voelde ik me met elke laag weer meer tot leven komen. De stralen van de douche vielen op mijn koude huid, op mijn haar dat nat was van de regen, en ik hoopte dat het warme water eindeloos door zou stromen. Voor het eerst in lange tijd stond ik echt stil, en was ik alleen met mijn gedachtes, en opeens voelde ik me zekerder en sterker dan ik me in een hele tijd gevoeld had. Want ik wist dat ik goed was in mijn werk, dat ik goed was in observeren en analyseren en boven alles, dat mijn instinct het eigenlijk altijd bij het rechte eind had.

Het hete water ging langzaam over in een lauwwarme straal en ik draaide de doucheknop in één beweging de koude kant op. Ik had weleens gelezen dat kou vooral iets mentaals is en dat, als je maar de juiste ademhalingstechniek hebt, je heel wat meer kan doorstaan dan je denkt. Sommige mensen duiken in de Antarctische wateren zonder speciale pakken met die techniek, dus het leek me dat ik een koude douche voor een minuut ook wel kon overleven. Het was kneiterkoud, want ik had natuurlijk niet de juiste ademhaling, maar dat was oké, en nadat ik mijn joggingbroek – waarop eigenlijk veel te veel vlekken zaten – en een groot grijs T-shirt had aangetrokken, ging ik vastberadener dan ooit achter het bureau zitten.

Ik sloeg het notitieblok open en besloot terug naar het begin te gaan. Mijn daderprofiel leek nog steeds van toepassing, dus ik schreef onder elkaar op *30-50 jaar, bekende/vertrouwde beroepsgroep, kennis van forensisch bewijs, intelligent, expressieve moord, geselecteerde slachtoffers (NIET willekeurig), negatieve gevoelens tegenover slachtoffers, man/vrouw*. Ik omcirkelde negatieve gevoelens een paar keer, en zette *geen waarde/afval?* eronder. Het werd een soort mindmap, toen ik lijnen vanaf *afval* naar beneden trok, en daar *kliniek? vreemdgaan?* schreef, en vervolgens, drie keer omcirkeld en onderstreept: *hoe weet de moordenaar het????*

De moorden leken duidelijk gepland, er was geen enorme herrie geweest en er waren geen tekenen van een worsteling, dus als laatste schreef ik op: *wie zou je zomaar binnenlaten?* Ik keek naar wat er tot nu toe op papier stond, en bleef naar de woorden kijken alsof het zo'n 3D-afbeelding was waar je op een bepaalde manier naar moet staren voordat je de afbeelding van de pagina op je af ziet komen. En toen, zonder dat ik het echt doorhad, schreef ik erbij: *iemand in machtspositie?*

Ik keek naar de bladzijde, en het leek nietig, zo weinig informatie na zoveel weken onderzoek, maar dat was helaas vaker zo dan men wilde toegeven. Maar het was genoeg, ik wist genoeg en het was tijd om het heft in eigen handen te nemen.

De deur ging langzaam open, en een oudere vrouw kwam tevoorschijn. Haar gezicht kwam me bekend voor, en ik bedacht dat ze waarschijnlijk Marks moeder was. Dat maakte dit alles niet gemakkelijker.

'Hi.'

'Hallo.' Een radio stond zachtjes aan op de achtergrond, misschien om de stilte te verbloemen die Rachel had achtergelaten.

'Excuses voor het storen. Ik ben Hazel, ik werk als adviseur bij de politie.'

'O. Ik dacht dat we klaar waren met jullie bezoeken.'

Ik corrigeerde haar maar niet, want hoe meer ze dacht dat ik hier was op verzoek van de politie, hoe beter voor mij.

'Is er nieuws?'

'Het onderzoek is nog steeds volop gaande.'

De vrouw zuchtte. 'Maar geen nieuws dus.'

'Mevrouw...'

'Foster.'

'Foster. Zou het uitkomen als ik heel even binnenkom? Ik heb nog een paar vragen voor Mark.'

Ze leek een beetje uitgeblust, alsof het haar allemaal niet zoveel meer uitmaakte, en ik kon het haar niet kwalijk nemen.

'Oké. Maar houd het kort alsjeblieft. Er is hem wel genoeg gevraagd.'

'Uiteraard.'

Ik stapte de gang binnen waar ik voor mijn gevoel veel te lang geleden ook al had gestaan, en het was duidelijk dat het huis langzaam aan het verslonzen was. Ik probeerde mijn gevoel uit te schakelen, want ik moest scherp blijven, en terwijl ik door de gang naar het kantoortje achter in het huis liep, viel me wederom op hoeveel foto's er aan de muur hingen. Bij een koppel met kinderen was vaak makkelijk te voorspellen wat er aan de muur hing, maar zonder kinderen was het vaak zo dat er óf niks aan de muur hing óf dat er veel vakantiefoto's aan de muur hingen. Maar hier hingen heel veel hedendaagse taferelen met vrienden ingelijst naast de trap, en ergens leek dat belangrijk.

Mark zat aan een bureau, iets te doen wat denk ik voor werk moest doorgaan, en hij leek onverschillig tegenover mijn komst.

'Hallo Mark, ik weet niet of je me nog her...'

'Hazel toch?'

Ik glimlachte. 'Precies.'

'Waarmee kan ik je helpen?'

Hij zal onderhand wel tientallen keren dezelfde vragen hebben beantwoord. 'Ik zal het kort houden.'

Hij keek me aan en was stil. Dit ging een moeizaam gesprek worden.

'We denken...' Ik verbeterde mezelf. 'Ik denk. Ik denk dat de moordenaar waarschijnlijk vrijwillig binnen is gelaten, en dus probeer ik alle mogelijkheden na te gaan.' Gelukkig werkte ik niet officieel bij de politie, want die zou honderd-en-één problemen hebben met hoe ik dat verwoord had.

Mark bleef stil, dus ik praatte door. 'Je hebt uiteraard al een lijst met namen aan de rechercheurs gegeven...'

Hij kapte me af. 'Dat klopt.'

Maar daar is niks uitgekomen. 'Maar is er verder nog iets wat je me kan vertellen? Iets over bezoekers of nieuwe kennissen?'

'We hadden nogal veel vrienden.' *Hadden.* Soms was het misschien makkelijker een vroeger leven helemaal achter je te laten, dan er weer in te stappen zonder diegene met wie je het had opgebouwd.

'Had Rachel misschien een nieuwe vriend of nieuwe vrienden de weken voor...'

'Haar dood?'

'Sorry. Ja.'

Mark zuchtte, want hij had zich dit waarschijnlijk al weken afgevraagd, en ik haatte het dat ik degene was die dit weer naar boven moest halen.

'Niet dat ik weet. Ik heb me wel duizend keer geprobeerd in te denken wie dit gedaan kan hebben, en ik heb nog steeds geen flauw idee. Misschien was het gewoon een vreemde. Had Rachel gewoon pech. Verkeerde plek, verkeerd moment en zo.'

Nee. Dat was niet zo. Ze was uitgekozen, alleen kon ik er maar niet achter komen hoe dat gebeurd was.

'Toen ik hier een paar weken geleden was had je het over haar vrijwilligerswerk?'

'Daar hebben jullie ook de details van.'

Ik negeerde zijn uiterst terechte opmerking. 'Ook geen nieuwe vrienden daar?' Het was stil, dus ik stelde een specifiekere vraag. 'Je zei dat ze soms in een ziekenhuis hielp?' Open vragen werden dan wel aangemoedigd bij de politie zodat je niemand iets in de mond legt, maar ze waren soms ook heel moeilijk te beantwoorden, zeker als je het overzicht in je hoofd toch al redelijk kwijt was.

'Ja. Het St. Mary's.'

'Werkte ze daar met een vast team?'

'Nee. Geloof het niet.'

Ik zag dat ik Mark langzaam aan het verliezen was. 'Had ze er vrienden?'

'Niet dat ik weet.'

'Was ze verder bekend met het ziekenhuis?'

'Hoe bedoel je?'

'Jullie huisarts bijvoorbeeld, zat die in hetzelfde ziekenhuis?'

'Is dat relevant?'

'Misschien.'

'Ik geloof het wel, ja.'

'En hebben jullie...' Ik wist dat ik de vraag moest stellen maar zag er als een berg tegen op. 'Hebben jullie weleens... hulp gezocht?'

'Hulp gezocht?' Mark begon op het bureau te tikken met de pen die hij het hele gesprek al krampachtig vasthield met zijn linkerhand.

'Qua vruchtbaarheid.'

Het was windstil, en ik vond het lastig om de stilte niet op te vullen met woorden.

'O,' zei hij uiteindelijk.

'Sorry, ik probeer...'

'Ik geloof dat ze het weleens besproken heeft.'

'In het ziekenhuis?'

'Ja. Maar toen we hoorden over alle testen die dan gedaan worden...' Hij begroef zijn gezicht in zijn handen en duwde ze vervolgens omhoog totdat ze zich in zijn haar bevonden. 'We durfden denk ik niet. Bang voor de resultaten.'

'Weet je met wie ze het erover gehad heeft?'

'Sorry. Ik heb geen idee.'

'Ik snap het. Dank je, Mark, dit helpt ontzettend.' *Maak geen beloftes. Regel één.*

Net toen ik aanstalten maakte om weg te gaan hief Mark zijn hoofd op. 'Ik geloof dat je collega's haar medische geschiedenis hebben, als dat helpt. Met haar artsen en huisartsen door de jaren heen. Ik moest een of ander formulier ondertekenen om dat vrij te geven.'

'Dank je.'

'Oké.'

Ik zag zijn gezicht betrekken.

'Mark?'

'Ja?'

'Het gaat niet altijd zo onmogelijk moeilijk blijven.'

'Nee?'

'Onze hersenen zijn geprogrammeerd op overleven. En je gaat dit overleven.'

'Zo voelt het niet.'

'Nee.' Ik onderdrukte een diepe zucht. 'Dat snap ik.'

Ik liep terug door de gang die nu opeens immens lang leek, en ik realiseerde me dat behalve het vreemdgaan, Rachel en Fara wel heel weinig gemeen hadden. Ik had me zo blindgestaard op waaróm ze als slachtoffers geselecteerd waren, dat ik automatisch had aangenomen dat hóé ook hetzelfde was geweest. Maar Fara had kinderen en Rachel niet; Rachel had een ontzettend druk sociaal leven en Fara was behoorlijk op zichzelf. Ze hadden geen overeenkomsten qua werk, qua plekken waar ze heen gingen, en zelfs niet qua uiterlijk. En dan was ík er nog, het zogenaamde derde slachtoffer, en ik paste al helemaal niet in het rijtje. Ik zag iets over het hoofd, het begin, het nulpunt, de eerste zet van het schaakspel, en ik zette mijn grijze cellen hard aan het werk om de oorsprong te vinden.

ZEVENENTWINTIG

Het regende nog steeds en het was nu overgegaan in zo'n miezer waarbij je besluit dat een paraplu niet nodig is en je vervolgens vijf minuten later toch behoorlijk nat bent, maar ik voelde het bijna niet meer. Het was fijn om eindelijk zonder afleidingen mijn gevoel te kunnen volgen, en ik zette de pas erin. Ik wist dat het niet lang meer ging duren voordat iemand me zou vinden en tot de orde zou roepen, en ik werkte goed onder druk. Mijn hersenen werkten goed onder druk.

Mijn telefoon ging en het was Adam. Die vroeg zich uiteraard af waarom ik in godsnaam opeens via de achterdeur naar buiten was gesneld alsof ik James Bond was die zich uit de voeten maakte, maar ik had nu geen tijd om alles uit te leggen. Terwijl ik naar mijn volgende stop liep, dacht ik terug aan een van mijn eerste zaken. Het was een serieverkrachter geweest, en om de een of andere reden had ik de afgelopen weken best vaak aan die zaak gedacht, na er jaren nooit aan te hebben teruggedacht. Ik was jong en idealistisch geweest, en had nog gedacht dat, als je er maar op tijd bij was, iedereen te redden viel. Maar dat was precies het probleem met mijn werk; vaak was het al veel te laat als iemand eenmaal op mijn radar kwam. Misschien was dat wel het probleem met de hele maatschappij, want die was over het algemeen eerder reactief dan proactief en ik probeerde nog steeds dagelijks mijn plek te vinden in dat systeem.

Ik zag op tegen het volgende gesprek, en daarom had het ook nog niet plaatsgevonden. Het was genoeg voor me geweest om de getuigenverklaringen van de politie door te nemen, of in ieder geval, dat had ik mezelf wijsgemaakt. Maar kinderen zagen dingen die volwassenen niet zagen, onthielden dingen die een volwassene waarschijnlijk niet eens opmerkte, en met een zwaar gevoel stapte ik op het huis af.

De deur ging langzaam open, en een klein meisje stond erachter. 'Hoi?'

Net toen ik wilde antwoorden kwam een vrouw naar de deur gesneld en ze duwde het meisje achter haar rug. 'Hallo? Waarmee kan ik u helpen?'

'Hallo, ik ben Hazel Kramer, een profiler bij de politie.' Ik liet haar mijn licentie zien, want ik snapte ook wel dat ze zich afvroeg waar ik opeens vandaan kwam.

'O. Bent u nieuw op de zaak gezet?'

'Tot nu toe werkte ik ietwat op de achtergrond, maar als het kan heb ik een paar vragen voor uw kleinkind.' Ik wist niet welke oma het was, maar door haar beschermende gedrag wist ik bijna zeker dat het *een* oma was. 'En u kunt er uiteraard gewoon bij aanwezig zijn.'

Ik zag haar twijfelen, verscheurd tussen de wens om de dader te vinden en de wens haar kleinkind te beschermen. 'Vijf minuten. Daarna moet u gaan.'

'Uiteraard. Dank u wel.'

Het huis was koud, en kaal, en ik zag nergens een teken dat hier een gezin geleefd had. Misschien was dat omdat die herinnering te pijnlijk was, maar misschien was het altijd al zo geweest, en ik probeerde me de plaatsdelictfoto's voor de geest te halen.

Het kleine meisje huppelde voor ons uit. Ik vroeg me af wat haar verteld was over waar haar papa en mama nu waren, maar voordat ik achter haar aan de kinderkamer in liep hield de vrouw mij tegen, en beantwoordde mijn vraag.

'Ze gaat nogal op en neer. Soms is ze heel verdrietig, en soms speelt ze alsof er niks aan de hand is. Ik weet niet hoeveel ze weet, en of ze echt begrijpt dat papa en mama nooit meer terugkomen.' Ze moest een snik onderdrukken. 'Dus ik zou het op prijs stellen als u daar niet te veel nadruk op legt.'

Kinderen gingen anders om met verdriet dan volwassenen, en dit klonk redelijk normaal, voor zover zo'n situatie normaal kon zijn. Ik wist dat maar al te goed.

'Uiteraard. Wilt u erbij zijn?'

Ze keek verdrietig naar haar kleinkind, die zat te spelen alsof er niks gebeurd was. 'Nee. Dat is wel oké. Misschien is het wel goed voor haar om het er eens met iemand anders over te hebben.'

Ik knikte begrijpend en stapte de kinderkamer binnen met een nog bezwaarder hart. 'Hi, ik ben Hazel.' Ik knielde neer naast haar, en ze gaf me een houten blok.

'Ik ben Sofia. Ben een kasteel aan het bouwen.'

'O wauw. Wie woont er in het kasteel?'

'Mama.' *Shit.*

'Mooi hoor.'

'Ik maak een toren, een hele hoge toren, want oma zegt dat ze nu op de wolken zit.'

'Dus een toren die heeelemaal tot de wolken komt?'

'Ja.' Ze glimlachte. 'Zodat ze ook bezoek kan krijgen.'

'Dat vindt ze vast fijn.' Ik haalde diep adem. 'Kreeg mama wel vaker bezoek?'

'Mama was altijd met ons.' Fara werkte parttime, en ze werkte thuis; nog iets waarin Rachel en Fara verschilden.

'Kwamen mensen mama weleens opzoeken? Als ze bij jullie was?'

'Nee, mama zei dat wij ááálles waren wat ze nodig had.' Sofia's kleine handjes waren ijverig met de toren bezig, en ik hoopte uit alle macht dat-ie niet om zou vallen.

'Was mama weleens verdrietig?'

Het bleef stil.

'Sofia?'

'Eén keertje.' Ze zei het zachtjes, maar de boodschap was duidelijk.

'Wanneer was dat?'

'Ik zag mama huilen. Maar papa was niet thuis.'

'Weet je nog wanneer dat was?'

'Mama was er nog. Hier thuis.'

'Was het lang voordat... voordat ze wegging?'

Sofia schudde nee en zette het volgende blok op de toren; schuin, maar net recht genoeg. 'En was ze met iemand aan het praten?'

'Nee, mama was alleen. In de slaapkamer.'

Daar was dat verschil weer; Rachel was een sociale vlinder geweest, met altijd wel iemand om zich heen, en Fara had nog niet eens iemand gesproken als ze ontzettend in de put zat.

'Maar ze zag me niet. Mama dacht dat niemand het zag.'

'Weet je waarom mama verdrietig was?'

Sofia keek sip, en een soort van teleurgesteld. Ze schudde haar kleine hoofdje en haar bos krullen zwaaide van rechts naar links.

'Maakt niet uit hoor.' Ik aaide haar over haar haar, en opeens viel ze in mijn armen en gaf me een grote knuffel. Er werd ons altijd geleerd afstand te houden, geen beloftes te doen, en niet iemands vertrouwenspersoon te worden, maar dat was allemaal makkelijker gezegd dan gedaan, vooral als het om een klein kind ging dat net haar ouders was verloren.

Ze keek omhoog met vragende ogen. 'Ga je de meneer vinden? Die mama heeft weggehaald?'

'De meneer?'

'Of mevrouw. Ga je ze vinden?'

'Ik hoop het.'

'Oma zegt dat het misschien per ongeluk was.'

'Dat zou kunnen.'

'Maar dat maakt toch niet uit.'

'Nee?'

'Mama is weg.'

Ja. Ze had gelijk. Per ongeluk of expres, het resultaat was hetzelfde.

'Papa is ook weg.'

Het viel me op dat ze het tot nu toe vooral over haar moeder had gehad, en ik vroeg me af of dat gewoon normaal was voor een klein meisje, of dat er iets anders achter zat, iets onbewusts, toen ze mijn vraag voor me beantwoordde.

'En papa wel.' Het kwam er mompelend uit, maar ik kon het nog net verstaan en ik boog me iets dichter naar haar toe.

'Papa wel wat, Sofia?'

Ze knikte haar kinnetje op en neer, als iemand die net geleerd heeft wat zo'n beweging betekent.

'Papa had wel vaak bezoek.'

En opeens had ik het. Het was zo overduidelijk, zo logisch, en ik had het de hele tijd niet gezien. Maar het was ook beangstigend, want het betekende dat we nog minder tijd hadden dan ik gedacht had.

Ik gaf Sofia een dikke knuffel en zette de laatste blok op haar toren. 'Dank je wel, Sofia. Je hebt me heel erg geholpen.'

'Mooie toren wel, hè?'

'Prachtige toren.' En ik stond voorzichtig op van de grond, zodat beide torens niet zouden vallen. Sofia's blokkentoren, en mijn toren die zich langzaam opbouwde in mijn gedachten. De instabiele toren van de misdaad.

ACHTENTWINTIG

Om de toekomst te kunnen voorspellen moet je het verleden kennen, en tot nu toe had ik – en met mij het hele politiekorps – aangenomen dat Rachel het beginpunt was. We hadden gezocht naar overeenkomstige zaken maar er was niks naar boven gekomen, behalve dan de zaak met Jason en Julius, en het was geografisch gezien onmogelijk dat Jason deze moorden gepleegd had. Maar vaak kwam de politie er pas in een later stadium bij kijken, en vaak ging iemand niet van niks naar twee moorden. Er was ergens een spoor van vernieling, een spoor van vernietiging en escalatie dat niet op tijd was opgemerkt, lang voordat deze moorden plaatsvonden.

Fara en Rachel waren compleet verschillende mensen; het enige wat ze samen had gebracht was het eindresultaat: ze waren allebei slachtoffers van een moord geworden. Maar ik had aangenomen dat omdat het eindpunt overeenkwam, de weg ernaartoe ook hetzelfde was geweest, en daarmee had ik een grote fout begaan. *Per ongeluk of expres, kapot is kapot.* Misschien was het wel per ongeluk begonnen, en misschien was Rachel helemaal niet het beginpunt geweest. Maar hoe dan ook, ik had het gevoel dat met Fara de echte escalatie tot stand was gekomen, want de moordenaar kón haar bijna niet per ongeluk zijn tegengekomen. Het was expres geweest.

De mens is een gemaksdier, en criminelen zijn soms net mensen; vandaar dat de eerste misdaden in een reeks vaak dicht bij huis gepleegd worden, en vandaar dat prostituees vaak de slachtoffers zijn. Het is makkelijk. Makkelijker dan iemand vermoorden die bijna niet buitenshuis komt en met weinig mensen in aanraking komt; makkelijker dan iemand zoals Fara vermoorden. Nee, om haar te vinden had de moordenaar actief op zoek moeten gaan, hij had een systeem moeten vinden, een selectieprocedure, en hij had actief moeten beslissen dat zij zijn volgende slachtoffer zou worden. Maar geen enkel systeem is perfect, en wat er toen gebeurd was boezemde me meer angst in dan ik in tijden gevoeld had. Want Fara was niet degene die een affaire had gehad, en haar tranen waren niet voortgekomen uit schuld, maar uit verdriet. De moordenaar en ik hadden dezelfde fout gemaakt, en ik kon mezelf wel voor m'n kop slaan; we hadden allebei aangenomen dat Fara was vreemdgegaan, omdat Fara de kliniek bezocht had. Maar het was haar man geweest. Haar man met zijn vele bezoek thuis. Haar man die chlamydia had opgelopen en haar ermee had besmet in plaats van andersom. Haar man.

Een rilling liep over mijn lichaam, zo'n oncontroleerbare stroomstoot die onverwachts door je wervel omhoogschiet en je overvalt voor je het tegen kan houden, want ik wist bijna zeker dat de moordenaar die waarheid uiteindelijk ook had geweten, voor de moord, voor de daad. En nu waren ze allebei dood, Fara en haar man, want het maakte de moordenaar steeds minder uit wie er onder zijn of haar mes ten onder ging. *Escalatie*. Het was nu echt begonnen.

Ik voelde mijn telefoon wederom trillen in mijn jaszak. Ik had meerdere gemiste oproepen van Adam, dat wist ik, maar nu was Julius ook begonnen met bellen. Rode knop. *Negeer.* Ik zette de pas er nog wat meer in, want ik wist niet waar hij was en dat maakte me ongemakkelijk. Hij belde nogmaals. *Negeer.* Het schoot door mijn hoofd dat hij me eventueel iets belangrijks wilde vertellen, maar ik was zo dicht bij de sleutel tot dit verhaal dat ik enkel en alleen mijn gedachtes op orde wilde krijgen. Ik voelde in de zak van mijn spijkerbroek en vond een verfrommeld briefje van vijf pond. Dat was net genoeg voor een koffie, en ik stapte het eerste het beste tentje dat ik zag binnen.

Het miezerde gestaag door, en ik had nog steeds geen paraplu, dus voor de zoveelste keer kwam ik ergens doorweekt binnen. Ik nam plaats in een zitje, zo eentje met twee rode banken en een tafelblad in het midden zoals je in Amerikaanse films ziet wanneer iemand een twijfelachtig café langs de doorgaande weg binnenstapt. Het restaurant zag eruit alsof het zich onder het spoor bevond, met een laag plafond en een zwart-wit betegelde vloer. Het was perfect, want ik voelde me er beschut, en bestelde een zwarte koffie; dit was geen plek waar ze havermelk zouden hebben, en dat was des te beter. Ik nam een slok van de hete, veel te sterke koffie, en ik voelde het van mijn mond door mijn slokdarm naar beneden zakken, als een slachtoffer van de zwaartekracht. Ik sloot mijn ogen en probeerde de buitenwereld buiten te sluiten, alsof ik hier zat in mijn eentje met een kop koffie, en geen zorgen voor morgen.

'Hazel.'

Ik schrok, en toen ik mijn ogen opende zat Julius tegenover me in het zitje. *Godsamme.* Niet nu. Nog niet.

'Julius.' Ik keek om me heen, maar wegrennen leek me niet echt een optie en ik had zo het gevoel dat hij me dan toch later weer zou vinden. Dus bleef ik zitten, tegen beter weten in.

'Ging goed met Adam, hè?'

'Hoe bedoel je?'

'*You tell me.*'

Ik voelde mijn ogen bijna naar achteren rollen. 'Ik kreeg nogal veel informatie in één keer, Julius.'

'En?'

Hoeveel wist hij? 'Ik wilde graag even alleen zijn.' *Met de nadruk op alleen.*

'Aha.'

Ik keek hem aan, want ik wist niet echt wat we hier nu aan het doen waren. Hij keek terug, veel serieuzer dan ik hem eigenlijk ooit had zien kijken.

'Maar je nam je telefoon niet op, Hazel.'

'Voor de meeste mensen een duidelijke hint.'

'Ik ben niet de meeste mensen.'

'Ja.' Ik nam een slok van mijn koffie die inmiddels een normale temperatuur bereikt had, maar dat vond ik jammer, want ik wilde koffie drinken die net iets te heet was en die bijna pijn deed om door te slikken. 'Dat kun je wel zeggen.'

'Denk je niet dat je een beetje banger zou moeten zijn?'

'Ik heb later wel de tijd om bang te zijn.'

'Iemand heeft je aangevallen, Hazel.' *Wat was dit? Was hij bezorgd?*

'Dat weet ik, ja.'

'Dus ik zou het wel prettig vinden als je niet de hele tijd wegrent.'

'Zodat je me in de gaten kan houden?'

'Precies.'

Ik nam nog een slok van de lauwe koffie en merkte dat mijn gedachten heel ergens anders waren. Want de escalatie was snel, heel snel, té snel, zelfs voor een seriemoordenaar, en ik snapte niet waarom.

'Nee dank je, Julius.'

'Sorry?'

'Ik zei nee, dank je.' Ik boog me dichter naar hem toe. 'Ik heb je hulp niet nodig.'

'Want het gaat zo lekker allemaal?'

Julius stak zijn hand omhoog, want hij was waarschijnlijk niet gewend ooit langer dan één minuut op bediening te moeten wachten, en bestelde een koffie en toast. *Great.* Hij was dus niet van plan snel weer weg te gaan.

'Wat wil je, Julius?' Ik wist niet of hij wist dat ik wist dat hij anders in elkaar zat dan de normale mens, wat dat dan ook mocht betekenen, en ik wist ook niet of het hem iets kon schelen. Betekende het dat hij niet in staat was mij oprecht te willen helpen? Of was hij uiteindelijk niet per se gewetenlozer dan ik was, of Adam, aangezien we allemaal aan het liegen en manipuleren waren geweest?

De toast kwam ontzettend snel en Julius smeerde een precies afgemeten hoeveelheid boter uit, waarna hij een dunne laag jam erop smeerde. Ik realiseerde me opeens dat ik ook nog steeds ontzettende honger had, maar ik weigerde iets te bestellen en hem het idee te geven dat we hier gezellig samen zaten te lunchen.

'Toast?' Julius hief zijn bord op naar mij terwijl hij een hap van zijn toast nam met zijn andere hand.

Ik deed er mijn voordeel mee en pakte een sneetje van zijn bord af. Ik voelde de warme boter in mijn mond smelten en de suiker van de veel te zoete jam aan mijn lippen plakken.

'Ik heb een appartement, hier in de stad, en ik zou het prettig vinden als je daar de komende dagen verblijft.'

'Want?'

'Zodat ik wat tijd heb om dit op te lossen.'

'Om wát op te lossen, Julius?'

'Onze moordzaak.'

'Ónze?' Het moest niet gekker worden.

'Naja, de moordzaak. Ik heb de vrijheid genomen om mijn eigen onderzoek te doen.'

Dat verbaasde me niet. 'Want? Je bent een bezorgde burger?'

Hij lachte. 'Precies. En het is inmiddels wel duidelijk dat de politie nou niet bepaald schot in de zaak krijgt. Of naar je luistert.'

'Ze luisteren.'

'O ja?'

'Meestal.' Godsamme, waarom wist hij altijd de vinger op de zere plek te leggen.

'Ik zou zeggen dat de politie ook wat ongeruster zou moeten zijn. Na de aanval op jou.'

'Dat weten ze niet, Julius.' *En jij weet dat ze het niet weten, want je hebt me zelf aangeraden niks te zeggen.*

'O ja. Da's waar ook.' Hij nam een slok van zijn espresso en ik zag zijn gezicht betrekken. Hij zal wel te slap of te verbrand geweest zijn, maar hij zei er niks over. 'Apart dat je ze niks verteld hebt, als je ze zo vertrouwt.'

Ik probeerde een diepe, diepe zucht binnen te houden en deed alsof ik aanstalten maakte om op te staan.

'Laatste kans, Julius. Wat wil je?'

Hij leunde achterover tegen de bank aan. 'Kijk, Hazel. Er zijn twee vrouwen vermoord die zijn vreemdgegaan. Jij bent vreemdgegaan. Jij bent toen aangevallen. Het lijkt me een logische gevolgtrekking om te zeggen dat je eventueel gevaar loopt.'

Dat had ik hem helemaal nooit verteld. Het was een hypothese, een theorie die ik geopperd had, maar op de een of andere manier wist Julius het. Was het begin van het verhaal terug te leiden naar Julius? Was hij het begin van de weg?

'Eventueel ja.' Ik leunde ook tegen de rode zitting aan, die zacht aanvoelde in mijn rug, bijna als een bed. 'Maar gevaar loopt van wíé, Julius?'

Ik zag Julius twijfelen, en ik wist nu zeker dat hij meer wist dan hij wilde prijsgeven. Er was iets, iets met deze zaak, dat hij niet toe wilde geven, en ik had sterk het gevoel dat er eigenlijk veel meer was dan alleen een link qua vuilnis tussen zijn zaak van een jaar geleden, en mijn zaak nu. Míjn zaak. Niet onze zaak.

'Ik heb meer tijd nodig, Hazel. Maar ik zou het prettig vinden als je niet doodgaat in de tussentijd.'

De romantische momenten in mijn leven waren overgegaan van dansen in een ondergrondse jazzclub naar 'ik zou het prettig vinden als je niet doodgaat'. Een flinke achteruitgang.

'Tijd waarvoor?'

Hij twijfelde. 'Om... om iemand te vinden.'

'Wie, Julius? Wie moet je vinden?'

'Iemand.' *Godsamme, Julius.*

De raadsels stapelden zich op, en als ik Julius een beetje kende ging hij me de antwoorden nooit geven.

Hij boog zich dichter naar me toe. 'Hazel. Je kunt niet alles in de hand houden. Dit is het moment om de controle uit handen te geven.' *Controle.* 'Het moment om een stap terug te doen. Om van die afgrond af te stappen en niet zo lang door te gaan tot de enige weg terug die naar beneden is.'

Nee. Ik deed geen stappen terug, en ik had veel te lang gedanst op andermans muziek, en Julius mijn touwtjes laten bespelen. Veel te lang de controle uit handen gegeven.

Controle.

De mist klaarde op, en de aanvullende woorden van het daderprofiel begonnen zichzelf te schrijven. Eindelijk gebeurde datgene waar ik al van het begin af aan op gehoopt had, en waarom ik Julius bij het onderzoek betrokken had. Hij hielp me. Ik geloof niet dat hij het bewust deed, maar bewust of onbewust, hij hielp me, en er was nu geen seconde meer te verliezen.

'Dank je, Julius. Ik zal uitkijken.' Ik propte nog een stukje toast in mijn mond en spoelde het weg met de laatste slok koffie. 'Maar onze wegen scheiden zich hier.'

Ik stond op en terwijl ik langs de tafel naar de uitgang liep, stond Julius ook op. Hij pakte me bij mijn arm en trok me naar zich toe totdat hij zijn handen rond mijn middel had. Hij stond dichtbij, heel dichtbij, en ik voelde de kracht in zijn armen.

'Eén dag. Geef me één dag om dit op te lossen.'

'Je hebt al veel te veel dagen van me gekregen.' Ik maakte me los uit zijn sterke handen. 'We zijn klaar.' En zonder om te kijken liep ik terug de stortregen in.

Schaakmat, Julius. Schaakmat.

NEGENENTWINTIG

Ik sloeg rechts af, toen links af, en ik bleef rennen want ik was nu zo dichtbij. Zo dichtbij, maar het verkeer stond vast en de metro zou me met een enorme omweg naar het centrum sturen. Ik stak een straat over en auto's toeterden, want ik had ze niet gezien of misschien had ik ze wel gezien maar maakte het me niks uit. Tijd was kostbaar.

Een misdaad begint niet op het moment van de misdaad. Het slachtoffer wordt geselecteerd, en daarvóór is het moment dat een fantasie of een impuls die lang onderdrukt is, een uitdrukking in de realiteit vindt. En nog daarvoor, jaren daarvoor, soms decennia ervoor, en soms al voordat iemand geboren wordt, is er datgene wat iemand de criminele kant op stuurt. Nature of nurture. Misschien allebei. Ik vroeg me al rennend af wanneer het fout was gegaan in het leven van deze moordenaar. Wanneer was zijn nulpunt geweest, het moment dat zijn misdaad eigenlijk begonnen was. Hadden we dit kunnen voorkomen?

Misschien zouden we het nooit weten.

Ik stormde Adams kantoor binnen, en wist dat ik moest gaan uitleggen waarom ik hem alleen in mijn appartement had achtergelaten, en daarmee dat ik aan zijn moraliteit getwijfeld had. Twijfelde ik daar nog steeds aan? Opeens leek dit alles een slecht idee, maar ik begreep het nu, begreep de moordenaar, en voor Rachel en

Fara en de komende slachtoffers schoof ik mijn gevoel opzij.

Adam schrok op. 'Hazel?'

'Adam.' Ik kwam opeens tot stilstand.

'Wat...' Hij stond op alsof hij een geest zag en kwam langzaam naar me toe. Even dacht ik dat hij me een stomp in de maag zou geven, maar hij liep naar me toe en sloeg zijn armen om me heen. Zijn warme, sterke armen.

Maar toen liet hij me weer los, alsof hij zich opeens iets herinnerde. 'Wat... Waar was je? Wat is er in godsnaam aan de hand?'

'Sorry, ik...'

'Je was opeens weg!'

'Ik weet het, ik...'

'Ik heb je wel tien keer gebeld!'

'Ik weet het...'

'Jezus, ik had geen idee wat je aan het doen was.'

'Wat bedoel je?'

'Ik weet niet, Hazel, je verdween opeens, en ik dacht dat Julius...' Hij stopte abrupt en herstelde zich. 'Julius leek nogal begaan met je.'

'Julius? Zijn jullie nu opeens vrienden?'

Adam haalde diep adem en ik besefte dat we helemaal de verkeerde weg aan het bewandelen waren.

'Sorry. Dat maakt niks uit. Het spijt me, dat ik opeens verdween. En dat ik niet te bereiken was. Maar ik had even tijd nodig.'

Hij leek van slag en verward, maar de nieuwsgierigheid overwon het denk ik. 'Voor?'

'Om alles op een rijtje te zetten.' En ik voegde er snel aan toe: 'Over de moordzaak.' En voor de zekerheid: 'Want het is niet Rachels ex.'

'Nee...' Adam ging weer achter zijn bureau zitten, en ik voelde een kou door het kantoor trekken. 'Nee, daar zijn wij inmiddels ook achter. Het staat hier niet stil als jij weg bent.'

Auw. Hij was niet blij met me, maar zo blij was ik nou ook weer niet met hem en dit was precies waar we nu geen tijd voor hadden. 'Tuurlijk. Ik weet het. Sorry.'

Adam pakte wat papieren van een stapel en deed alsof hij ze aan het herschikken was, maar we wisten allebei heel goed dat hij dit deed als hij zijn gedachten wilde ordenen, altijd, elke keer.

'Oké, Hazel. Wat wil je?'

'Oké.' Ik haalde diep adem. 'Iemands levensweg, die begint niet opeens. Er zijn oorzaken, en gevolgen, en vaak zien we die pas als het al helemaal geëscaleerd is.'

Adam zuchtte. Ik zou ook zuchten. 'Wat bedoel je?'

'Rachel en Fara, ze staan allebei voor hetzelfde, ja?'

'Ja?'

'Een gekrenkt ego.'

'O ja. Vreemdgaande vrouw.'

'Ja. Maar nee.'

'Nee?' Het kwam er allemaal niet zo uit als ik wilde, en ondertussen tikte de klok gestaag door.

'Ik bedoel, zo begon het. Rachel, Rachel is een standaardslachtoffer. Kwam met heel veel mensen in aanraking, en er zijn honderden manieren waarop ze de moordenaar ontmoet kan hebben. Maar...'

Adam onderbrak me. 'Je werk is om de verdachtenlijst te verkleinen, niet vergroten.'

'Ja, Adam. Daar ben ik me van bewust.' Ik moest mezelf eraan herinneren adem te halen, voordat ik mijn zinnen eruit perste. Ik kon de afkeer in het kantoor bijna voelen, en ik wist eigenlijk niet waarom alles opeens zo koud en negatief aanvoelde. 'Wat ik bedoel te zeggen is dat Fara heel anders was. Dat ze om dezelfde reden vermoord zijn, maar dat de weg ernaartoe niet hetzelfde was.'

'Hmhm.' Hij deed nog steeds alsof de stapel papieren die voor hem lag het geheime achtste deel van *Harry Potter* bevatte.

Ik liep naar zijn bureau en sloeg met mijn hand op het blad. Hard. Het deed pijn. Goede pijn.

'Adam!'

Hij keek verbaasd op. Mooi zo.

'Luister. De moordenaar had een selectieprocedure nodig voor

Fara, want hij kan haar niet toevallig ergens zijn tegengekomen. Ze was een familiemens, geen sociale vlinder, kwam het huis bijna nooit uit.'

'En?'

Nu ik eenmaal begonnen was kwamen de woorden er als een waterval uit. 'En als een dader eenmaal zoiets heeft opgezet is het makkelijk om volgende slachtoffers te vinden.'

'En jij weet wat dat proces is?' Voor de eerste keer in lange tijd hoorde ik enige hoop in zijn stem.

'Nee.'

'O.'

'Maar ik wil terug naar de kliniek. En nu. Meteen, niet morgen.'

'Want?'

'Het is de enige plek waar Fara dingen heeft opgebiecht. De enige plek die anders was dan haar normale routine. We moeten een huiszoekingsbevel aanvragen, die hele kliniek ondersteboven halen, alles opnieuw bekijken.'

'O ja, tuurlijk. Anders nog iets?' Het sarcasme was inmiddels niet echt subtiel meer.

'Adam...'

'Nee, ik bedoel een medische instelling die te maken heeft met ontzettend gevoelig materiaal gaat vast graag alle documenten prijsgeven en geen probleem hebben met het feit dat de kliniek ondersteboven gehaald gaat worden.'

'De moordenaar is aan het escaleren, Adam. Zijn oorspronkelijke motivatie is naar de achtergrond verdwenen en hij is nu verslaafd aan het moorden zelf, aan de controle hebben over andermans leven. De tijd van voorzichtig en uitgemeten onderzoek is voorbij.'

'En dat is gebaseerd op?'

Mijn professionele intuïtie. 'Ik denk dat Fara's man een affaire had, niet zij. En toch zijn ze allebei dood.'

'En dát is gebaseerd op?'

Als ik alles zo moest verantwoorden waren we hier over een week nog. 'Hé. Hiervoor heb je me ingehuurd.'

'En ik ben ingehuurd om dit soort verzoeken te screenen.'

Hij wilde meer, tastbaar bewijs, en ik snapte het. Ik wilde het niet snappen, want daar was het nu te laat voor, maar hij had gelijk.

'Kun je Julius oppakken?'

'Sorry?' Hij leek oprecht verbaasd.

'Kun je hem technisch gezien oppakken voor de aanval op jou?' Dit waren gevaarlijke, onbekende paden die ik bewandelde.

'Want?'

'Ik denk dat hij heel wat meer weet dan hij wil toegeven. Over dit alles.'

'En hoezo is dat.'

Ik wilde nou niet per se opbiechten hoeveel tijd ik met Julius doorgebracht had, maar ik gokte erop dat Julius' zelfbehoud wakker zou worden op het moment dat hij eventueel de gevangenis in zou moeten.

'Ik heb een heel sterk vermoeden.'

Adam duwde zijn stoel van het bureau af en sloeg zijn armen over elkaar heen. 'O zo! Nou, ik stop het hele onderzoek wel, Hazel heeft een vermoeden.'

'Doe me een plezier, alsjeblieft. *For old times' sake.*'

Hij lachte, maar het was een gemene lach, eentje die ik eerder weleens bij Julius had gehoord.

'For old times' sake? Tussen ons? Je bent de deur uit gerend en hebt me vervolgens buitenspel gezet.'

Ik voelde me kwaad worden, want het enige wat ik de afgelopen tijd had geprobeerd was de zaak oplossen, en Adam begon me af te schilderen als een leugenaar, terwijl hij degene was die tegen me gelogen had.

'Godver, Adam, zet je trots opzij. Ik weet dat ik veel vraag, en ik weet dat je waarschijnlijk denkt dat ik de kluts kwijt ben, maar...'

Hij liet me niet eens uitpraten. 'Ik kan dit niet goedkeuren alleen maar omdat je me om een gunst vraagt, Hazel. Er is een budget en politiecapaciteit waar ik rekening mee moet houden, en je hebt geen enkel tastbaar bewijs.'

'Kun je me niet gewoon vertrouwen? Dat ik het bij het rechte eind heb?' Ik was niet van plan om op te geven.

Ik hoorde Adam zwaarder ademen, en ik snapte niet waarom dit nu opeens zo'n moeizaam punt voor hem leek. Het was niet alsof ze zoveel bewijs tegen Rachels ex hadden gehad, en daar was ook heel wat geld tegenaan gegooid.

'Net als dat ik je vertrouwde in onze relatie?'

'Ja.'

'Blind vertrouwde, hè.' Een vaag beeld werd langzaam helderder, en ik besefte te laat waar hij op aanstuurde.

Ik knikte half.

'En je vervolgens nachten met Julius doorbracht?' O nee. De moed zonk me in de schoenen.

Shit. De donderwolk stond opeens heel duidelijk aan de hemel. 'Adam, ik...'

Adams gezicht betrok bij het zien van mijn reactie. Hij had zo zeker geleken, maar ik snapte meteen dat hij alleen een sterk vermoeden had gehad, en mij bespeeld had zoals hij verdachten in een verhoor bespeelde.

'Dus het is zo. Het is echt zo.'

'Adam...'

Hij herpakte zich heel snel. 'Ik weet dat dit niet het uitgelezen moment is om onze persoonlijke situatie te bespreken, maar misschien snap je wel dat dit me nou niet per se in de stemming brengt om je gunsten te verlenen.'

Hij meende het, ik hoorde het, en ik kon het hem nou niet echt kwalijk nemen. Maar tijd, we verloren kostbare tijd.

'Ik weet het. Het spijt me. Ik weet dat ik de dingen verkeerd heb aangepakt...'

'Nou. Dat is tenminste iets.'

Ik was op slag stil. *Dat is tenminste iets*. De kwaadheid die ik eerder had geprobeerd tegen te houden, wanhopig had geprobeerd tegen te houden, kwam bovendrijven als lava die tegen de top van een vulkaan opstuwt. *Dat is tenminste iets.* Ik was boos, boos dat mij van alles werd kwalijk genomen terwijl ik zelf ook heel wat te vergeven had. Boos dat ik werd afgeschilderd als de boze heks, terwijl het erop leek dat Adam zelf ook niet zo netjes was geweest. Boos om de dubbele standaard, altijd, elke keer, bijna overal.

'O ja, Adam? Sorry hoor, heb ik het gesprek even gemist waarin je me vertelde dat je me chlamydia hebt gegeven?'

DERTIG

Ik hoorde de regendruppels op de ramen vallen, en de wijzers van de klok verder tikken.

'Waarom heb je niks gezegd?' We konden nu maar het beste alles op tafel gooien, zodat we ons opnieuw konden focussen.

'Ik...' Het was de eerste keer dat ik Adam sprakeloos zag. 'Ik wilde het je vertellen, echt.'

'Maar? Je dacht ze komt er zelf wel achter als ze eenmaal onvruchtbaar is?' Ik zei het en besefte dat het me hoger had gezeten dan ik had willen toegeven; ik maakte mezelf graag wijs dat niet veel me echt kon raken, maar dat was vaker dan eens niet waar geweest.

'Nee, Hazel, ik...' Hij keek me aan met zijn diepbruine ogen die altijd alleen vertrouwen hadden uitgestraald. 'Luister, het was van voor ik je ontmoette, maar je begon steeds afstandelijker te worden, en afgesloten, en ik had het gevoel alsof ik je langzaam aan het verliezen was.' Hij ratelde door, alsof hij al wekenlang alles eruit had willen gooien. 'En ik wilde je niet nog een reden geven om er echt een punt achter te zetten. Ik was bang dat het de laatste druppel zou zijn voor je.' Hij zuchtte. 'Ik heb de verkeerde keuze gemaakt. Geloof me, ik weet het. En ik... Ik zou je nooit onvruchtbaar laten worden.' Hij vervolgde met nog meer twijfel in zijn stem, alsof hij zich elk moment kon bedenken: 'Je koffie... de koffie van aan de overkant.'

'Ja?'

'Ik deed er, eh... deed er iets in.'

Als het al kon was ik zowaar nog meer in verwarring dan eerst, en opeens ontmoette hij mijn blik met zekerheid. 'Ik deed er antibiotica in.'

Jezus. Ik wist niets uit te brengen, want wat zeg je als blijkt dat je vriend je in het geheim antibiotica heeft toegediend? Wat zeg je als je iemand zo fout blijkt te hebben ingeschat? Zogenaamd moet je aan het begin van een relatie aannemen dat iemand niet verandert en je afvragen of je met die versie van je partner een leven zou kunnen opbouwen, maar niemand vertelt je ooit wat je moet doen als die versie van iemand vol met leugens blijkt te zitten.

'Hazel?'

Julius had de waarheid gesproken. Ironisch, hoe iemand zonder geweten eerlijker was geweest dan Adam en ik bij elkaar. De samenleving zou ons vergeven want fouten waren menselijk, en tegelijkertijd zou ze Julius altijd blijven veroordelen. Opeens viel me een gedachte in, die ik bijna niet wilde erkennen; had ik me daarom zo dronken gevoeld die avond met Julius? Omdat ik zonder te weten alcohol en antibiotica aan het mixen was geweest? Had het helemaal niks met hem te maken gehad?

'Hazel...?'

Ik hoorde Adam diep inademen, moed verzamelend voor wat er ging komen. 'Waarom heb jij niks gezegd? Over Julius?'

Ik wist wat het antwoord op die vraag was. Ik wist dat Adam te dichtbij was gekomen, en ik de relatie daardoor gesaboteerd had zonder me daar echt bewust van te zijn geweest. Dat de seks met Julius niks betekend had. En dat als ik Adam in vertrouwen had genomen, meer van mijn verleden had prijsgegeven en eerder uitleg had gegeven, dat hij het dan misschien zou snappen. Of nog beter, dat ik het misschien nooit had gedaan.

Maar ik zei niks.

'Hazel?'

'Ik weet het niet.'

'Je weet het niet?' Ik hoorde de frustratie in zijn stem. 'Kom op.' Maar ik zei nog steeds niks.

Het was stil. De regen ging gestaag door. De leugens waren te ver doorgelopen, en de waarheid te lang achtergehouden, maar dat alles maakte eigenlijk nu niks meer uit want er liep een seriemoordenaar rond en het leek sterk alsof dat een bijzaak aan het worden was. Dus ik deed een laatste poging, de enige poging die ik nog dacht te hebben. Het was wreed, maar alles was toegestaan als het ging om het voorkomen van een moord. Bíjna alles.

'Weet je nog dat we samen in bed lagen, en wat het allereerste was wat ik zei toen je vroeg of ik kon helpen met een zaak?'

Adam keek me aan, en ik wist dat hij het wist.

'Dat onze relatie nooit in de weg mocht komen te staan van ons werk.' Ik praatte snel door, want ik had het gevoel dat hij nu het liefst de metaforische hoorn op de haak gooide. 'En dit is dat moment. Dit is het moment dat je bewijst dat je woorden iets waard waren. Dat niet alles tussen ons gelogen was. Dit is het moment om te bewijzen dat ik er goed aan heb gedaan je te vertrouwen. Dat ik er goed aan doe bepaalde dingen voor mezelf te houden.'

Hij bleef me aankijken, en ik denk dat hij zich afvroeg of ik onderhuids doelde op de antibiotica die hij me zonder mijn medeweten had toegediend. Hij kon zijn baan verliezen, hij wist het en ik wist het, en soms heiligt het doel de middelen. Even realiseerde ik me dat Julius waarschijnlijk ook vaak op die manier dacht, maar die gedachte drukte ik snel weg.

'Ja.' Adam ontweek mijn blik terwijl de woorden eruit kwamen die ik uit alle macht tegen had willen houden. 'Het lijkt me dat we allebei de dingen verkeerd hebben aangepakt. En je hebt gelijk, ik had beloofd dat onze relatie nooit tussen ons zou komen qua werk. Maar we staan nu op een punt waar het wel van invloed gaat zijn.'

Het was niet genoeg geweest. Ik wist wat hij nu ging zeggen, en ik wilde schreeuwen, smeken, dat hij nog één keer naar me zou luisteren. Maar het was te laat.

'Dus het lijkt me het beste als onze wegen zich hier scheiden.' Adam liep naar de deur en deed hem open. 'Bedankt voor je hulp in deze zaak, maar we hebben je diensten niet meer nodig.' Hij gebaarde met zijn arm naar de deur, alsof zijn woorden nog niet duidelijk genoeg waren.

'Ik...'

'Bedankt voor al je werkzaamheden tot nu toe.'

'Adam!'

'Hazel, je hoort van...'

'Er zijn drie slachtoffers, Adam.'

'... me als...'

'Drie, Adam! En met een vierde op komst.'

'... als er iets verandert.'

'Adam, ga in ieder geval met Julius praten, ik...'

'Hazel.'

Ik keek hem aan.

'Je hoort van me.'

Hij keek mij aan, en onze blikken kruisten elkaar. Ik liep met alle tegenzin zijn kantoor uit, en keek nog één keer om. Adam zag er verdrietig uit, verdrietig en moe, en ik wilde niks liever dan hem omhelzen en de tijd terugdraaien.

Ik ademde de buitenlucht in en ordende mijn gedachten. Het zou niet lang meer duren voordat de moordenaar weer zou toeslaan en het voelde alsof dat mijn schuld was. Ik was te langzaam geweest en zonder dat ik het echt door had gehad, was ik op een punt aanbeland waar niemand meer naar me luisterde.

De geluiden van de straat liepen langzaam allemaal in elkaar over, totdat een van de geluiden zich vlak achter me daaruit losmaakte.

Ik draaide me om naar waar de stem vandaan kwam.

'Hallo, mag ik u wat vragen?' Ik zag dat de man iets uit zijn achterzak pakte, en een alarm ging af in mijn hoofd terwijl een herinnering zich uit alle macht naar de voorgrond probeerde te duwen.

'Weet u waar dit café is?' Een gevoel van onheil overspoelde me, maar voordat ik de kans had om te reageren opende de man een wit papiertje, en viel ik weg. In een diep gat, een diep dal, en er was niemand om me te vangen.

*

Ik hoorde een oude tl-buis op de achtergrond aan en uit knipperen. Aan en uit. Aan en uit. De vloer was nat, en mijn hoofd voelde zwaar en licht tegelijk. Mijn keel was droog, en elke keer als ik probeerde om mijn benen te bewegen, of mijn armen, leek het alsof er kortsluiting was tussen mijn hersenen en ledematen. Het was stil en donker en ik wist dat ik ergens ondergronds was, ver weg van de samenleving.

Ik had me altijd afgevraagd of je je eigen einde ziet aankomen, misschien pas als het al te laat is, en of je het zou voelen. Maar terwijl ik daar half verlamd en bevroren in een kelder lag, besefte ik dat ik het helemaal niet aan had zien komen.

JULIUS

ACHTTIEN

Haast hebben was een redelijk nieuw begrip voor me, en ik vond het maar niks. Het verkeer stond extra vast, alle stoplichten zaten tegen, en bovendien had uiteraard niemand om me heen óók haast. Het voelde als zo'n droom waarin je twintig keer hetzelfde telefoonnummer probeert in te toetsen, alleen maar om ook twintig keer net een cijfer te missen. Meestal boeide me het niet zo, want zoals mijn vader vaak zei, te laat kom je toch wel, of je je er nou aan ergert of niet, maar nu, nu was het wel belangrijk. Uitgerekend Adam, liggend op zijn keukenvloer terwijl het bloed zijn mond uit druppelde, had me doen beseffen dat Hazel het volgende slachtoffer zou worden, en ik moest haar waarschuwen, want ik wist nu hoe de dader dacht; de moordenaar was wraak aan het nemen, en was kwaad, heel kwaad. En nog veel erger, diezelfde moordenaar had zichzelf aangepraat dat daar een heel goede reden voor was.

Terwijl ik de trap op liep dacht ik terug aan het moment dat we hier op haar overloop hadden gestaan, en ik niets liever had gewild dan haar tegen de muur duwen om met mijn handen haar naakte huid aan te raken. Haar huid was warm geweest, en even kon ik haar borsten bijna weer voelen. Maar goed, dat was toen.

Ik klopte op de deur. 'Hazel?'

Geen antwoord.

'Hallo?' Ik had net besloten dan maar aan te bellen toen ik iets hoorde, en ik legde mijn oor tegen de deur.

Voetstappen. Zware voetstappen, lichte voetstappen; er waren zeker twee mensen in het appartement. Het kon natuurlijk dat ze gewoon bezoek had, maar ik nam het zekere voor het onzekere en pakte haar huissleutel uit mijn broekzak. Als ik haar van de dood zou redden zou ze het vast niet zo erg vinden dat ik daar een kopie van had gemaakt.

Ik stak de sleutel in het slot en terwijl ik die geluidloos om probeerde te draaien hoorde ik een bonk, alsof er een zware steen op de grond viel, en dat beviel me totaal niet. Ik gooide de deur open, pakte de paraplu die in het hoekje naast de deur stond, en rende de gang op. Alles kraakte, want dit huis was idioot oud, en ik keek de keuken in maar die was leeg. Het was opeens angstvallig stil en ik liep verder door de gang toen ik opeens iemand hoorde schreeuwen. Het was Hazel, en ik snelde de woonkamer in.

Wat ik daar aantrof was zelfs voor mij onverwachts, en even wist ik niet wat ik zag. Want daar stond ze, met een pistool in haar hand, terwijl een figuur, een man, door de deuren de tuin in schoot. Ik wilde hem achterna rennen maar voor het eerst in mijn leven was ik net zo traag als elk ander terwijl ik probeerde te begrijpen wat er in godsnaam aan de hand was. Even besloop me een fantasie waar zij en ik uit hetzelfde hout gesneden waren en we nog lang en gelukkig leefden in een wereld vol empathische mensen, totdat ik een dreun hoorde en met een klap terug in de realiteit kwam; het pistool was uit Hazels handen gevallen, en ze stond daar maar, bevroren, als een holle ijskoningin, totdat ze als een lappenpop in elkaar zakte.

Ik snelde naar haar toe en ving haar nog net op tijd op. 'Hazel?'

Ze keek me aan, maar haar ogen stonden leeg. Het was alsof er een mist voor hing, en langzaam besloop me een vervelend gevoel.

Shit.

Dit was, op zijn zachtst gezegd, niet handig, en als iemand me zo zou aantreffen, zou het al helemaal niet handig zijn. Mijn hersens draaiden op volle toeren om de afgelopen twintig seconden te verwerken, en ik probeerde systematisch de feiten af te gaan: iemand had geweten dat Hazel precies in het slachtofferprofiel paste, en dat was de moordenaar. Maar liet het nou net zo zijn dat ik óók als een van de weinigen wist dat Hazel perfect in het profiel paste, en liet ik nou ook net aanwezig zijn geweest toen hij haar had aangevallen; je hoefde geen genie te zijn om te bedenken dat de verdenking zo op mij zou kunnen vallen en ik had tijd en rust nodig om mijn gedachten te ordenen, want ik wist niet wat Hazel wist, en ik wist niet wat haar collega's bij de politie dáchten te weten.

Hazel bleef me aanstaren, of langs me heen staren, maar opeens sperde ze haar ogen open; ik had verwacht dat ze beduusd zou zijn, maar voordat ik ook maar iets kon zeggen begon ze om zich heen te slaan, wild, en onverwachts. Ze stormde de deur uit en ik rende haar achterna, want ze was als een rondrennende bom nu, en in de verte hoorde ik politiesirenes. Nou was dit Londen, en het was ook nog eens Oost-Londen, dus als je niet elke minuut een sirene hoorde zou je je waarschijnlijk meer zorgen moeten gaan maken, maar ik kon het risico niet lopen dat de buren van Hazel de politie hadden gebeld. Ze maakte het me makkelijk, want ik besefte dat ze de kant op liep van mijn geparkeerde auto en net toen ze erlangs kwam, versnelde ik mijn pas totdat ik naast haar liep. Ik duwde haar de kant van de passagiersdeur op en ze gaf mee, en ze bleef meegeven toen ik de deur opendeed en haar de stoel op duwde. Ik keek vluchtig om me heen maar iedereen was druk bezig met hun eigen leven en zorgen dus niemand had ook maar iets opgemerkt, en voordat een van ons zich nog kon bedenken reed ik ver boven de maximumsnelheid naar mijn huis toe.

NEGENTIEN

Slaaptabletten werken niet oneindig, en terwijl Hazel buiten bewustzijn in mijn bed lag probeerde ik een plan te bedenken; een plan of een strategie of in ieder geval de volgende stap, maar ik merkte dat ik voor het eerst in mijn leven niks klaar had staan. Geen back-up, geen opties, alleen maar een brij aan leugens die me eindelijk leken te hebben ingehaald.

Goed. *First things first*; ik moest iedereen voorblijven, en zorgen dat ik hier niet als verdachte uit kwam. Misschien, als ik slim te werk ging, kon ik twijfel zaaien, en net lang genoeg de verdenking op iemand anders leggen om orde op zaken te stellen. Aanval is altijd de beste verdediging. En wie beter dan Adam, want Adam had al heel wat fout gedaan en heel wat vertrouwen verspeeld, en het enige wat ik moest doen was Hazel daarvan op de hoogte stellen.

Toen ze eenmaal wakker was geworden en na een klein intermezzo waarin ik mijn geduld verloor, ging het uiteindelijk veel makkelijker dan ik had gedacht; voor zover ik wist was Adam haar vriend, maar goed, ze was ook met mij naar bed geweest, dus wat betekende dat nog tegenwoordig. Ik lepelde langzaam het idee naar binnen dat Adam tegen haar gelogen had – wat op zich waar was – en hintte naar het idee dat Adam de moordenaar was – wat heel waarschijnlijk niet waar was – en ik voelde me langzaam weer tot mezelf komen. Hazel wilde Adam gaan confronteren en ik wilde haar kwijt, dus dat kwam mooi uit, maar met tegenzin merkte ik dat ik haar ook in de gaten wilde houden. Dus ik liet haar gaan met de belofte aan mezelf dat ik haar snel weer op zou zoeken, en even vroeg ik me af of dat deels uit medeleven was. Heel even maar.

Ik zette een espresso en ging aan mijn ontbijtbar zitten. Goed, stap twee. Ik moest de werkelijke moordenaar vinden en die op de radar van de politie krijgen, want dan zou ook al het gegraaf naar mij en mijn leven stoppen. Hoe moeilijk kon dat zijn, want zolang ik kon denken zoals hij dacht, kon het nooit lang duren voordat ik hem vond. Niet met bruut geweld, maar gewoon in de keuken tijdens de koffie, met mijn hersenen die het werk deden. Ik sloot mijn ogen, en net toen ik begon te vergeten dat ik in mijn eigen huis zat, voelde ik mijn telefoon in mijn broekzak trillen.

Joseph. Ik had hem om nog een gunst gevraagd, en die wilde hij klaarblijkelijk nu inlossen.

'Julius?'

'Yup.'

'Zoals je al voorspelde was het een stuk moeilijker in Jasons laptop te komen dan in die van Adam. Apart wel.'

'Apart, maar te verwachten.' Jason had veel te vaak tegen me gelogen, en dus was ik op zoek gegaan naar een garantie. Of naja, ik had Joseph op onderzoek uitgestuurd. Voor het geval dat.

'Als jij het zegt. Maar goed, het is wel gelukt.'

Ik had zo het gevoel dat Joseph me inmiddels niet meer zo mocht. Maar hij zou aardig tegen me blijven doen, en ik zou aardig tegen hem blijven doen, en zo was het bijna alsof we een normale vriendschap hadden. Heel veel nep voor de bühne, en een beetje echt.

'En?'

'Het is de schoonste laptop die ik ooit gezien heb.'

Shit. Jason had veel beter naar me geluisterd dan hij had prijsgegeven. Hij had me geobserveerd, en geïmiteerd, maar ik weigerde te geloven dat hij boven me was uitgestegen.

'Helemaal niks?'

'Hij googelt soms recepten.'

Daar kon ik uiteraard niks mee. 'Geen enkele illegale...'

'Geen enkele.'

'Hij heeft nooit...'

'Nee, Julius.' Dit gesprek was voor Joseph duidelijk al afgelopen voordat het begonnen was.

'En zijn telefoon?'

'Niks bijzonders.'

'Social media?'

'Niets.'

'Verdachte betalingen?'

'Nee.'

'Buitenlandse fina...' Opeens bedacht ik iets, want hoe goed je je sporen ook probeerde uit te wissen, sommige dingen stonden voor altijd vast. 'Heeft Jason naar het Verenigd Koninkrijk gebeld?'

'Sorry?'

'De afgelopen weken, heeft hij nummers buiten Amerika gebeld?'

'Zou kunnen.'

'Zou kunnen?'

'Daar heb ik niet naar gekeken.'

'Nou, ik...'

'Aangezien je me dat nooit gevraagd hebt.'

'Ik vraag het je nu, Joseph.'

Een zucht van zijn kant. 'Oké. Wacht even.' Hij klonk moe, zoals mensen vaak klonken als ze al wisten dat ze enkel alleen door hun eigen toedoen in een ongemakkelijke situatie terecht waren gekomen.

Ik zette de telefoon op luidspreker en klopte de bankkussens op terwijl ik Joseph druk bezig hoorde op een toetsenbord.

'Julius? Hallo?'

Ik zette de telefoon aan mijn oor. 'Ja.'

'Hij heeft een Engels nummer gebeld.'

Bingo. 'Hoe vaak?'

'Drie keer.'

'Hoelang?'

'Het lijken lange gesprekken maar dat wil niet zeggen dat ze ook...'

'Laat ik het anders vragen; er is verbinding geweest?'

'Ja.'

Dit werkte niet in mijn voordeel, want als ik hierachter kon komen, kon de politie dat ook.

'Oké, Joseph.' Ik had al bijna opgehangen toen hij opeens nog iets zei, uit het niets, alsof hij niet zeker had geweten of hij het wel wilde zeggen.

'Hé... Ik ken andere mensen wier laptop zo schoon is en...' Een veelzeggende stilte volgde. 'Laten we zeggen dat je dat soort mensen niet tegen je in het harnas wilt jagen.'

'Uiteraard.'

'Wij allebei niet, Julius.' Voordat ik nog iets kon zeggen hing Joseph op, en even had het geleken alsof hij banger was voor Jason dan voor mij, en voor alles wat ik over hem wist. En dat was een onbehaaglijke gedachte, want ik wist veel, heel veel.

TWINTIG

De telefoon ging over en over en het duurde veel te lang, maar ik wist dat hij uiteindelijk op zou nemen.

'Russo.' Uiteraard was hij het type dat opnam met alleen zijn achternaam.

'Jason.'

'Julius.'

'Precies.'

'Waarmee kan ik je helpen?'

'Je hebt contact gehad met Max.' Een weloverwogen gok is geen gok, zeg ik altijd.

'Ja.' Ik hoorde geen enkele twijfeling. *Case in point*. 'En?'

'Waarom?'

'Nou, na jouw bezoek leek het me handig even een gesprek met Max te hebben.'

'Over?'

'Over of we allemaal op dezelfde golflengte zitten.'

'En één gesprek was niet genoeg?'

'Hoezo?' Jason was de rust zelve.

'Omdat jullie meerdere keren contact hebben gehad.'

'Het kan inderdaad ietwat ingewikkeld zijn contact te zoeken met de belangrijkste getuige in je eigen zaak zonder dit verdacht te doen lijken.'

'En?'

'En?'

'Zitten we allemaal op dezelfde golflengte?'

'Ik geloof niet dat hij er ook maar enige interesse in heeft om bij een nieuwe moordzaak betrokken te worden, dus ja. We zitten op één lijn.'

Ik wist niet of hij loog, en dat was heel onhandig. 'Heb je hem daarna nog gesproken?'

'Zoals ik al zei, hij houdt zich graag afzijdig van dit alles.'

'Hm.'

Ik hoorde dat Jason aanstalten maakte om de telefoon op de hoorn te leggen. Hij had nog een ouderwetse telefoon, net als ik, alsof we ons allebei vasthielden aan een vertrouwd object uit de tijd dat we nog klein waren en misschien niet doorhadden hoe anders we waren.

'Jason?'

'Ja, Julius?'

'Hoe was Max?'

'Wanneer?'

'Toen jullie het over het vuilnis hadden.'

'Gewoon. Zoals altijd.'

'Hoe was hij altijd?' Ik had hem eigenlijk alleen meegemaakt als ontvanger van een bedreiging.

'Systematisch. Slim. Maar ook empathisch.'

'Empathisch?'

'Over mijn situatie.'

Wacht. 'Wanneer wist hij ervan?'

'Waarvan?'

'Van je situatie.'

'Julius.'

Ik verhief mijn stem: 'Van je situatie, Jason.'

'Laat je me hierna met rust? Voordat ik je eraan moet herinneren hoeveel ik van jou weet?'

‘Wannéér wist hij ervan?’

Stilte.

‘En ja, ik laat je met rust.’

‘Oké.’ Ik hoorde Jason diep uitademen door zijn neus, en als een adem tegenzin kon uitstralen dan was dat hiermee wel gelukt. ‘Hij wist het voordat het gebeurde.’

‘Voordat je...’

‘Ja. Hij wist het al.’

‘En hij deed niks om je tegen te houden?’

‘Zoiets ja.’

‘Zoie...’

Jason kapte me af.

‘Zoals ik al zei, mijn stiefvader verdiende het. En dat was Max met me eens.’

‘Maar...’

‘En nu is het klaar, Julius.’ En voordat ik kon antwoorden had hij al opgehangen.

EENENTWINTIG

Als Max had geweten over Jasons moordplannen, dan waren er misschien meer die dat geweten hadden. Meer mensen die eventueel over het vuilnis hadden geweten. Maar ook, en dat kwam nu goed van pas, meer mogelijke verdachten voor deze huidige moordzaak, en dat werkte op zich bijna net zo goed als de echte moordenaar vinden.

De wereld is oneerlijk, daar was ik allang achter. Men zit over het algemeen qua inkomen veel dichter bij het inkomen van een zwerver dan van een miljonair, en toch stemmen heel veel mensen op partijen die alleen maar het beste voorhebben met die 1 procent van de wereld die miljoenen verdient. Ik las een keer ergens dat als je elke dag sinds het bouwen van de piramides tot op de dag van vandaag, tienduizend euro zou hebben gekregen, je nu nog steeds maar een vijfde van het vermogen van een van de rijkste mannen op aarde zou hebben. Het was moeilijk voor te stellen wat het betekende om zoveel geld te hebben, maar wat ik wel wist is dat de mens nooit goed heeft kunnen omgaan met macht. Politieke macht, financiële macht, emotionele macht; het ging op enig moment altijd mis. Maar negen van de tien keer kwamen ze ermee weg; gevangenissen zaten nooit vol met dat soort criminelen.

Illegale pokeravonden zaten wél vol met dat soort criminelen, en privéscholen zaten vol met hun nageslacht. Misschien zouden die uiteindelijk een andere weg inslaan, maar macht en geld waren moeilijk te weerstaan, zeker als de negatieve consequenties van grensoverschrijdend gedrag wegbleven. Dat wist ik maar al te goed.

De bel ging, en dat deed me denken aan mijn tijd op school. De middelbare school was een feest voor me geweest, een speelplaats met een oneindige beschikbaarheid van te manipuleren slachtoffers, maar de basisschool was lastig geweest. Als klein kind ben je alles nog aan het ontdekken; de meeste kinderen leren langzaamaan dat daden ook gevolgen hebben, maar ik leerde dat niet en ik snapte niet wat het probleem was. Ik was daarmee niet alleen het mikpunt van spot van vele kinderen, maar de leraren wisten ook niet wat ze met me aan moesten. En onmacht, daar wordt iedereen minder vreedzaam van, dus voor ik het wist moest ik elke dag nablijven zonder dat ik begreep waarom.

Ik zag de kinderen langzaam het schoolplein op lopen en een voor een druppelden ze naar hun favoriete klimrek of hoek; het werd meteen duidelijk wie de populaire kinderen waren, zelfs op deze jonge leeftijd al. Ik liep het schoolplein op alsof ik er thuishoorde, want goed doen alsof was vaak het halve werk, en zag aan de linkerkant een klein meisje dat in de zandbak zat. Dat alleen in de zandbak zat.

'Hallo, hoe kan ik u helpen?' Dit was uiteraard de chicste basisschool in de buurt, dus de leraren bewaakten het schoolplein met argusogen.

'Goedemiddag.' Gips, hij had zijn voet in het gips. 'Ik ben hier voor...' Ik deed alsof ik zijn gips opeens opmerkte. 'Shit, gaat het?'

'O. Eh, ja hoor.' Ik gokte dat geen enkele ouder de onderwijzers hier ooit opmerkte.

'Sorry, ik kom hier niet heel vaak zelf, werk je hier al lang?'

'Ah nee, een paar weken pas.'

'Vanuit een andere school?'

'Zoiets, ik val in voor juf Carla.' En hij voegde er snel aan toe: 'Maar ik heb veel ervaring met alle leeftijden, hoor.'

Ik lachte. 'Ik geloof je meteen.' Ik wees naar zijn voet. 'Hoelang moet je nog?'

'Een aantal weken.'

''t Heelt sneller dan je denkt. Mijn vrouw heeft ook eens haar voet gebroken, en nu merkt ze er niks meer van.' Ik keek droevig. 'Shit. Sorry. Ex-vrouw.' Mensen worden ongemakkelijk van emoties.

'O.' Hij keek me aan. 'Dat spijt me.'

'Het is nog even wennen.'

'Dat snap ik.'

'Zolang onze dochter er maar niet onder lijdt.'

'Uiteraard.'

'Goede begeleiding hier op school gelukkig.'

'Zeker, daarvoor zit u hier heel goed.' Een kind gaf een gil en hij draaide zich om. 'Sorry.' Hij wees de kant op van de gil. 'U vindt haar wel, hè.'

'Geen probleem.' Hij snelde naar het jongetje die zichzelf van een klimrek had geworpen en nu jankte omdat de consequentie pijnlijker was dan gedacht.

Toon interesse, vlei iemand en creëer medeleven, ik had er een handboek over kunnen schrijven. Tevreden draaide ik me om, en ik liep naar het meisje dat nog steeds in haar eentje torentjes aan het bouwen was in de zandbak.

'Hé Julia.'

Ze keek op, maar ging meteen daarna weer verder met scheppen.

'Julia?'

'Papa gaat boos zijn.' Ze mompelde wat.

Ik ging naast haar zitten in de zandbak en begon een toren te bouwen. 'Waarover?'

'Papa zegt dat ik niet met je mag praten.'

'Met mij?'

Ze knikte en gaf me een vormpje aan.

'En waarom zegt papa dat?'

'Kweenie.'

Ik was hier niet om een bedreiging te uiten, en ik was hier ook niet om in discussie te gaan met een kind. Ik was hier omdat ik wist dat Max hier vaak in zijn lunchpauze naartoe kwam, of tenminste, dat had zijn secretaresse geweten, en het was tijd om een aantal zaken op te helderen. Schoorvoetend had ik besloten maar verhaal te halen bij Max in plaats van Jason, want Max had heel wat meer te verliezen. Vooral datgene wat nu naast mij in de zandbak zat.

'Komt papa je vandaag ophalen?'

'Hij zei van wel.'

'Komt hij wel vaker?'

'Ja altijd. Eerst mama, en nu papa.'

Ik keek om me heen en zag nog nergens een spoor van Max, dus ik besloot me maar bezig te houden met wat achtergrondinformatie. Dat kon altijd van pas komen.

'Waar is mama nu dan?'

'Mama is weg.'

'Voor altijd?'

'Kweenie. Papa zegt voor altijd.' Ze klopte wat zand aan in een vormpje. 'Papa zegt dat ze nooit terug kan komen.'

'Ze mag niet terugkomen?'

'Nee, kan niet.'

'Wil je graag dat ze terugkomt?'

'Kweenie.' Julia schoof heen en weer, alsof ze niet wist wat ze moest zeggen. Of eigenlijk, alsof ze wist wat ze hoorde te zeggen, maar niet wist of ze dat wel wílde zeggen.

'Is ze al lang weg?'

'Ja, hééééél lang.'

Ik vroeg me stilletjes af wat een kleuter bestempelde als heel lang. Mijn moeder was lerares, en de aantal keren dat ik als puber weleens bij haar op school was gekomen dachten haar groep 3-leerlingen altijd dat ik minstens vijftig jaar oud was; want óf je was hun leeftijd, of je was oud.

'En je gaat nooit meer naar mama toe?' Het bleef een vreemde situatie.

'Nee, papa zegt altijd...' Ze stopte met praten, en het leek even alsof ze vergeten was waarover we het hadden.

'Wat zegt papa altijd?'

Julia twijfelde. 'Dat ze slecht is.'

'Je mama?'

'Ja. Mama is slecht.'

'Zegt hij dat tegen jou?'

'Ja.' We hadden inmiddels een half kasteel gebouwd, en Max was nog steeds niet komen opdagen. De bel ging, en het was natuurlijk net zo dat vandaag de enige dag was dat hij niet op het toneel was verschenen.

Julia stond op en klopte het zand van haar jas af. 'Vies.'

'Zand is niet vies hoor, heel veel van de wereld is zand.'

'Papa zegt dat.'

'Dat za–'

'Mama is vies.' En terwijl ze terug naar het klaslokaal huppelde, viel alles op zijn plek.

Ik rende het schoolplein af en vroeg me af hoe ik me hier nu nog uit ging redden, want dit was slecht, heel slecht voor mij, en ik had het me veel te laat gerealiseerd. Ik keek om me heen naar waar ik mijn auto ook alweer geparkeerd had maar opeens zag ik links van me een agent, en rechts van me, en even dacht ik tegen beter weten in dat het wel toeval zou zijn, totdat Adam recht voor me uit het niks opdoemde.

'Julius Bell, je wordt gearresteerd op verdenking van mishandeling.'

Voordat ik iets kon zeggen haakte Adam de handboeien om mijn polsen, en ik zag dat hij ervan genoot, veel meer dan een professionele inspecteur ervan zou moeten genieten. Maar dit was dom, heel dom, en ik moest zo snel mogelijk uit deze poppenkast weg zien te komen.

TWEEËNTWINTIG

'Meneer Bell.'

'Adam.'

'Inspecteur Palmer, Julius.'

O. Nu was hij opeens de inspecteur. Ik was kwaad, want dit was een of andere onnodige machtsvertoning, en we zaten niet meer op de middelbare school.

'Uiteraard.' De harde bank van de verhoorkamer begon redelijk ongemakkelijk aan te voelen, en ik had het gevoel dat ik hier nog wel even zou zitten. Adam ging me hier zo lang mogelijk vasthouden, niet wetende dat elke seconde dat ik hier zat een seconde was die tegen hem ging werken.

'Doen inspecteurs tegenwoordig ook ondervragingen?'

'In dit geval, ja.' Hij strekte zijn rug, alsof hij nadruk op zijn lengte wilde leggen, en ik vroeg me af op hoeveel mensen dat ook echt effect had. Waarschijnlijk meer dan je dacht.

'Dus.' Adam sloeg zijn map open, waar vast niks in zat. 'Het is 20 september, en we beginnen het verhoor om dertien-nul-nul uur.'

Ik wist dat er een hele riedel aan dingen was om af te werken voordat hij aan zijn verhoor kon beginnen; veel rechercheurs brachten het uiteindelijk terug tot het minimale – namelijk het recht op een advocaat en tot zwijgen – maar Adam zou alles wel weer heel netjes afhandelen. Ik leunde achterover terwijl ik mezelf ook maar eens goed uitrekte.

‘Ik ben inspecteur Palmer, de verhoorder in dit geval, en zou u voor de opname uw naam kunnen zeggen?’

‘Julius Bell.’

‘En u heeft geen behoefte aan een advocaat?’

‘Ik ben mijn eigen advocaat.’

Ik zag Adams spottende blik. ‘Het recht op een advocaat is doorlopend, dus op elk moment kunt u een andere beslissing nemen en me dit laten weten.’

‘Dat zal niet nodig zijn, maar bedankt.’ Ik wist honderd procent zeker dat ik een betere keuze was dan wie dan ook die beschikbaar zou zijn voor welk bedrag dan ook. Bovendien is er een of andere idiote regel dat de advocaat die je bijstaat tijdens een politieverhoor niet voor je mag liegen, terwijl dat nou juist bij uitstek de reden is voor het hebben van een advocaat.

‘U heeft ook het wettelijke recht tot zwijgen en...’ Mijn gedachten dwaalden weg, want Adam moest nu op drie verschillende manieren dat recht uitleggen, om zeker te weten dat ik het begreep. Ik vroeg me af waarom ik hier zat, want technisch gezien wist Adam helemaal niks over mij, of over mijn leven. Niemand wist eigenlijk iets, maar iemand had genoeg informatie bij elkaar geschraapt om een arrestatie legaal te maken.

‘Begrijpt u dat, meneer Bell?’

‘Honderd procent.’

‘Oké.’ Adam rommelde een beetje in zijn papieren, en hij kwam allesbehalve nerveus over. Dat vond ik vervelend, want het leek alsof hij alle kaarten in handen had en ik compleet in het duister tastte.

‘U bent hier vanwege een beschuldiging van mishandeling met verwondingen tot gevolg en...’

Ik boog me voorover en sprak hem kalm aan. ‘Inspecteur Palmer. We weten allebei dat dat niet de reden is dat ik hier zit. Ik heb het nogal druk, dus ik hoor graag de echte reden.’

Eventjes, heel even, zag ik Adams ogen naar de camera schieten.

Vaak had men niet door dat ogen onbewust verborgen gedachten prijsgaven en ik wist nu zeker dat er meer aan de hand was dan hij liet doorschemeren. Waar was hij achter gekomen?

Adam sprak stug door. 'De verwondingen hebben plaatsgevonden op...'

'Ik wil graag dit verhoor stopzetten voor een gesprek met mijn advocaat.'

'U bent uw eigen advocaat, meneer Bell.'

'En?'

Adam zuchtte, want we wisten allebei dat hij ermee in moest stemmen. 'Oké. We stoppen de opname om dertien-uur-tien voor een overleg met de advocaat.' Hij drukte de opname uit op een van de computerschermen die altijd veel te langzaam werkten en voordat hij het door kon hebben, greep ik hem bij zijn shirt en trok ik hem naar me toe. Ik zag Adams hand naar de paniekstrook reiken die aan alle kanten van de verhoorkamer liep; ik moest nu snel zijn.

'We weten allebei dat je niet wilt dat ik informatie prijsgeef over waarom ik je op je gezicht heb geslagen, Adam, of over wie er begonnen was. Dus het lijkt me een stuk handiger als je vraagt wat je wil vragen nu de camera uitstaat.' Ik liet zijn shirt los en hij zakte terug op zijn stoel. Hij was kwaad, maar hij wist ook dat ik gelijk had.

'Oké. Prima. Wat heb je te maken met deze moordzaak?'

'Hoezo denk je dat ik er iets mee te maken heb?'

'Hazel leek ervan overtuigd.'

'Waarom zit Hazel hier niet dan?' *Waarom zat ze hier eigenlijk niet?*

'Ze werkt hier niet meer.' Het was weer eens duidelijk dat sommige mensen hun dankbaarheid alleen uiten door naar je begrafenis te komen. Hazel was de enige in dat hele politiekorps die op de goede weg zat, en nu was juist zij de deur uit gestuurd.

'Want?'

'Dat gaat je niks aan.' Opeens was hij kwaad; zijn stemming sloeg herkenbaar snel om.

'Oké. Hazel vroeg mij om advies omdat er in een vroegere zaak van mij eenzelfde handtekening op de plaats delict was achtergelaten.'

'Vuilnis.'

'Inderdaad.'

'En?'

'Dat is het.'

Adam keek de papieren in de map door en tot mijn stomme verbazing zat er ook echt iets in. Hij gaf me een uitgeprint reisdocument. 'Waarom ging je een paar weken geleden opeens naar Amerika?'

'Waar leid je uit af dat het opeens was?'

'Niemand in je kantoor leek te weten dat je niet in Engeland was.'

Godsamme. Waarom waren ze zo slecht in spontaan liegen, en het waren nog wel advocaten.

'Mijn kantoor is niet van al mijn gangen op de hoogte.'

'Je ex-cliënt, Jason Russo, hij woont in Amerika toch?'

'Dat zou kunnen.'

'Toeval?'

'Er wonen driehonderdnegenentwintig miljoen mensen in Amerika. Dus ja. Ik zou zeggen toeval.'

Ik zag hem nadenken, want hij had geen enkel bewijs, en ik vroeg me af wat voor bewijs Hazel had gehad. Had ze dat wel gehad?

'Hoe wist je dat ik chlamydia had?'

'Geen commentaar.'

'Sorry?'

'Geen commentaar. Dat is nog steeds mijn recht.'

'Julius. Ik kan zo de apparatuur weer aanzetten.'

'En wat dan? Dan hoort zo direct de hele rechtbank dat je een soa had en dit niet aan je partner verteld hebt? En dat je vervolgens degene die je daar uit de goedheid van zijn hart mee confronteerde in elkaar hebt geslagen?'

'Uit de goedheid van je hart?'

'Precies.'

'Godver, Julius, ik...'

Er klonk een zachte klop op de deur. Adam draaide als een blad aan een boom om, en opeens was daar de inspecteur weer.

'Ja?'

Een jonge agente stak haar hoofd de kamer binnen. 'Inspecteur Palmer, excuses voor het storen maar er is een, eh, ontwikkeling.'

'Kan het wachten?'

'Niet echt.' Ze had heel wat ballen om zo tegen een inspecteur in te gaan.

Adam stond schoorvoetend op, want hij had nog geen tijd gehad om de bal terug te slaan. Nadat hij de kamer had verlaten keek ik om me heen, en zoals altijd was de televisie heel anders dan de realiteit. Ik was een strafrechtadvocaat, dus over het algemeen kwam ik er pas bij als dit soort verhoren al hadden plaatsgevonden, maar ik had honderden verhoortapes bekeken. De kamer was veel kleiner in het echt, en klinisch, en er was geen gigagroot raam waarachter de rest van het rechercheteam toekeek en de rechercheur nieuwe ideeën influisterde. Geen rechercheur die zijn vuist op tafel sloeg en loze beloftes deed over eerder vrijkomen of deals met de rechtbank als ze maar gewoon nu meewerkten. Dat was wel gebeurd in het verleden, maar nu was alles gestroomlijnd en zo netjes als maar zijn kon. Dat raam kreeg je alleen als je een kroongetuige was, en die vuisten op de tafel kreeg je alleen als je Julius heette en je verhoorder een hekel aan je had.

Ik begon me onrustig te voelen, en dat was een nieuw gevoel voor mij. Ik had niet zoveel tijd meer om de schade te beperken en ik wist eigenlijk niet eens hoe ik de schade nu nog kon beperken, maar wat ik wel wist, was dat ik de politie voor moest zijn.

Adam kwam terug, en hij zag er compleet anders uit. Bezorgd, en moe, en als ik niet beter wist zou ik zeggen dat hij gehuild had. Hij ging zitten, met een apart soort rust over zich heen, alsof alle trossen nu los waren, en hij keek me aan. Het was stil, en het bleef een behoorlijke tijd stil.

'Waar is Hazel, Julius?'

'Sorry?'

'Waar. Is. Hazel.'

'Nou. Jij bent haar vriend, ik zou zeggen dat jij dat zou moeten weten.' Adam sloeg zijn armen over elkaar, en ik zag hem nadenken.

'Oké. Ik...'

'Wat zei je collega net?' Het was de eerste keer dat ik hem onderbrak, en vreemd genoeg deed het hem niks.

'Je weet best dat ik je dat niet ga vertellen.'

'Is er iets met Hazel gebeurd?'

'Hoezo vraag je me dat?'

'Omdat jij me net vroeg waar Hazel was.'

'Weet je waar ze is?'

Dit kon nog wel even doorgaan zo. 'Luister Adam, als je geen bewijs hebt om me vast te houden weten we allebei dat dit toch nergens heen gaat, dat het geen rechtszaak wordt, en dat je mijn tijd aan het verdoen bent. En ik heb wel wat beters te doen.'

Adam boog zich voorover en zette zijn ellebogen op de tafel terwijl hij zijn handen verstrengeld in elkaar voor zijn gezicht hield. Hij bracht zijn handen naar beneden, en de woorden die hij toen uitsprak waren afgemeten, en serieus, en ik had hem nog nooit zo gehoord. Opeens begreep ik hoe hij inspecteur was geworden.

'Hazel is officieel als vermist opgegeven. Ze had gisteravond bij een gelegenheid aanwezig moeten zijn en is niet komen opdagen. Politieagenten nemen de eerste vierentwintig uur in beschouwing als het gaat om een vermist persoon met een laag risico, en gezien haar geschiedenis van redelijke, eh, onbetrouwbaarheid, werd haar zaak zo geclassificeerd.'

Geschiedenis van onbetrouwbaarheid? Wat bedoelde hij daarmee?

'Vandaar dat we er nu pas van horen, want na vierentwintig uur wordt het overgedragen aan de recherche.' Adam pakte zijn papieren bij elkaar en stond op. 'Zoals je begrijpt hebben we nu allemaal wel andere prioriteiten dan een kat-en-muisspel in een verhoorkamer spelen, dus ik zou je sterk willen aanmoedigen om, als je iets weet hierover, dat nu te delen.'

Godver.

Ik had nog nooit een dilemma gehad in mijn leven. Om een dilemma te hebben moet je twee uitgangspunten kunnen en willen zien, en voor mij was het altijd duidelijk ikzelf boven de rest geweest. Ik had nooit in tweestrijd gezeten, want er was nooit een strijd geweest. Maar deze keer was ik niet snel genoeg geweest – ook omdat mensen er godverdomme op stonden mij constant te onderbreken – maar goed, linksom of rechtsom was door mij de moordenaar rond blijven lopen, en liep hij al een hele tijd rond. En nu wist ik zeker dat Hazel daar slachtoffer van was geworden, slachtoffer van mijn zelfzuchtigheid en zelfbehoud. Hoeveel was het me waard om mezelf te redden? Was het Hazels leven waard?

Ik haalde diep adem, en ik vertrouwde er maar op dat dit op de een of andere manier nog goed zou komen.

'Oké, Adam. Oké.' *Kom op, Julius.* 'Ik weet wat er gebeurd is. Ik weet wie Hazel heeft.'

HAZEL

EENENDERTIG

Ik weet nog heel goed dat ik voor de eerste keer pijn had. Ik viel, en ik schaafde mijn knie open. De eerste keer emotionele pijn was heel anders, en op de een of andere manier was het veel pijnlijker dan elke schram die ik tot dan toe had gehad. Drie keer. Drie keer is mijn hart ontstoken geraakt, en na de laatste keer besloot ik dat ik niemand meer dat soort macht over mijn gesteldheid zou geven.

Maar nu, terwijl ik hier alleen lag op een koude, natte vloer, was het besef dat ik iedereen op afstand had gehouden bijna nog erger dan de pijn die anderen je kunnen aandoen. Ik had niemand echt vertrouwd, en uiteindelijk was ik alleen, zonder baan, zonder vriend, en zonder échte vrienden, hier achtergebleven.

Er kwam geen geluid uit mijn keel en ik probeerde op te staan maar het lukte niet. Ik droeg mezelf op mijn ogen te openen maar het leek wel alsof ze half dichtgeplakt zaten en ik begon om me heen te tasten, maar er was niks, alleen maar koude vloer, geen muur of meubel, niks om me aan vast te houden. Mijn gedachten voelden chaotisch en vluchtig en ik kreeg geen houvast, maar het was inmiddels té toevallig, dat wist ik wel, en ik moest toegeven aan de realiteit waarin ik als derde slachtoffer geselecteerd was; het leek alleen allemaal zo anders te gaan dan met de eerste twee slachtoffers, en ik snapte niet waarom ze hem vrijwillig binnen hadden gelaten als hij voor hen, net als voor mij, onbekend was. Of misschien was hij niet onbekend. Mijn geheugen liet me nogmaals in de steek, en ik besefte hoe vreselijk het is als je niet op je herinneringen kunt vertrouwen. Niets was zeker.

Ik probeerde rustig te blijven, want ik moest nu vooral niet in paniek raken, maar ik was niet getraind door het leger, en ik was geen psychopaat. Ik was maar gewoon Hazel, die dacht te zijn opgegroeid zonder eigenlijk ooit in contact te zijn gekomen met de moeizame kant van de samenleving, en toen besloten had haar steentje bij te dragen op de enige manier die voor haar mogelijk leek.

Er kwam opeens een beetje licht binnen, en het duurde veel te lang voordat mijn ogen eraan gewend waren. De deur stond half open, en er stond iemand bij me in de kamer, een lang iemand, een man, maar verder zag ik alleen maar één grote zwarte schaduw. Ik knipperde, en knipperde, maar het werd niet beter, en langzaam accepteerde ik dat het misschien niet beter ging worden. Ik zag de schaduw naar de hoek van de kamer bewegen, en hij pakte een stoel, die met een snerpend geluid over de vloer sleepte. Hij ging zitten, en het was een hele tijd stil. Er druppelde wat water op de grond, ergens van een gebroken pijp denk ik, maar los daarvan hadden we overal en nergens kunnen zijn.

'Hazel Kramer.'

Hij klonk streng en kalm, met een lage stem, en in elke andere omstandigheid had ik hem onmiddellijk vertrouwd. Maar mijn oren zaten half dicht, en ik kon de stem niet plaatsen, terwijl ik tegelijkertijd ook niet zeker wist of ik hem kon plaatsen. Iets klonk bekend, maar ik wist niet of dat mijn verbeelding was of dat het echt was.

'Je hebt me een hoop ellende bezorgd.'

Ik wilde antwoorden, maar elke keer als ik ademhaalde om iets te zeggen begon ik te hoesten.

'Jij was niet echt de volgende, maar goed. Zo werkt het ook.'

Kom op, Hazel. Zeg iets.

‘Wa... Waar ben ik? Wie ben jij?’

Hij lachte, een diepe, echte lach. ‘Zoveel vragen... Zoveel onzekerheid. Je zou beter moeten weten, Hazel.’

Met elke lettergreep ging het praten iets makkelijker, alsof de woorden mijn keel smeerden. ‘Hoe weet je wie ik ben?’

‘O, ik weet niet wie jij bent. Maar ik weet genoeg.’ Hij stond op. ‘Hoe dan ook, ik dacht ik laat je even weten dat er iemand is. Voor het geval je probeert te ontsnappen.’

Ik begreep maar niet waarom ik hier lag, en ik niet allang dood was. Het was zijn stijl niet om iemand ergens vast te houden. Tenminste, voor zover ik wist.

‘Maar ik dacht: ik geef je even de tijd. Om na te denken over je leven.’

‘Mijn leven?’

‘En je zondes.’

‘Mijn zondes?’

‘Dag des oordeels, Hazel.’

Dag des oordeels.

Hij stond op en even later viel de zware deur dicht. En daar lag ik dan, alleen op een natte, koude vloer, overgelaten aan zijn gratie, aan zíjn oordeel, nadenkend over alle dingen in mijn leven die mij hier nu gebracht hadden. Ik hoorde de pijp nog steeds druppelen, en ik probeerde met elke adem in en uit rustig te blijven. Adem in, diep in de buik, vier seconden vasthouden, en vijf seconden uitademen. Ik herhaalde het keer op keer, opnieuw en opnieuw, totdat ik me rustig voelde, en ik maakte me klaar voor wat komen ging.

Het was dag twee of drie of driehonderd; ik wist het niet meer want alles begon in elkaar over te lopen als een koortsachtige droom. Ik had een muur gevonden waar ik al tijden tegenaan zat, en mijn ogen waren inmiddels iets aan het donker gewend. De man was elke dag binnengekomen om naar me te kijken en wat water neer te zetten, of iets wat moest doorgaan voor water, maar geen eten, zelfs niks wat kon doorgaan voor eten. Ik vroeg me af of hij me gewoon langzaam aan het uithongeren was, zonder fysiek geweld, want nog even en ik was al mijn kracht verloren. Het was nu of nooit.

'Voelde je je bedrogen?' Hij had zich net omgedraaid en de knop van de deur vastgepakt.

'Sorry?'

'Toen je partner vreemdging. Voelde je je bedrogen?' Het was een gok, maar de tijd van zekerheid was voorbij.

De man bleef met zijn rug naar mij toe staan, maar ik zag zijn schouderspieren zich samentrekken. 'Zeg dat nog eens.' Hij klonk kwaad, een soort verborgen kwaadheid. Alsof hij het al tijden voor zich had moeten houden, en de muur die hij de afgelopen tijd had opgebouwd langzaam maar zeker afgebrokkeld was.

'Het is mij ook eens overkomen. Dat iemand vreemdging.'

'Is dat zo?'

'Ik voelde me waardeloos. Vroeg me af hoe het kon dat iemand van wie ik hield me dat zou aandoen. Hoe het kon dat ik zogenaamd de moeite waard was, maar dat tegelijkertijd zoiets gebeurde.'

Ik hoorde zijn ademhaling versnellen, en ik wist dat ik de goede kant op ging. 'Jij hebt geen recht van spreken.'

'Omdat ik het vervolgens ook gedaan heb?'

Ik hoorde hem de knop van de deur omdraaien, en hij maakte aanstalten om weg te gaan. Ik moest mezelf dwingen, want het was spelen met vuur, maar ik móést hem verder uitdagen. 'Misschien verdiende je het wel, heb je je dat weleens afgevraagd?' Ik zag zijn grip op de deurklink verslappen. 'Misschien was je wel niet de moeite waard.'

Ik voelde het, hij stond op de rand van de afgrond. Nog één duw, nog één windvlaag, en ik had hem.

'Misschien was je zelf wel waardeloos.'

Het gebeurde allemaal zo snel; ik had geprobeerd me voor te bereiden, maar dat leek nu volkomen nutteloos. Ik was verblind door de snelheid waarmee hij van de deur naar mij toe kwam, vol woede, en haat, en misschien ook wel pijn, en opeens kwam er een stortvloed aan herinneringen boven, als de opkomende vloed die het water terug het strand op duwt.

Ik had mezelf altijd als een sterk persoon gezien. Niet fysiek sterk, helemaal niet, maar mentaal sterk. Ik was altijd degene in mijn vriendengroep geweest die alles oploste, en de rationele stem in een chaos van irrationaliteit. Degene aan wie mensen hun problemen vertelden, of als ze dat niet deden was ik meer dan eens de boksbal waar tegenaan geslagen werd in tijden van frustratie. Niet dat ik zelf nooit irrationeel kon zijn, sterker nog, ik was soms een orkaan aan onzekerheden en angsten, maar ik hield dat altijd verborgen onder een grenzeloos aantal sloten. Want ik was de sterkste, en ik was de vuurtoren in een stormachtige nacht.

Het probleem alleen met iets heel lang verborgen houden, is dat mensen erop gaan rekenen dat het er ook nooit uit gaat komen. Zoals ik weleens gelezen heb in een of ander zogenaamd zelfhulpboek; als je anderen maar lang genoeg boven jezelf stelt, gaan ze uiteindelijk denken dat jij de laagste prioriteit bent. En terwijl ik de man vol agressie op me af zag stormen, vroeg ik me af wie mij nu nog als prioriteit zag.

TWEEËNDERTIG

Ik had dit veel beter moeten plannen, want ik had haast geen kracht meer en ook al had ik die wel gehad, dan was hij alsnog twee keer zo groot en twee keer zo sterk als ik. Maar de mens is erop gemaakt voor zichzelf te vechten, en pijn en kracht zijn soms maakbare begrippen. Er zijn mensen die door drugs in een soort delirium terechtkomen, en je kan dan met vijf man proberen ze te bedwingen, ze kunnen aangereden worden door een auto en door de lucht vliegen, maar op de een of andere manier blijven ze vechten, blijven ze lopen alsof pijn opeens een compleet relatief begrip is. Ze zijn ook idioot sterk, als een soort menselijke hulk, maar het is niet oneindig. Op een gegeven moment wordt dat soort inspanning te veel voor het lichaam, en begeeft het hart het. Maar voordat het zover is, is er die periode van onmenselijke kracht, en ik hoopte maar dat de adrenaline mij ook in zo'n staat zou brengen, lang genoeg om te ontsnappen voordat mijn hart het zou begeven.

Hij stond opeens recht voor me, en de eerste schop kwam hard in mijn ribben terecht. Ik klapte voorover en mijn gezicht smakte op de harde betonnen vloer. Het bloed vloeide mijn mond in, een ijzersmaak die zich binnen een seconde overal verspreidde, en ik realiseerde me dat ik zo snel mogelijk van de grond af moest komen. *Kom op, Hazel. Sta op.* Ik zag zijn arm weer achter zijn lichaam verdwijnen, zich klaarmakend voor de volgende klap, en ik rolde net op tijd opzij. Hij had dat niet verwacht, want zijn hand kwam met een dreun neer op de betonnen vloer, en ik gebruikte dat moment om op de een of andere manier omhoog te komen. Mijn benen voelden zwaar, en ik trilde over mijn hele lichaam, maar ik zette me schrap en stoof op de man af. Mijn lichaam dreunde tegen dat van hem aan en tot mijn verbazing duwde ik hem tegen de grond. Ik sloeg, en ik schopte, en ik probeerde waar ik maar kon om me heen te slaan tot ik hem ergens raakte, maar zijn lichaam was niet zacht en het deed vast meer pijn aan mijn vuist dan bij hem. Het leek hem allemaal niks te doen, en zijn vuist kwam neer op mijn ribben, en in mijn buik, of misschien was het zijn voet, nog een keer en nog een keer, en de adem ontsnapte uit mijn lichaam. Opeens voelde ik een arm om mijn nek, en ik sloeg weer om me heen, en bleef slaan, maar ik kreeg geen lucht en even dacht ik dat dit het einde was.

Maar toen voelde ik iets op de vloer. De toppen van mijn vingers waren ergens op geland, iets wat solide aanvoelde, en ik wist dat ik nog een kans had.

Ik moest tijdrekken, hem afleiden, en er was meer, ik wist het. Meer wat hem gemotiveerd had, en voor de tweede keer nam ik een grote gok.

'Hoe was het... hoe was het toen ze je verliet?' Ik perste de woorden eruit, want ik moest hem uit balans krijgen; controle en macht, daar draaide het uiteindelijk om, ik wist het zeker. De controle die zijn vrouw hem had afgenomen. De controle die hij nu terugnam en als moordenaar kreeg. Tenminste, in zijn waarheid-verdraaiende gedachtes.

'Hou je kop.' Hij klonk boos, maar een seconde voelde ik zijn grip verzwakken, en zo hard als ik kon trapte ik naar achteren, hopend dat ik hem ergens zou raken waar het hem zo veel mogelijk pijn zou doen. Ik hoorde een krak, en ik dacht dat het zijn knie was, en terwijl ik de arm om mijn nek voelde loskomen wrong ik me los, en ik trok mezelf voort over de grond. Ik voelde dat mijn kleren nat waren, en ik wist zeker dat ik ergens heel erg aan het bloeden was, want alles was plakkerig en pijnlijk. Opeens voelde ik een ruk aan mijn voet en ik werd naar achter getrokken, maar met alles wat ik nog in me had trok ik mezelf naar voren en mijn hand belandde weer op het koude, solide object. Ik pakte het op, en net toen hij me naar achteren trok draaide ik me om en zwaaide het zo krachtig als mogelijk omhoog. Het landde op zijn hoofd met een geluid dat ik nog nooit gehoord had, en toen het terug op de grond viel wist ik wat ik in mijn handen had gehad. Een pijp. Een loden pijp.

Hij sloeg een dierlijke kreet uit en ik duwde mezelf omhoog, en mijn buik deed pijn, zo'n pijn, maar ik rende naar de deur. De deur stond nog op een kier, en was veel zwaarder dan ik had verwacht of misschien was ik inmiddels veel zwakker dan ik dacht, maar ik trok eraan en klom een trap op. Trede na trede, alsof ik Orpheus was die vanuit de hel terug naar boven liep. Ook ik durfde niet om te kijken, want ik wilde niet weten of hij me achterna kwam, ik wilde niet weten wat ik daar achter had gelaten, het enige wat ik wilde, was licht zien.

Ik duwde de kelderdeur open, en het was een huis, een gewoon huis, geen krot ergens in de middle of nowhere, geen eng en donker huis, maar een mooi en net huis. Het desoriënteerde me, want dit had ik totaal niet verwacht, en ik keek om me heen. Er waren overal kamers, en de voordeur leek nog niet zo makkelijk te vinden, dus ik begon te rennen als een kip zonder kop, van kamer naar kamer. Ik hoestte, en er kwam bloed uit mijn mond, waarvan ik maar hoopte dat het inderdaad uit mijn mond kwam en niet vanuit ergens dieper in mijn maag. Opeens zag ik een gang, en een deur aan het einde, en ik begon harder te rennen. Mijn adem stokte in mijn keel, en ik hoestte en hoestte, maar ik was er bijna. Nog even. Nog even en ik was bij de vrijheid.

'Stop.' Zijn stem kwam vanachter me. 'Of ik schiet.'

DRIEËNDERTIG

Als ik iets wist, was het wel dat ik niet ging stoppen, want zijn vorige slachtoffers die kennis hadden gemaakt met zijn pistool konden het niet meer navertellen. Ik rende door, probeerde te zigzaggen want dat zag je altijd op televisie, en was vlak bij de deur toen ik een knal hoorde. Een verschrikkelijk brandende pijn verspreidde zich door mijn onderbeen. Ik had nog nooit zoiets gevoeld, maar zonder het te herkennen wist ik wat er gebeurd was en het laatste sprankje hoop verdween uit mijn lichaam.

Mijn rechterbeen zakte op de grond, alsof het opeens van spaghetti was, en mijn linkerbeen volgde. Zijn voetstappen kwamen dichterbij, en ik voelde de loop van een pistool tegen mijn achterhoofd.

'Draai je om.' Ik hoorde hem de woorden uitspreken en ik wist dat dat het einde zou zijn, want zodra ik me zou omdraaien zou ik zijn gezicht zien, in het daglicht, duidelijk en te onthouden.

'Ik zei: draai je om.' Hij duwde de loop harder tegen mijn achterhoofd aan. 'En denk er niet aan weer iets uit te halen. Het volgende schot is in je hoofd.'

Langzaam draaide ik me om, en ik zag zijn voeten, en toen zijn benen, zijn torso, en uiteindelijk zijn gezicht. Hij kwam me bekend voor, maar ik kon niet plaatsen waarom en hij zag er zo anders uit dan ik had gedacht. Ik zag woede in zijn ogen, heel veel woede, maar los daarvan zag hij eruit als iemand die je zou vertrouwen, als een man die naast je gaat zitten in de metro en van wie je denkt: gelukkig is het deze man en niet die andere bij de deuren. Ik probeerde zijn lichaam in me op te nemen en realiseerde me dat hij me in een groep waarschijnlijk niet was opgevallen; misschien dat hij daarom tot nu toe zo succesvol was geweest in het ontlopen van de politie. Hij had donker haar en bruine ogen, een hoekig gezicht en...

Zijn geur. Ik had die al eens eerder geroken, meerdere keren zelfs. Op zich een nietszeggende, onopvallende geur, maar het was het parfum van mijn eerste vriendje en ik herkende het dus altijd, overal.

Overal.

De kliniek. Ik had het in de kliniek geroken.

Hij had daar rondgelopen, die dag dat ik er was. Maar dat kon niet. Hij kon daar niet gewerkt hebben, want we hadden alle medewerkers nagetrokken en zijn gezicht had er niet tussen gezeten. De hal begon te draaien en alles wat ik dacht gesnapt te hebben verdween als sneeuw voor de zon.

Zijn harde stem vulde het huis, en met een ruk was ik terug in het hier en nu. 'Jullie zijn ook allemaal hetzelfde, geef een vinger en jullie nemen een hand.' Ik zag dat hij een wond boven zijn wenkbrauw had die nog steeds hevig bloedde – want zo'n plek bloedde als een rund –, en even was ik trots dat ik dat had veroorzaakt.

'Maar daar zit je dan, machteloos.' *Machteloos.*

Ik zag het pistool in zijn hand en er kwam een soort onverschilligheid over me heen, want het maakte nu toch allemaal niet meer uit en het enige wat ik nu nog kon bereiken was een soort van begrijpen. Als het al te begrijpen was.

'Net als jij?'

'Houd je kop.'

'Had je toch niet zoveel macht als je dacht? Nam je vrouw je die af?'

'Ha!' Hij lachte, en ik herkende de lach. De lach van waanzin. 'Je praat wel veel.'

'Voor een vrouw?'

'Voor iemand die compleet aan mijn gratie is overgeleverd.'

Ik begon expres te fluisteren. 'Net als je andere slachtoffers?'

Hij bewoog zich iets dichter naar me toe. 'Net als iedereen.'

Ik keek omhoog, hem recht aan. Het was klaar nu. 'Maar toch, toch ben ik degene die medelijden heeft.'

'Medelijden?'

'Medelijden met jou.'

Een glimlach verspreidde zich over zijn gezicht. 'O ja?'

Hij bracht het pistool dichter naar mijn gezicht, maar ik deinsde niet meer terug. 'Medelijden met iemand die moet moorden om zich machtig te voelen.'

De glimlach verdween langzaam.

'Medelijden met iemand die dat nodig heeft.'

Ik zag een rode gloed zich over zijn voorhoofd verspreiden.

En toen de genadeslag. Voor hem, maar ik wist bijna zeker ook voor mij. 'Dat nodig heeft om zich waardevol te voelen.'

Hij sloeg me langs mijn hoofd met het pistool en waar ik eerder nog op mijn knieën had gezeten, belandde ik nu met een smak op de grond.

'IK ZEI: HOUD JE KOP.' Hij keek om zich heen, alsof hij op zoek was naar iets of iemand, en even dacht ik dat hij zich afvroeg of mij neerschieten veel te veel geluid zou produceren. Maar ik keek naar zijn pistool en de moed zonk me in de schoenen, want er zat een demper op, en zo verdween ook die hoop. Rusteloos maar rustig bleef hij om zich heen kijken en opeens snapte ik waarom.

Ik zag foto's, net als in de huizen van de slachtoffers, maar ik zag foto's van een kind en een vader, zonder een moeder. Een kind. Hij had een kind. Waar was zijn kind?

Maar het maakte niet meer uit, want hij leek tevredengesteld en boog zich over mij heen.

Ik voelde de loop tegen mijn voorhoofd; het was koud, koud als de dood, en ik zag hem de schuif boven op het pistool achterover trekken om een kogel van de kamer naar het achterste puntje van de loop te brengen.

'Ik doe de wereld een plezier, Hazel. Ik heb de wereld altijd een plezier gedaan. Leven of dood. Míjn oordeel. Altijd míjn oordeel.'

Ik sloot mijn ogen en wilde het einde niet accepteren, maar ik wist ook niet meer wat mijn opties waren, en ik was ontzettend moe. Ik probeerde te luisteren, te luisteren naar de beweging van zijn hand die zich langzaam naar de trekker van het pistool bewoog, en misschien, heel misschien, kon ik mezelf dan net op tijd opzijgooien. Misschien.

Alles gebeurde opeens zo snel. Achter me werd een deur opengegooid, en we waren allebei afgeleid. Ik rolde mezelf opzij maar een pistool ging af en terwijl ik met mijn arm langs mijn lichaam streek zag ik overal bloed. Bloed op de grond, bloed op mijn arm, en alles werd langzaam zwart. Ik hoorde stemmen, en voetstappen, en geschreeuw, en ik vroeg me af of doodgaan zo voelde. Maar toen was er opeens een bekende stem, en een bekende hand op mijn schouder, en bekende, vertrouwde woorden.

'Hazel. Er komt hulp aan. Hou vol.'

Hou vol.

VIERENDERTIG

'Sorry, mag ik u wat vragen?'

Een lange, statige man doemde op aan mijn rechterkant; het heeft me altijd verbaasd dat mensen uitgerekend aan iemand die duidelijk bezig is iets willen vragen. Ik hield mijn vinger omhoog als teken voor 'een momentje' en vroeg of de medewerkster van de soakliniek even kon blijven hangen.

'Ja, waarmee kan ik helpen?'

'Ik ben op zoek naar St Peter's Street?' Hij pakte een kaart uit zijn achterzak, een echte papieren kaart zoals uit het jaar nul.

Dit kon nog wel eventjes duren en ik zei tegen de vrouw aan de telefoon dat ik terug zou bellen. 'Oké, even kijken hoor, hoe spel je het?' Mijn telefoon ging uitkomst bieden, dat wist ik wel.

'Nee nee, kaart!'

Ik vouwde de kaart open en ademde iets in, want mijn neus kriebelde. Ik probeerde me te oriënteren, maar ik werd duizelig, en een onheilspellend gevoel overspoelde me. Ik bleef staan en ik stond daar maar terwijl ik mezelf wilde vertellen weg te rennen, maar wat ik ook deed, ik stond als aan de grond genageld. Ik keek de man aan, en ik zag zijn zwarte haar en donkere ogen, en hij boog zich naar me toe.

'Hi, Hazel.'

Zeg iets.

'Je kunt het wel opgeven iets te proberen te zeggen.'

Wat.

'Maar je kunt wel luisteren. We gaan nu langzaam naar jouw huis lopen, en je geeft geen kik, oké?'

Nee. Nee, nee, nee, nee, nee.

Maar mijn benen volgden hem, en er kwam geen geluid uit mijn keel terwijl ik hem stap voor stap naar mijn huis leidde.

'Je bent nogal onvoorzichtig te werk gegaan, wist je dat?'

Wie is dit?

'Roekeloos zou je ook wel kunnen zeggen.' Ik kon de afgunst in zijn stem bijna proeven. 'Zo voelen wel meer mensen zich. Roekeloos. Alsof daden geen gevolgen hebben.' *Waar had hij het over?*

'Mensen bedriegen laat zijn sporen na, hè.'

Bedriegen?

'Want alles is te achterhalen. Alles.'

Ik keek hem aan, maar ik zag geen enkele emotie in zijn ogen. Er zat wel emotie in mijn ogen, en vragen, en verwarring, en ik dacht dat hij het zag.

'Zeker voor mij.'

Voor hem?

'Het begon niet met jou, weet je. Je stond niet eens op mijn lijst.'

O nee. Nee. Was dit de man naar wie we op zoek waren? Had de moordenaar *míj* gevonden in plaats van andersom?

'Rachel was ook roekeloos. Dacht dat ze onaantastbaar was. Had het er maar met Jan en alleman over, alsof het niks betekende. Alsof haar verraad tegenover haar man niks betekende.'

Rachel.

'Het was niet eens lastig om het hele verhaal te krijgen, want ze dacht maar dat iedereen haar vriend was. Dat niemand haar zou veroordelen enkel en alleen omdat ze het moeilijk had met een kinderwens die nog niet gerealiseerd was. Iedereen heeft het altijd maar moeilijk, alsof dat een excuus is. Alsof er niet uiteindelijk een oordeel gaat komen.'

Dus hij kende Rachel. Rachel kende hem. Ik begon langzaam te begrijpen dat hij alles aan het bekennen was omdat hij me een of andere drug had toegediend, en als gevolg daarvan kon ik niet alleen nu geen weerstand bieden, maar ik zou me ook niks herinneren. *O god. Alsjeblieft, laat me iets herinneren.*

'Haar man is beter af nu hoor, zonder haar. Ik heb hem een dienst verleend.'

Waarvan kende hij Rachel?

'Ze liet me zo binnen, want mensen zijn dom. Ze gaan er altijd maar van uit dat iedereen die vrijwilligerswerk doet een goed mens is, terwijl ze toch geweten zou moeten hebben dat dat niet zo was. Ze deed zelf immers ook vrijwilligerswerk.'

Vrijwilligerswerk. De kinderafdeling. Het ziekenhuis.

'En het is makkelijk om aan bepaalde drugs te komen als je baan bestaat uit drugs voorschrijven.'

Dus daarom was er nooit een worsteling geweest. Ze hadden hem vertrouwd en binnengelaten, en vervolgens waren ze in de dezelfde staat als ik nu beland.

'Het was niet eens mijn bedoeling haar te vermoorden. Ik wilde dat ze zich machteloos voelde, en waardeloos voelde, maar ja, van het een komt het ander.'

Van het een komt het ander. Alsof hij het had over boodschappen doen als je honger hebt. 'Maar dan had ze me maar niet zo moeten behandelen, hè.'

Me? Had Rachel...

'Ik weet nog dat ze het vertelde. Dat ze met een of andere nietsnut seks had gehad. Dat ze hem verkoos boven mij. Dat ze echt dacht dat ze *míj* kon verlaten.'

Rachel had een affaire met hem gehad? Ik snapte er helemaal niks meer van, want dat hadden we moeten weten.

'Ons kind is beter af nu, weet je.'

Nee. Nee, dit kon niet over Rachel gaan.

'Maar dat snap jij ook wel. Hoe goed dat voelde, om degene te zijn die haar gaf wat ze verdiende.' Hij keek me recht aan. 'Nu weten ze allemaal wie hier de dienst uitmaakt.'

Hij. Hij maakte de dienst uit, en het was als een verslaving. De verslaving van macht hebben, en macht krijgen. En de ultieme macht voor hem, dat was de dood. Leven en dood. De ultieme beslissing.

'Elke dag. Elke dag maak ik keuzes van leven en dood. Elke dag heb ik die macht. En niemand neemt mij die af. Zíj ging me die niet afnemen.'

Wie was deze zij? Wie was het nulpunt?

'Eerst vond ik het jammer, weet je, dat Fara's man er ook was.' *Fara*. Haar man? 'Maar hij bleek net zo schuldig. Dubbelop voor mij, want zij had het laten gebeuren.' Hij praatte alsof hij al weken, maanden, jaren met iemand had willen delen hoe hij zich gevoeld had en alsof hij zijn acties hardop aan het goedpraten was.

'Hij was nooit vreemdgegaan als zij hem genoeg waarde had gegeven.'

Hij? Hij, en niet zij. Fara's man, en toch waren ze allebei dood. Dit moest ik onthouden, alsjeblieft. Als ik maar één ding kon onthouden, laat het dan dit zijn, want het betekende dat er nu geen regels meer waren. Geen bepaalde slachtoffers, geen type, alleen moord, en zo iemand was nog moeilijker te vinden.

'Dus nam ik de beslissing voor hun allebei. Hun verdiende lot.'

Excuses. Onze hersenen zijn constant bezig om excuses voor onze daden te bedenken, en uitleg te geven aan acties die haaks staan op hoe we onszelf zien. En deze man, deze man had nu overal een uitleg voor. Vreselijke gevolgtrekkingen die voor hem niet meer dan logisch leken, en nu we eenmaal op dit punt waren aangekomen, zou hij nooit meer stoppen, behalve als hij gestopt werd.

Ik voelde zijn grip om mijn arm verstevigen, net genoeg om me pijn te doen, maar niet genoeg om voorbijgangers verstoord te doen opkijken.

We liepen de straat van mijn huis in, en ik probeerde uit alle macht om hem niet naar mijn huis te leiden. Maar ik kreeg het niet voor elkaar, en stap voor stap liepen we de trap naar mijn voordeur op.

'En toen kwam jij. Beetje onverwachts, maar wel passend. Want je ging maar door. Je ging maar door met mij de controle uit handen proberen te nemen. Ging maar door met vreemdgaan met Julius.'

Julius?

'Twee vliegen in één klap.'

Twee vliegen in één klap?

'Julius moet ook weer eens op zijn plaats gezet worden. Hij heeft veel te lang met veel te veel weg kunnen komen.'

Dus hij kende Julius. Maar ze leken allesbehalve vrienden. Was ik zijn boodschap naar Julius toe? Was mijn dood de boodschap?

'Doe de deur open.'

Ik deed de deur open.

'Loop naar de woonkamer.'

Ik liep voor hem uit naar de woonkamer, en terwijl we langs de spiegel liepen keek ik heel snel even naar rechts. Hij had zijn hand onder zijn jas, en het onwerkelijke leek werkelijkheid. Hij had een pistool vast. Maar ik had naar de spiegel kúnnen kijken, dus ik moest tijdrekken.

'Pak pen en papier en begin met schrijven.'

O nee. Nee, nee, nee, nee.

'Schrijf op dat het je spijt, maar dat je zo niet verder kon leven. Met het schuldgevoel.'

Het was een te groot risico om dit als een moord te doen overkomen, want ik werkte voor de politie. En de politie gaf niet op als het aankwam op hun eigen mensen, dus ging hij het doen lijken op zelfmoord. Het was slim. Té slim.

De pen trilde in mijn hand, maar ik schreef, en ik probeerde zo langzaam en uitgebreid mogelijk te schrijven om extra tijd te creeren.

Langzaam, heel langzaam voelde ik de kracht om mijn eigen beslissingen te nemen terugvloeien in mijn lichaam.

'Zo is het wel genoeg.'

Ik legde de pen neer.

'Sta op.'

Ik stond op.

'En weet dat je dit verdient.'

Hij trok een pistool met demper uit zijn jaszak. 'Doe de groeten aan Julius daar boven.'

Wat.

En voordat hij kon reageren, voordat ik kon nadenken over wat ik deed en de gevolgen als het niet zou lukken, viel ik hem aan. Ik duwde hem tegen de grond en probeerde uit alle macht het pistool te pakken te krijgen voordat ik weg zou vallen en alles zou vergeten. *Snel Hazel, wees snel.*

Ik richtte het pistool op de man, maar opeens doemde Julius op, recht tegenover me, in de gang naast de woonkamer. Ik keek hem aan, maar mijn lichaam reageerde nog veel te langzaam en terwijl ik daar stomverbaasd en buiten adem stond, rende de man mijn tuin in. Ik wilde hem achterna rennen, maar ik voelde het pistool mijn hand uit zakken, en de rest van mijn lichaam volgde de seconde erna.

Het kwam allemaal als een droom bij me terug, zo'n droom tijdens een diepe slaap waarvan je niet wist of het de werkelijkheid was en of je ooit nog wakker ging worden. De herinneringen kwamen in golven maar ze waren duidelijk, en ik klampte me eraan vast als nooit tevoren, want ik mocht dit niet nog een keer vergeten. De geluiden om me heen werden langzaam duidelijker, en ik schrok wakker uit de nachtmerrie. Het was voorbij, en ik lag veilig in een ziekenhuisbed. Veilig en in leven.

NA

VIJFENDERTIG

Een ziekenhuis is een rare plek. Er is zoveel verdriet, maar ook vreugde, en de twee wisselen elkaar af met de snelheid van het licht. Ik opende mijn ogen na een tijdlang alleen maar geluisterd te hebben naar de geluiden om me heen, en daar zat hij. Op een stoel, half in slaap, alsof hij er al een week zat. Adam.

Hij werd langzaam wakker, en toen hij zag dat ik ook wakker was vormde zich een kleine glimlach op zijn gezicht.

'Hazel.'

'Adam.'

'Hoe voel je je?' En heel snel daarna: 'Ik haal even iemand.'

'Nee, wacht.' Het kostte me moeite om te praten. 'Hoelang...'

'Twee dagen.'

Twee dagen. Het leek wel een eeuwigheid.

Het was stil tussen ons, terwijl er zoveel te zeggen was. 'Ik haal de verpleegkundige.'

Adam haalde inderdaad de verpleegkundige, en ze vertelde me dat ik geluk had nog in leven te zijn, dat ik allerlei inwendige bloedingen had gehad, en dat ik me sterk verweerd had, want dat als de kogel twee centimeter naar links in mijn buik beland was, ik hier waarschijnlijk nu niet gelegen had. Het ging allemaal als een droom langs me heen en er volgden uren waarin ik in en uit een diepe slaap kwam, en elke keer zat Adam daar op de stoel.

Het was inmiddels dag drie, en ik besloot dat het tijd werd om de buitenwereld weer enigszins binnen te laten. De cocon van het ziekenhuis kon niet eeuwig blijven duren, en ik keek op mijn telefoon. Mijn telefoon die ik bijna nooit actief gebruikte, dus ik weet niet waarom ik verwachtte een tiental berichten te zien van mensen die vroegen hoe het met me ging, maar dat is het nadeel van makkelijk bereikbaar zijn. Je verwachtte berichtgeving.

Maar er was niks binnengekomen.

Mijn inbox zat wel vol met reclamemails en ik vond een ongeopende sms van een oude schoolvriendin, een aanbieding van de pizzeria om de hoek, en wat aanstaande werkmails die ik op een ander moment wel zou beantwoorden. En Jo. Jo had me de dag ervoor een bericht gestuurd.

Hé. Ik geef hem nog een kans. Kunnen we dit onder ons houden? Tja.

Ik stuurde een e-mail terug. *Tuurlijk.* Ik wilde iets schrijven van 'en succes', maar dat klonk stom. Welke fouten zijn de vergeving waard, en hoe vaak probeer je iemand te vergeven maar kun je het niet vergeten? Ik wist het antwoord niet, of het nou om vreemdgaan ging of het overschrijden van andere grenzen, en wist eigenlijk ook niet of ik wel vergeven wilde worden. Het was allemaal lastig, en ingewikkeld, en verdrietig, en voor ik het doorhad zakte ik weg in de zoveelste diepe slaap.

Aan het einde van de volgende week voelde ik me een stuk beter, en Adam en ik liepen een rondje bij het ziekenhuis.

'Het spijt me.'

Ik wist niet of dit het goede moment was om dit te bespreken, maar ik snapte ook dat Adam al dagen bij mijn bed zat, en waarschijnlijk al dagen aan het denken was, en aan het herhalen was geweest in zijn gedachten wat er allemaal gebeurd en fout gegaan was.

'Ik weet het.'

'Ik had je moeten geloven.'

'Het is goed zo.'

Opeens besefte ik dat hetgeen dat de afgelopen weken mijn dagen gevuld had, niet eens mijn eerste vraag was geweest toen ik weer wakker was geworden.

'Jezus.' Ik draaide me naar Adam toe. 'Wie was het?'

Hij zuchtte.

'Was het een onbekende?'

Ik zag hem twijfelen.

'Adam?'

'Niet bepaald.' Hij keek me aan. 'Je had gelijk.'

'Waarover?'

'Dat Julius meer wist dan hij losliet.'

Julius? Nee. Nee, het was niet Julius geweest. Ik was dan misschien wel half van de wereld geweest, maar niet zo ver heen dat ik Julius niet herkend had. Bovendien leek het alsof de moordenaar een hekel aan Julius had gehad.

'Hoe?'

'Zijn vroegere zaak, er was meer dan alleen een link.'

'Jason?' Maar hij was niet eens in het land geweest.

'Nee. De getuige.'

'De getuige?'

'Maximilius de Voogd.'

'Shit.'

'Er is een nieuw onderzoek gestart naar de verdwijning van zijn vrouw.'

Zijn vrouw.

'Het leek er sterk op alsof ze ervandoor was gegaan, maar daar zijn nu wel wat andere theorieën over.'

Zijn vrouw. Hij had haar bedoeld, toen hij het had gehad over een vrouw die hem vertelde met een ander seks te hebben gehad. De vrouw die gedacht had hem te kunnen verlaten. Zij was zijn eerste slachtoffer geweest.

'Hij heeft haar...'

'Zeer waarschijnlijk wel, ja.'

En toen Rachel. Fara en haar man. En ikzelf. Ik zag het hele plaatje nu, een tocht die waarschijnlijk was begonnen bij een uit de hand gelopen ruzie, een gekrenkt ego, en een narcistische man die altijd de controle en macht had gehad in het leven. Een man wiens macht hem opeens ontnomen werd toen zijn vrouw besloot bij hem weg te gaan. Het was triest, hoe bijna alles in het leven terug te brengen was naar macht. Naar macht en geld.

'En Jason.' Adam zuchtte. 'Het lijkt alsof Max er wel iets meer mee te maken heeft gehad dan enkel en alleen een getuige zijn. Misschien heeft hij Jason er wel toe aangezet, maar het is allemaal speculatie want Julius deed er het zwijgen toe zodra hij me verteld had waar we je konden vinden.'

'Hij wist waar ik was?'

'Min of meer. Hij was de moordenaar ook op het spoor en toen ik vertelde dat je vermist was...'

'Toen hielp hij je?' Dat was wel het laatste wat ik verwacht had, want dat zou hem in een moeilijke positie hebben gebracht.

'Ja.'

'O.'

'Ja.'

Ik wist hoe pijnlijk dat geweest moet zijn voor Adam, om te accepteren dat hij me gevonden had door Julius' medewerking, en ergens vroeg ik me af of mijn vreemdgaan me gered had. Zo was het in ieder geval wel makkelijker aan mezelf te verkopen.

'Waarom?'

'Ik denk dat je daarvoor bij Julius moet zijn. Hij heeft daarna niks meer gezegd en een leger advocaten ingeschakeld.'

'O.'

'Ja.'

We liepen door in stilte, en de bladeren waren inmiddels van de bomen gevallen. Het was herfst, en het voelde als herfst tussen ons. We gingen op een bankje zitten en het was koud, maar we schoven niet tegen elkaar aan en hij sloeg zijn arm niet om me heen.

'Wat voor drug gebruikte hij?'

'Hazel, de details komen later wel.'

'Adam.' Ik keek hem aan; hij kende me wel beter dan te denken dat ik nu niet alles wilde weten. 'Wat gebruikte hij om zijn slachtoffers gewillig te maken, om mij gewillig te maken? Hij heeft het twee keer op mij gebruikt, ik weet het weer. Ik herinner het me weer. Ik heb het recht het te weten.'

'Scopolamine.'

'Wat?'

'Het komt hier niet zoveel voor. Maar je ademt het in, en je blijft bij bewustzijn zonder dat je zelf controle hebt over je gedrag. Het neemt je vrije wil weg.'

'Jezus.'

'Het kan ook dat hij het met iets anders gemixt heeft, het onderzoek is nog gaande.' Adam twijfelde even. 'Want zoals je die dag bij jou thuis al zei, autopsies zijn niet...'

'De autopsies hadden het niet opgepikt.'

'Nee.'

Het was even stil, twee mensen in gedachten verzonken. 'Had hij makkelijk toegang tot allerlei drugs?'

'Ja.' Hij zuchtte.

'Want?'

'Want hij werkte in een ziekenhuis.' Adam streek met zijn vingers omhoog vanaf de brug van zijn neus. 'Hij was een arts.'

Een arts. Een machtspositie. Een vertrouwenspersoon. *Leven of dood. Mijn oordeel. Altijd mijn oordeel.* Ik kon me zijn woorden voor de geest halen alsof ik een aflevering van een serie terugkeek, en moest accepteren dat dit alles in mijn geheugen gegrift stond zonder ooit weer uitgewist te worden.

Was. 'Was?'

'Hij weigerde zich over te geven en zijn pistool te laten zakken.'

'O.'

Ik keek naar de bladeren op de grond, en het enkele blad dat nog van de takken naar beneden dwarrelde. De laatste bladeren, die zo hard hadden geprobeerd vast te houden aan hun bestaan, maar uiteindelijk ook hadden moeten toegeven aan de kringloop van het leven.

'Hoe kwam hij erachter, Adam?'

'Van jou?'

'Van mij, en van Fara.'

'Via de kliniek.' Hij had moeite met zinnen vormen. 'Je had gelijk, na Rachel moest hij een systematische manier vinden om erachter te komen, want zoals altijd bleef het euforische gevoel niet lang bij hem hangen, en toen wilde hij meer; meer en vaker, en veiliger, want met Rachel had hij een link gehad.'

De kliniek. Ja. *De kliniek.* Het kwam allemaal langzaam weer bovendrijven. 'Wacht... Hij wérkte bij de kliniek?' Voordat Adam ook nog maar kon antwoorden voelde het al als een domme vraag, want we hadden samen alle medewerkers doorgewerkt en hij had daar niet bij gezeten. 'Nee, dat kan niet.'

'Nee.'

'Maar hoe...' Ik had hem daar gezien, geróken, ik wist het zeker.

Adam haalde diep adem. 'Hij keek als externe arts de documenten van de kliniek in, zonder enig spoor na te laten. En hij was charmant, praatte met verpleegkundigen, wist waar hij naar op zoek was...'

Dat kwam me allemaal bekend voor. De moordenaar was niet de enige charmante man in mijn leven geweest die van alles had achtergehouden. 'Maar we hebben met de verpleegkundigen gesproken, en die hebben niks gezegd.'

'Hij zal het heel terloops hebben gedaan. We weten allebei hoe onbetrouwbaar en selectief het geheugen van getuigen is.'

Er bestaat een video waar je als kijker wordt gevraagd te tellen hoe vaak een bal in een groep mensen wordt overgegooid, en tijdens de studie werd ons gevraagd dat in de gaten te houden. Ik telde, en ik lette op, en aan het einde van de video dacht ik dat het helemaal niet zo lastig was. Maar toen vroeg de leraar wie de man in een apenpak door het beeld had zien lopen en al sloeg je me dood, ik had dat totaal niet gezien. Niemand had het gezien, omdat we ons gefocust hadden op iets anders. Dat was de eerste en de laatste keer dat ik gedacht had dat we blind op getuigenverklaringen konden vertrouwen.

'En bovendien had hij als arts een legitieme reden om ernaar te informeren.' Adam sloeg bedroefd zijn ogen neer, want legitimiteit werd te vaak misbruikt. 'Een soort van. Je weet wat ik bedoel.'

'Ja.' Tja. Legitiem vertrouwen; het was vaak misplaatst, op allerlei manieren, en in allerlei situaties. En toch deden we het elke keer weer, deed Jo het weer, elkaar vertrouwen, alsof het leven moeilijk door te komen was zonder die band tussen mensen. Het vertrouwen tussen ons was ook misplaatst geweest, gebroken, en we konden niet langer doen alsof dat er allemaal niet toe deed.

ZESENDERTIG

Adam draaide zich naar mij om en ik zag de pijn in zijn ogen. 'Dit is het, hè,' zei Adam terwijl hij mij aankeek. Hij zag er moe uit, en een beetje verslagen, en ik denk dat we ons allebei zo voelden.

Ik vond het lastig de juiste woorden te vinden. 'Ja. Ik denk het wel.' Ik wist niet eens of we nog officieel samen waren, of dat we ooit officieel samen waren geweest, maar dit voelde als een einde.

'Misschien kunnen we opnieuw beginnen.'

Ik wilde zo graag ja zeggen, en ik wist niet hoe ik moest uitleggen dat ik geen ja kon zeggen, hoe graag ik het ook wilde, maar de afgelopen dagen was er iets duidelijk naar voren gekomen. 'Ik zou niks liever willen. Maar ik geloof...' Ik stopte. 'Nee. Ik weet dat er een paar dingen zijn waar ik verandering in wil brengen.'

'Tussen ons?'

Ik voelde me warm vanbinnen door zijn onwetendheid.

'Nee, voor mijzelf. Vanbinnen, of hoe je het ook wilt benoemen.'

'Zoals wat?'

Ik ademde diep in. 'Weet je, ik geloof dat ik mijn eigenwaarde veel te lang gerelateerd heb aan mijn werk. Aan mijn werk, en aan hoe goed ik mijn leven onder controle had tot in de kleinste details, of dacht te hebben. Hoe goed ik voldeed aan het algemene beeld van succes, met een carrière en de vrienden en relaties die je hoort te hebben, want alleen dan voelde het alsof ik waarde had en het verdiende met respect behandeld te worden.' Ik praatte snel door voordat ik van gedachten veranderde. 'Maar dat is gevaarlijk. Want zodra dat wegvalt, valt ook je eigenwaarde weg.'

'En nu heb je gevoeld hoe dat is.'

'Ja.'

Hij keek schuldig. 'Het was nooit mijn bedoeling om...'

'Nee, dat weet ik.' Ik wilde hem omhelzen, en zoenen, en zeggen dat het allemaal niet uitmaakte, maar dan zou er nooit iets veranderen. 'Ik weet dat het ook niet jouw eerste keuze was om me te ontslaan, en eerlijk gezegd had ik misschien wel hetzelfde gedaan.'

'Nee. Nee, jij had me geloofd. En voor me gevochten.'

'Misschien. Maar misschien heb ik wel een probleem met dingen loslaten. Zoiets is niet per se altijd een goede eigenschap.' Ik wist niet of dat waar was, maar ik wist ook niet of het gelogen was. 'Maar uiteindelijk was het resultaat dat ik de controle kwijtraakte, dat mijn carrière wegviel en mijn relaties wegvielen.' Ik slikte. 'En ik viel bijna zelf weg.'

'Ik wilde diegene zijn die je vertrouwen in de liefde herstelde, Hazel.'

'Ik weet het.'

'En daarom durfde ik het niet te vertellen. Over...'

Ik legde mijn hand op zijn arm. 'Ik weet het.' Tranen vormden zich in mijn ogen, want hier zat een man zijn excuses aan te bieden terwijl ik ook heel wat fout had gedaan. Wat een zooi hadden we van iets moois gemaakt.

'Het spijt mij ook, Adam.' Ik zag dat hij wilde zeggen dat het oké was. 'En het is niet oké. Ik was bang, bang om me open te stellen, en de bange mens doet domme dingen. Maar het betekende niks. Niet op die manier.'

'Hoe zijn we zo de fout in gegaan?'

'Misschien moesten we wel de fout in gaan.'

'Het aloude "van fouten leert men"?'

Ik lachte, voor het eerst in wat voelde als jaren. 'Na me ongeveer duizend keer aan dezelfde steen te hebben gestoten?'

Adam lachte ook, en ik hoopte met heel mijn hart dat het wel goed kwam tussen ons. Op een of andere rare, onconventionele manier, die alleen werkte omdat ik er zo goed als bijna niet meer geweest was, en hij me van de afgrond gered had.

Terwijl ik langzaam mijn spullen bij elkaar pakte, om het ziekenhuis te verlaten en om op de een of andere manier mijn leven weer bijeen te pakken, besefte ik dat ik er helemaal verkeerd tegenaan had gekeken; dat al het weggestopte verdriet, dat elke keer dat het leven anders gelopen was dan ik gehoopt had of naartoe gewerkt had, dat het nut van dat alles misschien wel was dat ik uiteindelijk mezelf terugvond. Mijn kracht terugvond. Niet zoals ik was als kind, onbezonnen en vol vertrouwen in de mens en de wereld, maar een andere versie. Een versie die geleerd had dat geluk niet van iemand anders moet afhangen, en dat je de invulling van het leven en je eigenwaarde niet buiten jezelf kan zoeken. Dat ik jarenlang een leegte had geprobeerd op te vullen met relaties, sommige diep maar meestal oppervlakkig, maar dat films waarin de vrouwelijke hoofdpersoon geluk vindt omdat ze eindelijk haar levenspartner tegenkomt en niet meer alleen is, dat die films het allemaal fout hebben. De tijd was rijp om écht alleen te durven zijn, en mezelf vol op waarde te schatten.

Want uiteindelijk, uiteindelijk moest je jezelf aanzien geven, en de moeite waard vinden. Los van hoe je ouders je behandelden – of ze je bijstonden of dat ze het gezin verlieten, of je op ze kon bouwen of dat je ze verloren hebt – los van of je een partner had, los van je werksucces, een huis kunnen kopen en hokjes kunnen afvinken. Maar gewoon. Om jou. Stilletjes vroeg ik me af hoe de slachtoffers zich daarover gevoeld hadden, hoe de moordenaar de moordenaar was geworden, en voor even liet ik mijn tranen vloeien om al het verlies dat was geleden.

ZEVENENDERTIG

Ik keek hem aan, met zijn zwarte haar en felle ogen. 'Ik benijd je soms wel.'

'Hoezo dat?'

'Dat je je nooit zorgen hoeft te maken hoe een ander zich voelt.'

'Dat hoef jij ook niet.'

Dat was uiteraard waar. 'Maar ik voel me slecht als ik het niet doe.'

Hij keek me aan vanachter het glas. Julius zat nog steeds vast voor zijn medeplichtigheid in belemmering van de rechtsgang, maar het was eigenlijk nog steeds een zwart gat wat dat precies betekend had.

'Hoe bedoel je, slecht?'

'Een slecht mens.'

'Veel van wat wij zien als goed en slecht is ook maar bepaald door de samenleving, los van het gedrag dat instinctief als slecht wordt gezien.' Hij leek even na te denken. 'En zolang we de wet niet overtreden, is de enige consequentie dat je je rot voelt als je iets zogenaamd slechts doet. En dat doe je jezelf aan.'

'Er zijn wel wat meer consequenties dan dat, Julius.'

Hij boog zich dichter naar het glas toe. 'Zoals?'

'Dat je anderen pijn doet. Dat je geen relaties hebt. Geen goede vrienden en partners, omdat niemand op je kan bouwen.'

Een glimlach vormde zich om zijn mond. 'Want jij hebt inmiddels wel gemerkt dat zolang je je maar slecht voelt over andere mensen pijn doen, niemand jou ooit iets ergs aandoet? Dat je, als goed gewetensvol mens, veel mensen om je heen verzamelt op wie je door dik en dun kan vertrouwen, hè.'

Het sarcasme spatte eraf en hij had gelijk. 'Misschien had ik niet de juiste vrienden.'

'Misschien.'

We keken elkaar aan. 'Heb je spijt?'

'Waarvan?' Julius had nooit toegegeven wat hij had gedaan, en met zijn connecties was hij waarschijnlijk in een mum van tijd weer op vrije voeten.

'Van geheimen achterhouden. Van me niet op de hoogte brengen van je bevindingen. Van het feit dat ik bijna dood was?'

'Maar je leeft nog.'

'Ja.'

'Nou dan.'

'Het was op het randje, Julius.'

'Het leven is maar saai als je nooit de afgrond in kijkt.'

'Dat lijkt me niet aan jou om voor mij te besluiten.'

Ik keek naar hem, en zelfs in een gevangenispak zag hij er nog uit alsof je hem je leven zou toevertrouwen.

'Wil je beweren dat jij nooit iets hebt gedaan om de rechtsgang te belemmeren, Hazel? Dat je nooit iets hebt achtergehouden?'

Dat had ik, ditmaal en een vorige maal. Maar dat, dat kon zelfs Julius niet weten. 'Maar dat deed ik niet voor mijzelf.'

'Nee?'

'Nee. Dat was voor iemand anders.'

'Voor Adam?'

'Zoiets.'

'Maar zijn geluk was verbonden aan jouw geluk.' Hij leunde achterover. 'Dus het was ook voor jezelf.'

'Echt onzelfzuchtige daden bestaan niet, hè.'

'Onzelfzuchtige daden bestaan alleen omdat mensen willen dat ze bestaan.'

Hoe hard ik ook mijn best deed om het niet te doen, ik mocht Julius. Nu hij eenmaal wist dat ik wist hoe hij in elkaar zat, had hij zijn masker afgedaan. In alles wat hij zei was hij eerlijk nu, en recht voor zijn raap, en op een bepaalde manier minder manipulatief dan de gemiddelde mens.

'Mijn ouders, ze wisten het,' zei Julius. 'Ze wisten al redelijk snel dat ik bepaalde karaktertrekken had. Ik was nooit bang, of nerveus, maar ze behandelden me niet anders en ze lieten me kennismaken met andere manieren om aan mijn behoefte aan sensatie te voldoen.'

'Al je sportmedailles van de middelbare school.'

'Onder andere. En ze leerden me dat het een voordeel kon zijn, die bepaalde eigenschappen van me.'

'Een voordeel dat je anderen manipuleert en gebruikt?'

'Doet niet iedereen dat, in zeker mate?'

'In zekere mate, ja.' Ik haalde diep adem. 'Met het verschil dat de meeste mensen zich daar enigszins schuldig over voelen.'

'En hoe helpt dat?'

'Het zorgt dat ze het niet nogmaals doen.'

Julius lachte. 'O ja?'

'Nou ja, het zorgt dat het niet uit de hand loopt. Dat ze niet over lijken gaan.'

'Uiteindelijk gebruikt iedereen elkaar wel een beetje. Soms voor comfort, soms voor emotionele steun, soms voor vooruitgang in hun carrière. Maar niemand verzamelt mensen om zich heen waar hij echt niks aan heeft.'

Het was een tijdje stil. Julius had gelijk, op veel punten, objectief gezien. Maar subjectief gezien voelde het anders, en ik wilde niet geloven dat de afwezigheid van schuld voelen iets goeds was.

'Waarom doe jij wat je doet?'

Ik keek Julius aan. 'Mijn baan bedoel je?'

'Je baan, ja.'

'Om mensen antwoorden te geven, denk ik.' Ik wist zelf maar al te goed hoe het voelde om onbeantwoorde vragen te hebben en ik voegde er snel aan toe: 'En voor gerechtigheid.'

'Gerechtigheid voor wie?'

'Voor de slachtoffers.'

'Soms waren daders ook slachtoffers, voordat ze daders werden.'

'Ja.' Hij had de vinger op de zere plek gelegd. Datgene waar ik altijd mee zat, als het aankwam op arrestaties en daders vinden. 'Vaker dan dat men toe zou willen geven.'

'Jason was ook een slachtoffer.' Even leek Julius verdrietig, maar dat beeldde ik me vast in. 'Jason en ik, we waren hetzelfde. Alleen groeide hij op in een gezin waar hij jarenlang misbruikt werd, en groeide ik op in een gezin waar ik ondersteund werd.'

'Heb je hem daarom geholpen?' Wat Julius precies wel of niet had gedaan was nog steeds onduidelijk.

'Misschien vond ik dat het tijd werd dat iemand hem hielp.'

'Dat klinkt alsof je hem hebt geholpen uit medelijden.'

'Niet uit medelijden.' Hij keek me strak aan. 'Voor gerechtigheid.'

Ik dacht na, en aan wat er nu volgde moest ik mezelf vaker dan eens herinneren. 'Het is geen excuus hè, Julius.'

'Wat?'

'Uitleggen waarom iemand iets gedaan heeft. Beweegredenen.'

'Nee?'

'Nee. De daad is nog steeds de daad. De slachtoffers zijn nog steeds slachtoffers.'

'Waarom ben jij daar dan altijd naar op zoek?'

'Naar wat?'

'Naar het waarom. Naar het karakter achter de daad.'

'Omdat we nooit kunnen voorkomen als we niet willen begrijpen.'

'En?' Julius boog zich dichter naar het glas toe. 'Begrijp je me?'

Ik gaf geen antwoord, want ik kon geen antwoord geven. Er

was geen simpel antwoord op die vraag en het was allemaal niet zo rechttoe-rechtaan als we misschien het liefst geloofden. Ik wist dat Julius geen empathie en geen schuld voelde, maar toch had hij Jason in bescherming genomen. Hij had zichzelf in het nadeel gebracht voor het voordeel van een ander. Misschien had Julius juist door zijn gebrek aan schuldgevoelens, empathie en algemene angsten, eén rationele keuze kunnen maken. Een keuze enkel gebaseerd op goed en fout, of wat hij als goed en fout had gezien. Uiteindelijk was het de wet die voorschreef wat wel en niet mocht, en hij had geen angst gevoeld om daartegen in te gaan. Ik wist heel goed dat we daar geen maatschappij op konden bouwen, op iedereen die maar doet wat hij wil, oog om oog, tand om tand. Maar ik snapte waarom Julius het gedaan had, en ik zag hoe het systeem gefaald had door het misbruik van Jason nooit te hebben opgemerkt.

'Misschien.' Ik leunde achterover op mijn stoel om het idee van afstand te creëren. 'En de getuige?'

'Max?'

'Ja.'

'Laten we zeggen dat zijn gesprekken met Jason zijn eerste kennismaking met wraak waren. Met een bepaald soort controle uitoefenen.'

'Zijn nulpunt?'

'Ik denk dat we dat nooit zullen weten.'

'Wat?'

'Waar het begon.'

Mijn stoelleuning voelde hard aan in mijn rug. 'Ik vraag me af hoe zijn jeugd geweest is.'

'Om antwoorden te vinden?'

'Misschien.'

Het was stil, een stilte vol gedachtes.

'En waar begon jouw verhaal?' Julius keek me recht aan, en even verbeeldde ik me dat hij meer wist over mij dan hij prijsgaf.

'Mijn verhaal?'

'De echte reden waarom je doet wat je doet?'

Ik wist waarom, maar ik zei niks. Dat was aan mij alleen, en dat was voor morgen.

Ik stond op en trok mijn handschoenen aan, klaar om weer naar buiten te gaan, de beginnende winter in.

'Hazel?'

'Ja?'

'Tot snel.'

'Misschien.'

'Je afsluiten helpt niet.'

'Hoe bedoel je?'

'Ik bedoel, als je het beestje bij de naam wilt noemen, dat zelfs psychopaten begrijpen dat je soms andere mensen nodig hebt om het leven door te komen.'

'En dat geldt voor ons?'

'Dat geldt voor ons.'

Ik draaide me om en liep zonder om te kijken de bezoekersruimte uit, me voorbereidend op de komende kou.

* * *